ICI S'ARRÊTE LE MONDE

De la même autrice

Comme si de rien n'était, Récamier, 2024 ; Pocket, 2025.

Les Fêlures, Plon, 2022 ; Pocket, 2023.

Et les vivants autour, Belfond, 2020 ; Pocket, 2021.

Je t'aime, Belfond, 2018 ; Pocket, 2020.

L'Innocence des bourreaux, Belfond, 2015 ; Pocket, 2016.

Après la fin, Fleuve noir, 2013 ; Pocket, 2015.

Derrière la haine, Fleuve noir, 2012 ; Pocket, 2013.

La Brûlure du chocolat, Fleuve noir, 2010.

Le Bonheur sur ordonnance, Fleuve noir, 2009 ; Récamier, 2025.

Illustre Inconnu, Le Masque, 2007.

La Mort en écho, Le Masque, 2006, Le Masque Poche, 2024.

Duelle, Le Masque, 2005, Le Livre de Poche, 2006.

Un bel âge pour mourir, Le Masque, 2003.

L'Instinct maternel, Le Masque, 2002.

Barbara Abel

ICI S'ARRÊTE LE MONDE

roman

RÉCAMIER

92, avenue de France
75013 Paris
Tél. : 01 44 16 09 00
Fax : 01 44 16 09 01
www.editions-recamier.fr
www.lisez.com

Mise en pages : Nord Compo
Dépôt légal : novembre 2025
ISBN : 978-2-38577-213-0

« Les mères sont les étoiles fixes de nos nuits : même quand on ne les voit pas, elles sont là ».

Christian Bobin.

À ma si merveilleuse maman.

Chapeaux de roues, de ces matins à grande vitesse, salle de bains embouteillée, aller-retour entre les chambres et la cuisine, l'œil vissé à l'horloge, celle du micro-ondes qu'Hélène a paramétrée avec quelques minutes de retard histoire de se donner de la marge. Ce qui ne sert à rien vu qu'elle fait naturellement la conversion dans sa tête.

En bruit de fond, la radio.

Les vacances sont finies, la rentrée bat son plein, septembre se trémousse dans tous les sens, Hélène a un peu de mal à reprendre le rythme. Marius, huit ans, tarde à se lever, il a passé une mauvaise nuit, sommeil entrecoupé de toux, sa mère hésite à l'envoyer à l'école.

— Tu peux rester à la maison, aujourd'hui ? demande-t-elle à son homme, Raphaël, tandis qu'il se sert une tasse de café.

— Deux réunions, un déjeuner, pas possible, résume-t-il.

Marius ira donc à l'école, Hélène se promet d'aller le chercher tôt. Elle file jusqu'à la chambre du petit garçon, prend deux minutes pour le câliner. Pas de fièvre. Allez hop, debout !

Retour à la cuisine. Laura apparaît, ça veut dire que la salle de bains est libre. Grande bringue de seize ans, le corps en chantier, elle se camoufle sous un sweat XXL alors qu'elle fait à peine du M.

— Laura, ta capuche, lui dit gentiment Hélène.

L'adolescente s'exécute puis remplit son bol de Nesquik. Raphaël embrasse sa fille avant de filer à la douche.

La radio diffuse les mauvaises nouvelles du jour, grèves sur le trafic ferroviaire, nappes phréatiques contaminées par du nitrate dans une région pas si lointaine, conflits armés dans un autre pays, le monde va mal.

— Je peux le lait ? demande Laura.

Hélène se retient de lui faire remarquer qu'il manque un verbe à sa phrase, l'adolescente n'est pas sa fille, elle refuse d'endosser le rôle de belle-mère casse-pieds. Et puis, Laura est un ange, Hélène n'a pas grand-chose à lui reprocher, bien au contraire. Surtout, elle a déjà beaucoup à faire avec sa propre fille, Soline.

Mais Soline n'est pas là.

Hélène chasse cette absence de ses pensées et revient aux urgences du matin. Elle tend la brique de lait à Laura qui s'en saisit. Enfin, Marius fait son apparition, cheveux en bataille et traits chiffonnés.

— Ne traîne pas, poussin, on n'est pas en avance, lui indique sa mère.

Rapide coup d'œil au micro-ondes.

— On est même carrément en retard !

La radio s'étend sur les hostilités de toutes sortes, nouvelles désastreuses, on parle de guerre et de morts, des gens fuient leur ville, leur pays, leur vie.

Hélène emballe le pique-nique de son fils, qu'elle range dans son cartable.

— Je t'ai fait des sandwichs au fromage, l'informe-t-elle.

L'enfant ne réagit pas, plongé dans l'examen minutieux des sept différences à trouver sur la boîte du chocolat en poudre.

— J'irai chercher Marius tôt, dit-elle en s'adressant à Laura cette fois. Tu veux que je passe te prendre ? Tu finis à quelle heure ?

L'adolescente accepte la proposition, ses cours se terminent à 16 h 20. Sur ce point aussi, Laura se montre très différente de Soline, qui a l'habitude de traîner après le lycée. Du moins, c'était ce qu'elle faisait quand elle vivait encore ici. Hélène s'interroge souvent : sa fille conserve-t-elle le même rythme depuis qu'elle vit chez son père ? Impossible de savoir, Soline raconte très peu de choses et Julien, son père donc, est assez avare en informations de ce genre. En général, les conversations qu'Hélène entretient avec son ex-mari sont très tendues, pas vraiment les bonnes conditions pour échanger sur les habitudes de leur fille.

Bref.

Dans la cuisine, Raphaël réapparaît rasé de frais et embrasse tout le monde. Le baiser pour Hélène est un peu plus long que celui pour ses enfants.

— Bonne journée, mon cœur, lui souhaite-t-elle.

Sitôt son homme parti, Hélène houspille de nouveau Marius. Laura est sur le départ, déjà debout en train d'avaler la dernière gorgée de son lait chocolaté.

De la radio s'échappent maintenant des chiffres, ceux du nombre de morts dans un bombardement à l'autre bout de la planète.

Hélène éteint le poste, mettant ainsi fin à ces nouvelles que, de toute façon, personne n'écoute.

Première partie

Chapitre 1

Samedi, jour d'affluence. L'hypermarché est bondé. Hélène le sait pourtant, pas de place au parking, des gens partout, ça grouille, sans parler du temps d'attente aux caisses. Malgré tout, elle est là, Laura sur les talons. Smartphone dans une main, poussant le chariot de l'autre, elle se fraie un passage parmi les clients, rayon fournitures scolaires. Elle maugrée, demande pardon, s'irrite de la présence des gens qui, eux-mêmes, s'agacent de sa présence à elle. Repère les cahiers Atoma et les classeurs à glissière, puis vérifie sur son téléphone la quantité voulue.

— Tu t'occupes des stylos ? propose-t-elle à Laura qui fait le pied de grue derrière elle. Il t'en faut un bleu et un rouge, des crayons de couleur, équerre, gomme et compas. Le reste, tu récupéreras ceux de Soline, son père lui a tout racheté.

L'adolescente acquiesce, pleine de bonne volonté. Elle s'éloigne de quelques mètres, se poste devant le présentoir et sélectionne le matériel.

— Tu m'achètes des fluos ? demande-t-elle à sa belle-mère.

— OK.

Hélène cherche les copies A4 à grands carreaux, un sur un. Constate qu'il n'y en a plus, pas plus que les chemises en carton. L'exaspération menace. Il est 16 heures, elle n'a pas encore fait le moindre achat pour le repas du soir.

— Tu as trouvé ? s'informe-t-elle tandis que Laura revient vers elle, les mains pleines.

La gamine confirme.

— Ce qui manque, on verra plus tard, on file à l'alimentation, déclare Hélène en poussant énergiquement le chariot.

Trois rayons plus loin, elle sélectionne une autre liste sur son smartphone. S'ensuit un zigzag entre les présentoirs de légumes, les frigos divers et variés, viandes, laitages ou poissons, elle passe par les sauces, les chips et la boulangerie, le rayon des vins, celui des eaux. Laura l'aide, cette gosse est un miracle. À seize ans, elle n'a rien de l'adolescente ordinaire. Gentille, douce, sage… Hélène partage avec elle une complicité prudente, la tendresse discrète, à mi-chemin entre la douceur et la bienveillance. Rien à voir avec sa propre fille, Soline, ado rebelle, la colère chevillée au corps depuis sa naissance. Dix-sept ans aujourd'hui. Bloc de révolte, en guerre contre le monde entier. Contre Hélène, surtout. Mère et fille s'affrontent depuis longtemps ; depuis toujours, en vérité. Relation explosive, sans repos ni répit, entre amour fusionnel et rejet viscéral.

Ça fait trois mois que Soline vit chez son père, ne passant plus à la maison que de temps à autre, quand elle y pense, quand ça l'arrange. Décision unilatérale de l'adolescente : elle reproche à sa mère d'avoir refait sa vie. À son détriment, estime-t-elle. Rancœur tenace alimentée par le souvenir d'un divorce douloureux dont elle ne digère toujours pas la réalité : c'est Hélène qui est partie, il y a neuf ans, inacceptable conduite, choix impardonnable. Soline fait partie de ces gens qui exigent tout ou ne veulent rien.

Au milieu de la cohue générale, Hélène consulte sa liste. Repas d'anniversaire de Soline ce soir, donc. Menu préféré de l'adolescente : des spaghettis bolo et une croûte aux fraises en guise de gâteau d'anniversaire. La bolo, ça ira vite. La croûte, en revanche, Hélène n'est pas certaine d'avoir le temps de la préparer. Elle passera chez De Weerdt en acheter une toute faite. Anticipe déjà les critiques, Soline en déduira le désintérêt de sa mère, la preuve : elle ne se donne même pas la peine de lui faire un gâteau. Soupir de lassitude, Hélène pèse le pour et le contre, déjà épuisée à l'idée d'une course contre la montre, sans le moindre gage de succès aux yeux de sa fille. Tant pis, à l'impossible nul n'est tenu.

— Tu peux aller chercher le lait et les céréales ? demande-t-elle à Laura, tandis qu'elle-même se dirige vers les produits ménagers. On se retrouve aux caisses.

La gamine acquiesce et file. Hélène se presse, évite de justesse le chariot d'une autre mère, tout aussi survoltée, les marmots en plus, l'un assis dans le siège enfant, les deux autres en électrons libres qui gravitent autour d'elle en se chamaillant. Compatissante, Hélène se range sur le côté. L'autre lui adresse un hochement de tête reconnaissant, la contourne, poursuit sa route. Plus loin, un vieux monsieur campe devant les étalages, sans se décider, son chariot au centre de l'allée. Hélène s'impose, elle décale l'encombrant objet sur le côté et force le passage.

— Pouvez pas demander pardon ? râle le vieil homme que le chariot est venu heurter.

— Pardon de quoi ? rétorque-t-elle, acerbe. De vouloir passer ?

Elle s'éloigne sans attendre la réaction du bougon, fait main basse sur un paquet de papier toilette, un autre de mouchoirs, un dernier de Sopalin. S'apprête ensuite à rejoindre Laura, réalise qu'elle a oublié les serviettes. Demi-tour. Le vieux a disparu, tant mieux. Elle accélère encore le pas, Laura doit déjà l'attendre aux caisses.

Quand elle y parvient à son tour, elle repère sur sa droite le vieux bougon sur le point de prendre place dans la file, celle-là même devant laquelle Laura poireaute. Elle le voit dépasser la jeune fille pour la précéder. Hélène pousse un dernier sprint et arrive juste après lui, trois secondes à peine.

— Excusez-moi, ma fille faisait la queue, elle était avant vous.

Le vieux la toise, surpris.

— Elle n'a pas de marchandises à payer, remarque-t-il.

— Ah non ? Et ça, c'est quoi ? objecte Hélène en indiquant son Caddie.

— Vous n'y étiez pas. J'étais là avant vous.

Hélène hésite à hausser le ton, ronge son frein, opte pour le trait acide.

— Allez-y, je vous en prie. Si même les vieux perdent le sens de la courtoisie, maintenant…

— Vous me parlez de courtoisie ? s'étrangle le bougon. C'est l'hôpital qui se fout de la charité !

La mesquinerie de la situation exaspère Hélène, le genre de scène qu'elle considère d'un œil navré quand elle y assiste, bagarres de cour de récréation. En même temps, elle n'a pas envie de laisser tomber, elle voudrait river le clou à ce vieil emmerdeur, sans rien trouver de subtil à dire, rien qui ne la rabaisse elle-même. Elle cherche un mot à double sens, quelque chose de piquant, à la fois doucereux et sans équivoque. Rien ne lui vient à l'esprit. Elle s'apprête à renoncer quand, derrière le bonhomme, elle avise la caisse d'à côté, en train d'ouvrir. Ni une ni deux, elle empoigne son chariot, contourne le bougon et arrive bonne première, gagnant ainsi trois places par rapport à sa position actuelle. Puis, sans un regard pour son détracteur, elle entreprend de déposer ses marchandises sur le tapis roulant. Laura, qui l'a suivie, vient l'aider.

Hélène jubile. Au moment de passer de l'autre côté de la caisse pour ranger ses achats dans les sacs, elle adresse un sourire victorieux au vieux monsieur qui, lui, patiente toujours dans la file d'à côté.

Ce qui la réjouit plus encore, c'est l'irritation qui marque les traits du bonhomme.

— Cent douze euros trente-six, annonce la caissière.

Hélène sort son portefeuille puis insère sa carte dans le terminal bancaire pendant que Laura termine de ranger les dernières courses dans les sacs. Elles se hâtent ensuite toutes deux vers la sortie.

Juste avant de passer les portes coulissantes, un homme les rattrape, les double et s'interpose, les forçant à s'arrêter. Il se présente, il est vigile et travaille pour le compte du magasin. Il demande aux deux femmes de lui présenter leurs cabas.

Hélène s'impatiente : elle est pressée, elle n'a pas le temps. Elle s'apprête à dépasser l'homme, lequel se poste devant elle.

— Vous ne m'avez pas bien compris, insiste-t-il. Vous me présentez vos sacs, ou j'appelle la police.

Hélène se fige, sourire incrédule aux lèvres. Elle considère le vigile sourcils levés, se résout à déposer ses courses pour les ouvrir.

— C'est votre fille ? demande l'homme en indiquant Laura.

— Oui… Enfin non, répond Hélène. C'est ma belle-fille.

— Vous avez une autorité parentale sur elle ?

Cette fois, Hélène tique.

— Non, pas au sens légal du terme, pourquoi ?

Elle se tourne vers l'adolescente et constate que celle-ci est livide.

— Ça va, Laura ? s'inquiète-t-elle. Tu te sens bien ?

La gamine ne répond pas. Elle fixe le vigile comme s'il la tenait en joue.

— Veuillez vider vos poches et ouvrir votre manteau, mademoiselle, lui ordonne celui-ci.

— Mais enfin, c'est quoi, ce cirque ? s'insurge Hélène.

Elle s'apprête à clamer haut et fort son indignation lorsque, à côté d'elle, Laura éclate en sanglots. La jeune fille tremble de tous ses membres, les traits marqués par l'angoisse. Hélène ne comprend rien.

— Laura, chaton, qu'est-ce que…

Elle s'interrompt soudain, éberluée : Laura, vacillante, sort de son anorak une pochette de feutres fluorescents et la tend au vigile.

— Laura… répète Hélène, abasourdie par la scène. D'où est-ce que tu sors ces…

Elle considère les fluos, ahurie, puis dévisage la jeune fille.

— Je t'ai dit que je te les achetais ! Pourquoi tu les as…

Elle ne parvient pas à terminer sa phrase, à prononcer ce mot qui n'a rien à voir avec Laura, il doit y avoir une explication, une erreur, c'est un malentendu, forcément. Mais celle-ci hoquette en secouant la tête.

— Je ne sais pas, gémit-elle, décomposée. Pardon, Hélène. Pardon.

— Veuillez me suivre, s'il vous plaît, exige le vigile que la détresse de l'adolescente n'émeut pas.

Toujours stupéfaite, Hélène ne trouve pas les mots pour exprimer son incompréhension. L'homme leur indique la direction des bureaux, les forçant à le suivre. Vaincue, Hélène reprend ses sacs, tandis que Laura se perd toujours dans ses pleurs. D'un mouvement de la tête, elle la prie de la précéder, et toutes deux emboîtent le pas au vigile.

Juste avant qu'elles ne quittent le hall du magasin, le vieux bougon les dépasse et adresse à Hélène un regard chargé d'un victorieux mépris.

Chapitre 2

Marius commence à s'agacer, voilà un quart d'heure qu'il tente de convaincre Félix de jouer aux Kapla, mais son camarade est braqué sur les Playmobil, sans lui accorder la moindre attention. Ses arguments sont restés lettre morte, de même que ses promesses, ils joueront aux Playmobil plus tard, il lui en fait le serment. C'est à peine si Félix l'écoute. Plus agaçant encore, celui-ci semble ne pas avoir besoin de lui pour s'amuser. Couché à plat ventre sur le sol de la chambre, le petit garçon anime un monde d'histoires, tout entier rivé aux échanges qu'il mime avec les personnages.

Marius feint le détachement, lui aussi peut s'amuser avec ses Kapla. Très vite, pourtant, l'ennui le gagne : quel intérêt d'inviter un copain à la maison si c'est pour jouer tout seul ?

À bout de patience, Marius arrache l'une des figurines que Félix tient en main.

— Hé ! s'exclame Félix, révolté. Rends-le-moi !

— Non, répond Marius, fort de son bon droit.

— Pourquoi ?

— C'est mon Playmobil.

Félix l'observe quelques instants puis, sans crier gare, il éclate en sanglots, se lève et quitte la chambre, les épaules voûtées. Surpris, Marius le regarde disparaître derrière la porte, sans trop savoir s'il doit capituler ou, au contraire, camper sur ses positions. Il hésite, trop longtemps, entend les plaintes de Félix adressées à son père. Enfin, les pas de celui-ci se rapprochent, et le voici dans la chambre, les mains sur les hanches.

— Dis donc, Marius, c'est quoi, cette histoire ? Pourquoi tu ne veux pas que Félix joue avec tes Playmobil ?

— C'est parce que...

— Qu'est-ce que je t'ai dit à propos de tes jouets ?

— Mais c'est...

— Non, réponds-moi d'abord : qu'est-ce que je t'ai dit à propos de tes jouets ?

Marius soupire, découragé.

— Que je dois les prêter.

Félix se cache derrière le père. Il sèche ses larmes et considère son camarade du regard de ceux qui ont subi le plus grand des affronts.

Le père, lui, hoche la tête. Satisfait, il se tourne vers Félix.

— OK, c'est réglé. Tu peux aller jouer.

Félix lui adresse un sourire reconnaissant et se campe devant Marius qui, contraint, lui tend le Playmobil.

— Non, je veux bien jouer aux Kapla, dit-il alors.

Marius ouvre de grands yeux ravis. Les deux garçons se sourient.

Le père hoche une nouvelle fois la tête.

— Soyez sages, dit-il avant de quitter la pièce.

Raphaël réintègre son bureau, laissant la porte ouverte afin de tenir les enfants à l'œil. Travailler le samedi ne fait pas partie de ses habitudes, mais à deux semaines de la remise d'un projet, il n'a pas le choix. Difficile pourtant de se concentrer, avec les garçons juste à côté, leurs querelles, leurs requêtes, leurs doléances, papa par-ci, monsieur par-là, j'ai faim, j'ai soif, Marius ne veut pas me prêter ses Playmobil…

Félix est le meilleur ami de Marius à l'école, même si, à huit ans, la notion de meilleur ami reste assez relative. Il passe le week-end chez eux : en pleine instance de divorce, ses parents ont demandé à Hélène d'accueillir le petit garçon, le temps pour son papa de déménager, pour sa maman de réorganiser l'appartement afin que le changement n'impacte pas trop leur fils.

Enfin, ça, c'est sur le papier.

En vérité, Hélène le sait, la mère de Félix doit gérer un rapport problématique à l'alcool. Amandine noie ses démons intérieurs dans des piscines de rosé, dès le matin, trois bouteilles par jour en moyenne. Il y a quelques semaines, Louis, le père de Félix, a déclaré forfait : redoutable adversaire, l'alcool a gagné la partie, engloutissant leur couple dans les eaux sombres d'une ébriété chaque jour plus sordide. Il se bat désormais pour la garde de leur fils. Les deux parties s'affrontent, tantôt dans les promesses, tantôt dans les menaces. Amandine s'engage à changer, oh oui, elle garantit tout ce qu'on veut pourvu qu'on lui laisse son fils, elle ne veut pas tout perdre. Elle s'excuse, supplie qu'on lui pardonne, puis se rebelle, c'est dégueulasse, de la traiter comme ça. Si elle boit à l'excès, c'est qu'il y a une raison, posons-nous la question deux minutes ! En disant cela, elle accuse Louis d'un regard lourd de reproches ; ses pensées se délitent en même temps que ses mots, paroles avachies dans les vapeurs de son ivresse.

Malgré l'évidence du choix, la décision juridique tarde à tomber. Louis a pris les devants, il laisse l'appartement à Amandine, mais compte bien emmener son fils. La migration se fait ce week-end. Il a préféré confier Félix à Hélène, hors de question que celui-ci assiste à la répartition des meubles. Hélène prétend ne pas se mêler de ce qui ne la regarde pas. Malgré tout, elle prend fait et cause pour Louis, estime qu'il est le seul parent responsable et que l'enfant sera mieux chez lui que chez sa mère.

Raphaël n'a rien eu à dire, comment refuser l'asile à un petit garçon déjà bien malmené ? Le voilà donc coincé avec deux gamins, à quinze jours d'une remise de projet. Hélène avait mille choses à faire ce week-end : achat des fournitures scolaires, renipper les enfants, renouveler leur abonnement de transport en commun, sans oublier les corvées habituelles, passer au pressing, faire les courses de la semaine.

Raphaël consulte sa montre, il est 17 h 30, Hélène devrait être rentrée depuis une demi-heure, qu'est-ce qu'elle fout ?

Pour ne rien arranger, il y a l'anniversaire de Soline ce soir, que Raphaël redoute. Depuis que l'adolescente vit chez son père, son absence flotte dans la maison comme un reproche vivant. Sa présence, plus pernicieuse encore, ne cesse de les accuser, faisant peser sur eux un douloureux réquisitoire.

Eux, c'est d'abord Hélène. Trop impliquée émotionnellement, elle a vécu le départ de sa fille comme un naufrage. Les premières semaines, elle s'est écroulée, littéralement. Raphaël la surprenait souvent immobile, figée en plein mouvement, quelque part dans l'appartement, au milieu de la cuisine, devant une fenêtre ou sur le seuil de la chambre de Soline. Au début, ce furent des litres de larmes, des tonnes de mots, des bourrasques de soupirs. Les choses se sont apaisées avec le temps, un peu. Malgré tout, une question revient en boucle : pourquoi ? Tant d'incompréhension, sentiment d'injustice, culpabilité. Si Soline est partie, c'est qu'Hélène est coupable, forcément.

Sans doute la présence de Laura, sa propre fille, n'arrange-t-elle rien, une adolescente dans la maison, le rappel constant de l'absence de l'autre, celle d'Hélène, chrysalide pleine de promesses dont elle n'accompagnera plus la métamorphose.

Chaque jour, elle mesure les dommages qu'elle endure, amplifiés par le fantasme de ce qu'elles ratent, ces moments imprévus que seuls ceux qui vivent sous le même toit partagent. Il y a Marius, bien sûr, elle reste la maman d'un enfant avec lequel elle vit, mais ce n'est pas pareil. Soline, c'est sa fille, l'écho de celle qu'elle fut au même âge, celle qu'elle n'a pas tout à fait oubliée. C'est compliqué.

Marius, donc, leur enfant commun. Celui qui s'est imposé sans prévenir. Pas prévu au programme. Avant même de naître, l'enfant a tout chamboulé autour de lui, redessinant les contours du quotidien de ses parents. Tous deux séparés depuis peu, Hélène et Raphaël n'envisageaient pas de recommencer quelque chose de sérieux. Ils se fréquentaient, c'est certain, et même avec plaisir, ils se plaisaient, mais tout cela devait rester sans conséquence, sans projet et sans enjeu. Ils avaient le temps, ils verraient bien.

Cinq mois après leur rencontre, Hélène était enceinte.

Avec Marius, une nouvelle famille est née, bon gré, mal gré, et Dieu sait que ce ne fut pas facile. Chaque semaine comporte son lot d'obstacles à surmonter, d'épreuves à dépasser, de contrariétés à digérer. Pourtant, pas un seul instant Raphaël n'a regretté leur choix.

— Papa ! crie Marius depuis sa chambre. On peut aller au parc ?

Enfin… Ça dépend des jours.

Raphaël soupire, agacé.

— Pas cet après-midi, bonhomme. Je dois travailler.

— Mais on s'ennuie ! insiste l'enfant en traînant longuement sur le « i ».

— Je croyais que vous alliez jouer aux Kapla.

— Oui, mais Félix aime pas.

Raphaël consulte une nouvelle fois sa montre, 17 h 40, s'agace de l'absence d'Hélène, que fait-elle, bon sang ? Il rejoint la chambre de son fils, clairement à cran. Les deux garçons sont affalés par terre, désœuvrés.

— S'il te plaît, papa, gémit Marius. On sait pas quoi faire.

Raphaël maîtrise un mouvement d'humeur, considère les gamins, réprime l'envie de les secouer, leur dire qu'il aimerait bien, lui aussi, pouvoir traîner par terre et s'ennuyer.

Il hésite, finit par trancher :

— Vous jouez encore une demi-heure, ensuite vous aurez droit à un dessin animé.

Les copains se redressent, soudain en pleine forme.

— On peut ?

Non, ils ne peuvent pas, ils ont déjà dépassé le temps d'écran autorisé. Si Hélène était là, elle s'y opposerait avec force et vigueur. Elle mène un combat acharné contre les écrans en tout genre. Soline n'a eu son premier smartphone qu'à quatorze ans. Laura, elle, en avait douze mais, lorsqu'elle est chez eux, elle ne peut l'utiliser que pendant un temps limité. Cela engendre toute une série de règles, pas d'écran en semaine, pas de téléphone à table, les appareils connectés doivent être rendus quand ils ne sont pas utilisés, les écrans ne sont autorisés que lorsque toutes les tâches sont accomplies, etc. Il n'y a que la télévision qu'elle ne peut pas mettre sous clé. Si Hélène était là...

Mais Hélène n'est pas là. Les absents ont toujours tort.

— Vous êtes sages pendant une demi-heure, si j'entends la moindre dispute, vous n'aurez rien du tout, c'est compris ?

Les garçons promettent, Raphaël retourne dans son bureau.

Félix s'installe au milieu des Playmobil, dont il organise les interactions. Marius le rejoint et assiste au débat houleux entre deux figurines, propos acerbes, ordres crachés, remontrances et menaces, l'affaire semble sérieuse.

À leurs côtés, un Playmobil enfant assiste à la querelle.

— C'est qui, lui ? s'enquiert Marius.

— C'est le fils de lui, l'informe Félix en agitant la figurine qu'il tient dans la main droite.

Il poursuit la controverse, qui bientôt se mue en empoignade. Félix donne l'assaut, la main droite contre la main gauche, bim, paf, tchak. Les mots se tendent, ils se font offense, les gestes suivent le mouvement, échange de coups autant que de grossièretés.

— Fraise au chocolat ! crie soudain la main droite.

Félix abandonne au sol le Playmobil de la main gauche, visiblement sonné par la rixe. À présent libre, la main gauche empoigne la figurine enfant. Les deux mains prennent la fuite, le père et le fils, puis se cachent derrière le pied du lit de Marius.

— Sauvés ! s'exclame la main droite.

Fin de l'histoire.

— Pourquoi t'as dit « Fraise au chocolat » ? demande Marius.

— C'est un code, explique Félix. Quand le père crie « Fraise au chocolat », ça veut dire qu'ils doivent s'enfuir.

— Pourquoi ?

— Parce qu'il y a des méchants qui veulent les tuer.

L'explication impressionne Marius, ce qui n'échappe pas à Félix. Fier de son effet, celui-ci mime un autre combat, une figurine dans chaque main, qui s'affrontent et se tabassent, se rossent et s'insultent en même temps, Marius en reste pantois, jamais il n'a entendu tant d'abjections.

— Qu'est-ce que j'ai dit ? tonne la voix de Raphaël tandis que sa silhouette se matérialise dans l'encadrement de la porte.

Les deux enfants se figent.

— Qu'est-ce que vous ne comprenez pas dans « pas de disputes » ? ajoute-t-il, franchement excédé.

— On se dispute pas, se défend Marius.

— Ah non ? Vous faites quoi, alors ?

— On joue, explique Félix sur le ton de celui que l'on accuse à tort.

Raphaël le considère d'un air suspicieux.

— Vous avez une drôle de façon de jouer !

Pour le coup, Marius n'est pas loin de donner raison à son père.

Chapitre 3

Insta, scroll de l'index, stop du pouce, like, swipe, passe à TikTok, scroll, vérifie ses notifs, revient sur Insta, messagerie. Théo n'a pas répondu, pas lu non plus son message à elle, envoyé il y a deux minutes, qu'est-ce qu'il fout ? Retour sur TikTok, le vide défile, Soline s'y noie, elle s'abîme dans d'autres vies, des fragments, éclats d'images, morceaux choisis.

Le temps s'effiloche.

Elle décroche du téléphone, se perd dans la contemplation de la fenêtre, regarde ses pensées s'envoler, des oiseaux diraient certains. Des insectes en vérité. Corps spongieux, fines pattes, ailes translucides, les pensées de Soline virevoltent aux quatre coins de sa tête, sans jamais rester en place. Virage à angle droit, difficile de les suivre, elles bourdonnent, elles piquent. Essaim de mots, nuées d'images. Et plus encore de sons.

Notification.

Retour au téléphone.

Théo a répondu.

Il lui propose de se retrouver place Mo dans une heure. Soline décline, dans une heure elle sera chez sa mère, c'est son anniv, pas moyen d'y couper. Théo insiste : elle peut le rejoindre plus tard ? Soline hésite, l'idée lui plaît. Elle réfléchit, prétexte dans sa tête, envisage le retour en métro, parfaite excuse pour partir plus tôt et faire un détour par la place Mo. Même si, elle l'anticipe, sa mère insistera pour qu'elle reste dormir. Depuis que Soline vit chez son père, Hélène profite de chaque instant passé avec elle, on dirait qu'elle se drogue. En manque.

Moue agacée, Soline balaie la déception de sa mère, tant pis, rien à foutre. Ses doigts courent sur l'écran tactile, elle accepte le rendez-vous, lui dit qu'elle y sera aux environs de 22 heures. Sans attendre de réaction, elle ferme la messagerie et retourne sur TikTok.

Il est sympa, Théo, elle le connaît peu mais elle l'aime bien. Elle ne lui est pas indifférente, elle le sait, elle pense même qu'il en pince pour elle, la façon dont il la regarde, même Chloé l'a remarquée. De son côté à elle, peu d'émoi, si ce n'est celui de l'intérêt qu'elle suscite. Ça la remue, de sentir qu'elle plaît. Pour elle, l'amour n'est encore qu'un concept nourri de ce qu'en disent les autres, les films, les livres. Elle sait qu'elle le vivra un jour, elle s'y prépare, elle en rêve, ça viendra forcément, elle n'est pas laide. Nombre de ses amies l'ont déjà fait, l'ont éprouvé aussi, parfois les deux en même temps. Théo n'est pas celui qu'elle attend, mais au moins pique-t-il sa curiosité. Elle a la force du détachement, gagnante quoi qu'il arrive, peu d'enjeux, rien à perdre.

Notification, un message reçu.

Soline repasse sur Insta. Réponse de Théo, il dit qu'il sera là à 22 heures tapantes, qu'il l'attendra jusqu'à minuit environ. Qu'il a hâte de la retrouver. Il écrit qu'il sera coiffé d'une casquette rouge, comme sur son profil Insta, référence à ces rendez-vous Tinder, quand on n'a jamais vu l'autre et qu'il faut se retrouver au milieu de la foule. Ils en avaient ri ensemble, la dernière fois qu'ils s'étaient vus : Théo avait raconté la façon dont ses parents avaient fait connaissance, à une époque où les sites de rencontre n'existaient pas. Ils étaient voisins, se croisaient dans la rue sans jamais se parler. Son père avait fait le premier pas en glissant un mot dans la boîte aux lettres de sa voisine : il lui donnait rendez-vous au Verschueren, la brasserie du Parvis, il serait coiffé d'un chapeau bleu, il la guetterait jusqu'à minuit. Le soir venu, il l'avait attendue. Les minutes passaient, comme les clients qui entraient et sortaient. À mesure que le temps s'écoulait, il se désespérait de la voir arriver, le chapeau vissé sur la tête, du bleu au milieu des rires et des conversations. Elle était finalement apparue aux environs de 23 heures. Ils ne s'étaient plus quittés depuis.

Soline adore cette histoire, la trouve si romantique. Le détail de la casquette rouge n'est pas anodin, elle le sait. D'ailleurs, Théo ponctue son message d'un émoji cœur. Celui de Soline se trémousse, quelques pas de danse, tcha tcha tcha, puis retour à la normale en même temps que sur TikTok, boum boum, régulier. Quelques coups de pouce sur l'écran, deux ou trois instants virtuels, puis Soline se prépare pour ce soir.

Joyeux anniversaire !

Bougies soufflées, tout le monde applaudit. Les lumières se rallument, Soline sourit sous les clameurs familiales, bravo, youhou, elle dit « merci », elle rigole même. Puis elle baisse les yeux sur le gâteau, la croûte aux fraises de chez De Weerdt, qu'elle adore. Tout en acclamant sa fille, Hélène l'observe à l'instant où celle-ci découvre la pâtisserie. Rien ne transparaît dans son regard, elle continue de sourire, commence à ôter les bougies. Hélène vient lui prêter main-forte avant d'entamer la découpe du gâteau en parts égales, six en tout puisque Félix partage ce moment familial. Le petit garçon louche sur le tapis de fraises, les yeux ronds, ravi. À côté de lui, Marius se pourlèche lui aussi. Un peu en retrait, Laura affiche un sourire forcé. Hélène mesure la violence de la tempête qui rugit dans sa tête, d'autant que son père n'est pas encore au courant du vol des feutres fluos.

Quand elles sont sorties du magasin, tout à l'heure, Laura rouge de honte et d'anxiété, Hélène n'avait qu'une idée en tête : l'urgence de rentrer, rattraper le retard, préparer le repas.

Tout en se pressant vers le parking, elle a anticipé la soirée, leur retour à la maison, le récit qu'elle se devait de faire à Raphaël, le mettre au courant de l'incident, Laura a volé des fluos qu'elle était pourtant prête à lui payer.

Laura a volé.

Devant la voiture, les conséquences d'un tel aveu se sont déployées dans l'esprit d'Hélène. La réaction de Raphaël serait vive, à n'en pas douter, et il aurait raison, sauf que le moment était mal choisi pour une mise au point, pas la bonne soirée, celle de sa fille à elle, qui leur reprochait déjà tant de choses, à commencer par la difficulté de trouver sa place dans cette famille qu'elle n'avait pas choisie. Hélène a envisagé le désastre annoncé, Raphaël furieux contre sa fille,

Laura éplorée, tout le monde sous le choc, la fête de Soline reléguée au second plan.

Elle a rangé les courses dans le coffre pendant que Laura prenait place dans l'habitacle, sans cesser de renifler. Puis elle s'est à son tour glissée sur le siège du conducteur.

— OK, a-t-elle soupiré. Tu peux m'expliquer ce qui vient de se passer ?

Laura a piteusement baissé la tête, laissant ses larmes revenir en flots abondants.

— Arrête de pleurer, s'il te plaît, s'est énervée Hélène. Ça n'arrange rien.

Un autre soupir, puis :

— Bon sang, Laura, je t'ai dit que je te les payais, ces foutus fluos ! Qu'est-ce qui t'a pris ?

— Je ne sais pas, a sangloté l'adolescente.

L'agacement menaçait. Hélène aime beaucoup Laura, mais son côté « petit oiseau tombé du nid » a parfois le don de l'irriter. Sans rien dire de plus, elle a mis le contact et pris le chemin du retour.

Tandis qu'elle conduisait vers la maison, elle n'a cessé de ruminer, anticipant l'ambiance délétère que l'affaire allait conférer à la soirée.

— Bon, a-t-elle déclaré d'un ton ferme. On va laisser tout ça de côté pour l'instant, on y verra plus clair demain. En attendant, tu me laisses gérer ça avec ton père. D'accord ?

Laura a tourné vers elle un regard surpris.

— Tu ne vas rien lui dire ?

— Pas ce soir, en tout cas.

Elle a manqué d'ajouter : « ce soir, c'est l'anniversaire de Soline, ce n'est pas le moment de tout gâcher », mais s'est ravisée, consciente de l'inconvenance de ses pensées. Remords vis-à-vis de Raphaël, elle s'est dédouanée en se disant qu'il comprendrait son choix. Malgré tout, elle l'entendait lui reprocher son silence, Laura est sa fille à lui, il en est responsable, Hélène n'avait pas à garder cela pour elle. Et il aurait raison. Tant pis. Un problème à la fois, le sien étant de réussir la soirée. Aujourd'hui ou demain, le problème serait le même, elle n'a fait que postposer l'aveu.

À présent, silhouette éperdue au milieu de la fête, Laura peine à faire illusion. Hélène fait diversion, Raphaël n'y voit que du feu, tout accaparé par son projet, la réaffectation d'un entrepôt destiné à accueillir des bureaux, open space de plusieurs centaines de mètres carrés, une étude colossale et ambitieuse dont il doit rendre les plans dans deux semaines. À côté de lui, Soline semble satisfaite, elle prend son gâteau en photo qu'elle poste aussitôt sur ses réseaux en pianotant une légende pleine d'émojis et de hashtags. En face d'elle, les garçons se goinfrent de croûte aux fraises et rigolent d'on ne sait quoi. Tout se passe pour le mieux.

Hélène caresse le dos de sa fille dans un geste d'affection. Mouvement de recul, la réaction est violente. Non pas dans les faits, l'adolescente se contente de se raidir, sans rien dire, chassant d'un bref coup d'épaule la main encombrante. Hélène n'insiste pas, fait semblant de rien, ramène son bras sans commentaire. En vérité, son cœur se brise une nouvelle fois, il explose sous la brutalité du rejet. Une douleur la submerge, vorace, dans le ventre, la poitrine et la gorge, des larmes inondent ses yeux, elle les retient, les ravale et affiche un sourire figé. Du coin de l'œil, elle observe sa fille, cette jeune personne dont elle se prend parfois à douter, m'aime-t-elle, quel lien nous unit, serait-elle capable de m'éjecter hors de sa vie ? Inconcevable perspective il y a quelques semaines encore. Aujourd'hui, la chose paraît possible, tant Soline, pleine de colère et de rancœur, tient sa mère à distance.

— Ça va, Laura ? s'inquiète Raphaël en observant sa propre fille avec curiosité.

Chassant ses doutes et ses angoisses, Hélène se tourne vers l'adolescente qui, quant à elle, lève les yeux sur son père, un regard plein de détresse. Ensuite, tout se délite, elle fond en larmes et se répand en mots épars sous les yeux ahuris de la tablée.

— Ben, mon chaton ! s'étonne Raphaël. Qu'est-ce qu'il se passe ?

Laura bredouille d'obscures paroles, au terme desquelles elle demande pardon, avant de répéter sans cesse qu'elle ne sait pas ce qui lui a pris.

— De quoi tu parles ? lui demande son père, de plus en plus abasourdi.

La fête est finie. D'un soupir un peu las, Hélène rassemble ses arguments.

— Il s'est passé quelque chose, tout à l'heure au supermarché, commence-t-elle, déjà découragée par la suite des événements.

Un bref coup d'œil vers l'adolescente qui renifle de plus belle, tête basse, le visage mangé par ses cheveux.

— J'avais accepté que Laura prenne des fluos, reprend-elle en s'adressant à Raphaël, mais au moment de…

Elle s'interrompt, distraite par des bruits inaccoutumés en provenance de la cage d'escalier de l'immeuble, une cavalcade, des exclamations, des cris même.

— Au moment de quoi ? reprend Raphaël qui attend la suite.

Hélène fronce les sourcils, intriguée par le chahut.

— Tu entends ? lui demande-t-elle.

Quelques secondes durant lesquelles tout le monde se tait, attentif aux bruits extérieurs. Mais Raphaël est plus préoccupé par l'état de sa fille.

— Ce n'est rien, ce sont les voisins, s'impatiente-t-il. Il s'est passé quoi, au supermarché ?

Hélène se recentre sur son récit :

— Au moment de sortir du magasin, on s'est fait arrêter par un vigile qui nous a demandé d'ouvrir nos sacs et…

Un grondement sourd se déploie tout autour, qui l'empêche d'achever sa phrase. Il s'amplifie de seconde en seconde, sature l'air, envahit bientôt l'espace.

Autour de la table, on se fige, tous les sens aux aguets.

Instinctivement, on lève la tête vers le haut.

Le lampadaire tangue au plafond, tandis que les vitres vibrent sous la puissance du vrombissement. Pendant quelques instants, on cesse de respirer.

Un fracas, bruit à nul autre pareil.

Ça vient du dehors, pas tout près mais pas si loin non plus, une explosion, énorme, suivie d'un écho qui n'en finit pas. Le sol tremble ainsi que les murs, on dirait que la maison s'ébroue. Au même moment, tout s'éteint. La pénombre s'abat d'un coup, comme un rideau, l'appartement plongé dans le noir, c'est brutal, un assaut. Reste un halo de lumière en provenance des fenêtres.

Tout le monde se raidit, en apnée.

— Maman ? appelle Marius. T'es où ?

L'éclairage public s'éteint à son tour.

L'obscurité est maintenant totale.

— Qu'est-ce qu'il se passe ? s'exclame Soline.

Un autre vacarme lui répond, plus fort encore que le premier, plus proche aussi, à n'en pas douter. Cette fois, on dirait que la pièce se lamente. Un des enfants pousse un cri, ce doit être Félix, auquel se joint Marius, une plainte affolée.

— Maman !

Hélène répond en même temps que Raphaël, il dit de ne pas bouger, elle dit qu'elle est là, fouillant la pénombre de ses mains à la recherche de son fils. Elle le trouve très vite, l'attire à elle.

Sur sa gauche, Laura pleure toujours, mais plus pour les mêmes raisons.

— Papa, j'ai peur !

Raphaël est à la fenêtre dont il vient de tirer les rideaux. Tout le monde le rejoint, scrutant l'extérieur avec inquiétude.

Depuis le deuxième étage d'une maison bruxelloise, la vue n'offre que le paysage quotidien des immeubles d'en face, hauts de quatre étages. Derrière les vitres, rien n'a changé, si ce n'est l'obscurité inhabituelle, les rues privées d'éclairage public, abandonnées à la nuit. Pourtant, au-delà des maisons, plus loin dans le quartier, peut-être la commune d'à côté, vers Ixelles, le ciel est anormalement illuminé, enflammé de jaune et de rouge, d'où s'élèvent des colonnes de fumée noire.

— C'est quoi, ce truc ? murmure Raphaël d'une voix blanche.

Une troisième explosion lui répond, plus proche encore que les deux précédentes, là, sur la droite, à quelques rues à peine. Derrière les maisons, une clarté intense s'élève et flamboie, forçant la conscience de chacun, le terrible constat que quelque chose de grave est en train de se produire. Cette fois, toute la maison tremble, les murs se trémoussent comme s'ils cherchaient à se mettre en mouvement. Hélène serre Marius contre elle. Le petit garçon lui tend les bras, il veut grimper dans les siens.

Regards figés, incrédules. Raphaël détaille les lueurs trop vives de ce qui ressemble à plusieurs incendies disséminés dans la ville. Il ne comprend pas, cherche une explication à l'inconcevable, juste avant que l'urgence ne le saisisse à la gorge, celle de réaliser l'imminence du danger qui les guette : les explosions se succèdent à une cadence de plus en plus soutenue et semblent se rapprocher. La stupeur le pétrifie une seconde ou deux de plus, puis l'évidence foudroie son esprit. Il réagit enfin, dans un cri d'effroi.

— Tous à la cave !

Il bondit vers le hall, entraînant Laura et Soline. Il s'apprête à courir mais réfrène sa hâte, se retourne pour voir si Hélène le suit, constate qu'elle reste devant la fenêtre, pétrifiée, Marius contre elle. Félix les dévisage, passant de l'un à l'autre sans savoir ce qu'il doit faire.

— Hélène ! hurle-t-il. On doit se mettre à l'abri !

Enfin elle réagit. Il voit l'horreur marquer ses traits, propulsant dans tout son être une décharge d'angoisse. Elle agrippe Marius plus fermement, saisit la main de

Félix, se précipite à sa suite. Raphaël attend qu'elle le dépasse pour pousser les filles devant lui en leur criant à tous de se dépêcher.

Hélène file aussitôt jusqu'à la porte d'entrée qu'elle ouvre à toute volée. Elle s'engouffre dans l'escalier, retient de justesse Félix qui manque de tomber, entend les pas pressés des autres habitants, Constance et Bruno Parmentier, les voisins du dessus, déjà à l'étage du dessous, avec leur bébé, la petite Pauline, trois mois à peine. Hélène dévale les marches, cherchant à guider Félix par le bras, le retenir comme elle peut quand il trébuche, le maintenir debout. L'obscurité les ralentit. Elle sent Laura et Soline juste derrière elle, Raphaël les exhorte à accélérer, vite, plus vite. Déjà elle parvient au premier étage, celui du vieux Corneille, qui ne se déplace qu'avec difficulté, et toujours à l'aide d'une canne. Elle s'arrête devant la porte.

— Qu'est-ce que tu fous ? lui hurle Raphaël en parvenant à son niveau.

— On ne peut pas laisser le vieux Corneille tout seul ! glapit-elle en jetant un regard horrifié à son mari.

Sans attendre sa réaction, elle lâche la main de Félix et, tenant toujours fermement Marius contre elle, elle tambourine à la porte du vieux monsieur en vociférant son nom, monsieur Rodrigue, monsieur Rodrigue, vous êtes là ? Elle actionne la poignée de la porte en espérant que celle-ci s'ouvre, mais non. Le battant reste clos, désespérément.

— Tant pis ! s'énerve Raphaël. On ne peut pas rester là.

— Il faut défoncer la porte !

— Il ne faut rien du tout ! s'emporte-t-il à présent. On prend les gosses et on descend à la cave, point barre !

Il la saisit par l'épaule et l'entraîne malgré elle vers l'escalier, que Laura et Soline ont déjà dévalé. Hélène a tout juste le temps de reprendre la main de Félix pour l'emmener.

— Donne-moi Marius ! lui enjoint Raphaël.

Elle détache le petit garçon d'elle et le tend à son père qui le saisit.

Sans lâcher Félix, Hélène s'élance de nouveau dans la cage d'escalier, Raphaël sur ses talons. Soudain, une détonation retentit, si près cette fois qu'elle les déséquilibre dans leur course. L'espace d'un court instant, elle craint que l'immeuble ne s'effondre sur eux. Mais les murs tiennent bon. Le cœur dans la gorge, Hélène pousse un cri d'épouvante, se rattrape de justesse à la rampe, poursuit malgré tout sa descente.

Parvenue au rez-de-chaussée, elle bifurque vers la cave dans laquelle elle s'engouffre comme si elle avait le diable à ses trousses.

Chapitre 4

Le sous-sol se présente comme un long couloir ponctué de portes à égale distance, donnant chacune accès aux caves individuelles, huit en tout, réparties de part et d'autre des deux murs. C'est un boyau de briques sales, humides, nappées de crasse, de gravats et de toiles d'araignées. Elles suintent le froid en provenance de la terre. Une pierre rude recouvre le sol, accidentée et rugueuse. Glaciale elle aussi. Impossible de s'y asseoir sans éprouver un grand inconfort, les fesses très vite martyrisées par l'âpreté de son relief, sans compter les bestioles qui y courent, insectes et rongeurs.

Sept appartements composent la maison dans son ensemble. Au rez-de-chaussée, une colocation prend toute la surface de l'immeuble, dans laquelle trois jeunes gens cohabitent, deux femmes, Noémie et Soraya, et un homme, Valentin. Les trois étages qui le surplombent comportent chacun deux appartements, l'un grand et vaste, l'autre bien plus petit, un studio. Trois familles occupent les grands appartements, une à chaque étage, les Maillet au premier, une maman solo et ses deux adolescents, Camille et Timéo jumeaux de treize ans. Hélène et Raphaël habitent donc au deuxième, et les Parmentier, Constance et Bruno, trentenaires et jeunes parents, ont investi le troisième. Les studios, quant à eux, sont occupés par des personnes seules, le vieux Corneille au premier, Melinda Alvarez au-dessus de lui, une quinquagénaire de passage à Bruxelles quelques jours par mois, dont c'est le pied à terre, et une étudiante en communication au dernier étage, Alice, vingt ans.

Quand ils arrivent dans la cave, le couloir est éclairé par deux lampes de poche coincées entre le mur et la tuyauterie, placées chacune aux deux extrémités. Elles dispensent un faisceau de lumière blanche, et tentent de trouer l'obscurité dans un combat inégal, laissant de larges espaces plongés dans la pénombre. Malgré le faible éclairage, Hélène discerne des silhouettes, parmi lesquelles Victorine Maillet et ses jumeaux, ainsi que Soraya et Valentin du rez-de-chaussée. Constance et Bruno se tiennent un peu plus loin, à l'entrée de leur propre cave dont ils viennent d'ouvrir la porte, leur petite Pauline dans les bras. Enfin, Alice, l'étudiante du troisième, dissimulée derrière Camille Maillet, apparaît dans le fond. Tous se tiennent debout, regards affolés levés vers le plafond, le souffle court, aux aguets, les traits figés par l'angoisse. Néanmoins, ils accueillent Hélène et sa famille avec soulagement : enfin ils sont là, pourquoi ont-ils mis tant de temps à réagir ?

Encore ahuris par leur course et leur frayeur, Hélène et Raphaël ne savent que répondre. Ils avancent de quelques pas, rejoignent les autres, tentent de reprendre leurs esprits.

— C'est quoi, tout ça ? Qu'est-ce qui se passe ? demande Raphaël, sous le choc.

Valentin secoue la tête en signe d'ignorance.

— À part le message d'urgence, on n'a pas plus d'infos.

— Quel message d'urgence ?

— Celui que tout le monde a reçu, répond Soraya. Une alerte qui disait qu'il fallait se mettre à l'abri. Ça avait l'air sérieux. Alors on a décidé de descendre ici. Dix minutes plus tard, les explosions commençaient.

— On n'a rien reçu ! s'insurge Hélène.

— Les téléphones… murmure Raphaël. On était à table, nos téléphones étaient éteints !

Valentin sort son smartphone, l'allume et le tend à Raphaël. La notification d'une alerte apparaît sur l'écran d'accueil, ornée d'un triangle rouge, dispensant des messages clairs et sans équivoque : Alerte danger majeur, mettez-vous à l'abri, reportez vos déplacements, suivez les consignes de sécurité, tenez-vous informés grâce à la radio, TV et médias sociaux.

— Qu'est-ce que c'est, ce truc ? murmure Raphaël, hébété.

— On dirait qu'on est bombardés, dit Bruno d'une voix pétrie d'angoisse.

— Mais c'est absurde ! murmure Raphaël, incrédule. Bombardés par qui ? Bombardés pourquoi ?

— On n'en sait rien.

Hélène dévisage ses voisins, passant des uns aux autres. Constatant l'absence du vieux Corneille, elle se tourne vers Raphaël et lui enjoint de remonter avec elle pour mettre le vieil homme à l'abri.

— C'est de la folie ! s'exclame Victorine Maillet. Vous n'allez pas retourner là-haut ?

— On ne peut pas le laisser comme ça ! réplique Hélène sur le ton de l'évidence.

Raphaël la considère sans bouger, indécis. Hélène s'en agace, elle saisit Marius, toujours dans les bras de son père, le pose à terre.

— Soline, Laura, vous vous occupez des garçons, on arrive tout de suite, leur ordonne-t-elle.

Puis, sans plus attendre, elle file vers l'escalier qui mène aux étages. Raphaël a tout juste le temps de la rattraper avant qu'elle n'atteigne la première marche. Il la saisit par le poignet, la bloque dans son élan. Surprise, Hélène se tourne vers lui. Elle tente de se dégager, il resserre sa prise.

— On ne fait rien du tout, on ne va nulle part, on reste ici, décrète-t-il d'une voix ferme.

Hélène s'apprête à imposer son point de vue, il est plus rapide.

— Je m'en fous, du vieux Corneille, ajoute-t-il, la mâchoire crispée. S'il est en danger, nous le serons aussi, je refuse de prendre ce risque. Et je te l'interdis.

Une nouvelle fois, Hélène ouvre la bouche pour rétorquer.

— Fin de la discussion, la coupe-t-il en la fustigeant.

Hélène se raidit, troublée par le ton de Raphaël, une tyrannie qu'elle ne lui connaît pas. Elle l'observe un court instant, déstabilisée. Il le réalise, relâche la pression, celle qu'il exerce sur son poignet, celle aussi qui marque ses traits et colore son regard.

— S'il te plaît, ajoute-t-il plus doucement.

Hélène le dévisage quelques secondes encore, elle le détaille, songeuse. Hésite à lui tenir tête, envers et contre tout. De son côté, Raphaël ne la lâche pas des yeux. Elle finit par acquiescer.

— OK.

Sans un mot de plus, sans même lui jeter un bref coup d'œil, elle le contourne pour rejoindre les enfants.

— Et Melinda Alvarez, quelqu'un a des nouvelles ? s'enquiert Constance Parmentier.

— Elle n'est pas là en ce moment, déclare Hélène. En tout cas, le parapluie sur son palier n'a pas bougé depuis une semaine.

— Et votre amie ? demande encore Constance en se tournant vers Soraya et Valentin. Vous êtes trois, normalement, non ?

— Noémie est chez ses parents, à Liège.

Constance hoche la tête. Dans ses bras, la petite Pauline s'est endormie. Elle la maintient contre elle sans cesser de se dodeliner d'un pied sur l'autre, dans un mouvement de balancier.

— On n'a pas de réseau ! s'exclame Timéo l'un des jumeaux, son téléphone tendu vers le plafond, à la recherche d'une connexion.

— Normal, on est dans une cave, lui fait remarquer Soraya.

— Si j'étais toi, j'arrêterais d'user ma batterie pour rien, lui conseille Valentin.

Timéo lui jette un coup d'œil, intrigué.

— Pourquoi ?

— Je ne sais pas ce qui se passe, mais ce qui est certain, c'est qu'il n'y a plus d'électricité, et aucune garantie d'en avoir dans l'immédiat. Donc plus de moyen de recharger nos téléphones.

Cette fois, Timéo le dévisage comme s'il venait de lui annoncer la fin du monde. Il éteint précipitamment son appareil et le range dans sa poche. Camille et Soline réagissent également, tournant vers Valentin un regard affolé.

— Mais… comment on va faire ? demande la première.

Valentin secoue la tête, pas plus réjoui que les adolescents.

— J'en sais rien.

— Et comment va-t-on savoir quand on peut remonter ? demande Victorine Maillet.

Tous attendent qu'un autre réponde. Personne ne sait.

— S'il n'y a plus d'explosion dans une demi-heure, on remonte, propose Alice, l'étudiante du troisième.

On se consulte du regard, puis on acquiesce. Bruno jette un coup d'œil à sa montre.

Les minutes qui suivent se noient dans un silence oppressant. Tous sont sur le qui-vive, à l'affût d'une explosion, priant le Ciel pour que le cauchemar prenne fin aussi brutalement qu'il a commencé. Camille, la jumelle, sonde le sol à la recherche d'un endroit où s'asseoir. Elle avise, un peu plus loin, un espace libre pour s'y installer, et s'y rend.

— Tu ne vas pas t'asseoir par terre ! s'exclame sa mère.

Camille se tourne vers elle, surprise.

— Ben si. J'en ai marre de rester debout.

— C'est sale, par terre, relève Victorine avec dégoût. Tu peux tenir une demi-heure, non ?

À regret, Camille prend appui contre le mur.

Quelques minutes passent, durant lesquelles Pauline s'agite contre sa mère. Constance reprend son balancement afin de la rendormir. Mais le bébé ne s'y laisse pas prendre. Elle émet quelques plaintes, de ces pleurs de nourrisson plus vastes qu'eux. Bruno offre ses bras, Constance la lui passe avec précaution, en même temps qu'ils échangent un regard entendu, du velours dans lequel brille toute la tendresse du monde, une caresse, un chuchotement. Hélène chope le coup d'œil au vol, et ça lui fait chaud au cœur, une bouffée de douceur malgré les relents de mort qui rôdent tout autour.

Elle ne les connaît pas bien, Constance et Bruno, mais de prime abord, elle les apprécie. Ils ont emménagé deux ans auparavant, jeune couple plutôt discret, jamais de bruit si ce n'est celui de leurs pas feutrés. Et, depuis trois mois, les pleurs de Pauline filtrés par le plafond, qu'Hélène et Raphaël saisissent comme un souvenir qui ne leur appartient pas. Ils n'ont pas vraiment de contact entre eux, ils n'en ont ni le temps ni le souhait, pas tout à fait de la même génération. Quelques échanges dans la cage d'escalier quand ils se croisent, voilà l'essentiel de leurs rapports. Hélène dit d'eux qu'ils sont mignons. Raphaël acquiesce avec indifférence.

Pauline continue de se plaindre, malgré le bercement de son père. Elle relève la tête, la laisse retomber à la recherche du sein maternel.

— Elle a faim, murmure Constance.

Elle entre à l'intérieur de sa cave.

— Tu veux que je t'aide ? lui demande Bruno en lui emboîtant le pas.

— Oui, je veux bien.

L'espace d'un instant, Hélène se demande en quoi Bruno peut-il aider Constance pendant qu'elle allaite.

— Maman…

Marius tend les mains vers sa mère, avec l'intention d'être cagolé. Hélène s'agenouille à sa hauteur, il se réfugie aussitôt contre elle. Elle sent le petit corps inquiet, referme vite ses bras autour de lui. Juste devant elle, Félix les observe, le visage grave, la bouche pincée sur des émotions que, à l'évidence, il muselle. Hélène l'invite à les rejoindre, mais l'enfant ne bouge pas. Elle répète son geste en lui adressant un sourire encourageant, Félix se contente de secouer la tête. Elle s'emploie alors à rassurer les deux garçons par des mots, ça va aller, ils sont à l'abri, bientôt ils pourront tous remonter, elle en est certaine.

— J'ai mal aux pieds, se plaint Marius.

Hélène le scrute, indécise.

— Moi aussi, gémit Félix à son tour.

— Asseyez-vous par terre, décide Hélène en indiquant l'espace sur lequel Camille voulait s'installer quelques minutes plus tôt.

Les enfants ne se le font pas dire deux fois : ils s'y précipitent et s'y affalent, soulagés.

Camille, elle, fustige sa mère.

— Pourquoi ils peuvent et pas moi ?

Victorine Maillet jette un regard en direction des enfants.

— S'ils veulent se vautrer dans la crasse, c'est leur problème, maugrée-t-elle, et dans sa voix pointe un soupçon de dédain.

Hélène ne relève pas. Elle n'a jamais apprécié sa voisine du premier. Trop rigide, trop sèche, trop froide. Leurs rapports se résument aux formules d'usage, bonjour-bonsoir, quelques mots sur l'entretien des communs, plusieurs remarques sur les nuisances sonores des uns et des autres, dont Hélène et sa famille sont parfois responsables. Les jumeaux ne lui sont pas plus sympathiques, deux enfants sans grand intérêt, trop sages, trop lisses, dépourvus de fantaisie. Tout est toujours parfait chez eux, rien ne dépasse jamais, ni les cheveux, ni les vêtements, ni la voix, à peine les dents, du moins avant qu'ils ne soient harnachés, arborant à présent un appareil dentaire mandaté pour faire rentrer tout ça dans le droit chemin. Camille et Timéo Maillet n'ont aucun défaut, ils sont la preuve flagrante que l'éducation est une affaire sérieuse, Hélène doit l'admettre, elle qui a toutes les peines du monde à obtenir de Marius que celui-ci mette son linge sale dans le panier prévu à cet effet.

Le bruit sourd d'une explosion efface le rictus condescendant de Victorine et arrache un cri à Constance, depuis l'intérieur de sa cave. Tout le monde lève les yeux au plafond, en alerte. On retient son souffle. Les jumeaux se rapprochent de leur mère, pas rassurés. L'immeuble craque de partout, la petite Pauline émet une plainte, Laura se remet à sangloter. Raphaël la rejoint puis la rassure comme il peut, lui promet qu'ils sont en sécurité, que c'est bientôt fini, que tout ira bien.

— Je veux ma maman, gémit Félix depuis le coin où il s'est installé avec Marius.

Hélène et Raphaël échangent un regard soucieux.

— Moi c'est mon papa que je veux, grommelle Soline, suffisamment fort pour que sa mère l'entende.

Le trait est cruel, destiné à faire mal. Hélène le reçoit comme une gifle, consciente de l'intention de blesser, ce qui ajoute à sa peine.

Sans relever l'atteinte, elle se tourne vers Félix.

— Tes parents vont arriver, j'en suis certaine, lui dit-elle en forçant un sourire. Dès qu'on remonte, je les appelle pour savoir quand ils viennent te chercher.

À son tour, Soline s'accroupit, adossée au mur. Elle consulte l'heure sur son téléphone, 22 h 08. Pense à Théo, se demande s'il est place Mo, s'il l'attend. Ricane ensuite à cette étrange idée. Elle l'imagine sous les bombes, une casquette rouge sur la tête, seul au milieu de l'aire de jeux, celle où les familles se retrouvent le week-end, le terrain de skate ou la zone végétale en contrebas.

Rendez-vous manqué.

Malgré la peur, son cœur se serre.

Soline se concentre sur Théo, ça dévie ses pensées sur autre chose que l'angoisse. Non pas qu'elle mette de grands espoirs dans cette rencontre, le garçon n'est pas son genre, trop dégingandé à son goût, un physique singulier, une réputation de racaille, quelques casseroles encombrantes qui, en vérité, ne lui déplaisent pas tant que ça. Son message aux accents romantiques n'en avait eu que plus de mystère.

Mais voilà, ce qui devient impossible acquiert soudain une valeur inédite. Ce rendez-vous la laissait de marbre il y a deux heures à peine. À présent à croupetons dans une cave, le cœur dans la gorge et les sens aux aguets, un sentiment d'injustice l'étreint.

Elle ne devrait pas être là.

Elle devrait être place Mo, en train de prendre un garçon de haut.

Au lieu de quoi, elle se terre au milieu de ces gens, elle a froid, mal installée, sans savoir combien de temps tout cela va durer.

Chapitre 5

Les explosions se poursuivent durant une bonne partie de la nuit, longues heures éperdues d'angoisse, avec laquelle chacun négocie comme il peut, en silence ou en sanglots, en plaintes ou en humeurs. La plupart sont hébétés, l'incompréhension règne, les questions fusent, auxquelles personne ne répond sinon par d'autres questions. Les minutes se transforment en heures. Chaque fois qu'on se dit que c'est fini, chaque fois qu'on envisage de remonter, une autre explosion se fait entendre, souvent lointaine, parfois plus proche. Avec elle, les estomacs se retournent, les cœurs s'affolent, les gorges s'assèchent. À mesure que la nuit s'étire, les enfants fatiguent. Le froid n'arrange rien.

Hélène s'est accroupie, d'autres l'ont imitée. On s'aménage une place tant bien que mal, les genoux repliés sous soi. Même Victorine Maillet a fini par autoriser ses enfants à s'asseoir par terre, malgré la crasse. Camille et Timéo se serrent l'un contre l'autre, ils grelottent de froid autant que de peur. Tout comme les Parmentier, Soraya et Valentin se sont réfugiés dans leur cave individuelle. Les autres caves restent closes : Victorine Maillet n'a pas la clé de la sienne, restée en haut dans son appartement, pareil pour Alice. Celle d'Hélène et de Raphaël n'est pas fermée à clé, mais elle est trop encombrée pour les accueillir tous les six.

Bientôt, l'une des deux lampes de poche montre des signes de faiblesse. Son halo vacille, on dirait qu'il se débat, jetant ses dernières forces dans la bataille pour ne pas s'éteindre. Combat perdu d'avance, il s'atténue inexorablement avant de se faire dévorer par l'obscurité.

— Quelqu'un a des piles ? demande Camille.

— Peut-être ici, répond Soraya en sondant les étagères de sa cave.

On l'entend farfouiller, passer d'un carton à un autre, commenter tout haut ce que palpent ses mains, s'agacer de n'y rien voir.

— Qui peut m'éclairer avec son téléphone ?

Silence. Personne ne réagit. Hélène interpelle Timéo :

— Jeune homme, tu peux allumer ta lampe de poche ?

— Ben non, ça va user ma batterie, réplique-t-il comme si on lui demandait un bras.

— Ça ne va pas durer longtemps...

— J'ai plus que vingt-quatre pour cent, c'est mort !

Hélène ronge son frein, se tourne vers Victorine, attend une réaction. Celle-ci garde délibérément le silence avant de protester.

— Pourquoi ce serait mon gamin qui devrait user sa batterie ? Vous n'avez qu'à utiliser votre téléphone...

— Ils sont chez nous, en haut, répond sèchement Hélène. On n'a pas eu le temps de les prendre avant de descendre ici.

— Ce n'est pas mon problème.

— Bon, quelqu'un a son portable sur lui et veut bien éclairer Soraya ? demande Hélène en faisant un tour d'horizon.

Un faisceau lumineux illumine le couloir et fait cligner les yeux : Bruno Parmentier brandit son smartphone, rejoint Soraya dans sa cave. Celle-ci le remercie. Pourtant, au bout de quelques minutes :

— Désolée, je n'ai pas de piles, déclare-t-elle avec regret.

Bruno éteint son téléphone. Les lieux ne sont plus éclairés que par une seule source de lumière, pas très vaillante, donnant à l'endroit des allures de tunnel obscur. Le fond du couloir est à présent plongé dans une pénombre compacte. La sensation de froid s'accroît.

— Maman, j'ai peur, pleurniche Marius.

— Je veux ma maman, répète Félix.

Hélène se redresse et, à tâtons, entreprend de se rapprocher des garçons, les mains plaquées sur le mur dont elle suit le tracé, pas à pas. Elle manque de trébucher sur Camille et Timéo sur Alice ensuite, se confond en excuses, finit par se glisser entre Marius et Félix, puis les enlace.

À l'autre bout du couloir, assise par terre, Soline ramène ses genoux contre elle, qu'elle enserre dans ses bras. Sensation de vide, de froid, sans oublier la peur, volutes d'épouvante qui s'insinuent partout, dans la gorge, la poitrine et le ventre. Dans un sursaut d'angoisse, elle tourne la tête vers sa mère, la découvre encombrée des petits. Un peu plus loin, Raphaël entoure sa fille de ses bras protecteurs. Soline frissonne, enfouit son visage dans ses genoux, étouffe un sanglot. La solitude l'étreint, qu'elle chasse aussitôt, mâchoires crispées sur un dépit amer.

Entre deux déflagrations, quelques plages de silence. Le temps se délite dans l'imaginaire, celui que tisse l'ignorance : quand la peur prend toute la place, on se figure le pire. Comme un blessé tâte ses plaies pour en constater la gravité, Hélène envisage l'horreur, celle qui règne à la surface, les dégâts que suggère l'écho des explosions. Comment une telle chose est-elle possible ? Que font-ils là, dans la cave, à l'affût d'un danger dont ils ignorent tout, écrasés par la peur, plongés dans le noir, transis de froid ?

Avec l'attente, les hypothèses se déploient, toutes plus terrifiantes les unes que les autres. L'affolement cède la place à l'angoisse, pernicieuse et insistante. Bientôt, Hélène ressent les premiers signes d'une crise d'asthme, dont elle est sujette. Les émotions fortes sont un déclencheur, elle le sait, tout comme les moisissures et les blattes dont la cave regorge. Elle fouille ses poches, gilet et pantalon, puis sa mémoire. Le constat est aussi rapide qu'effrayant : son inhalateur est en haut, elle se souvient de l'avoir posé sur la table de la cuisine. Sans Ventoline, les heures qui suivent risquent d'être éprouvantes.

Hélène se force au calme : la peur est son ennemie, elle ne fera qu'aggraver les symptômes. Elle inspire l'air avec lenteur, essaie du moins car, très vite, sa respiration se bloque.

Presque en même temps, un poids se forme sur sa poitrine, et l'accable.

Secondes oppressantes, Hélène connaît les sensations qui s'annoncent. Désormais prisonnière d'un cercle vicieux, elle se sent bientôt impuissante à enrayer la crise. La panique en profite pour prendre de l'ampleur, s'installant là où l'air ne peut plus aller. Hélène lui oppose une volonté farouche, refusant de lui céder, mais le combat est inégal : elle a besoin d'aide.

— Raphaël…

Au son de sa voix, celui-ci comprend tout de suite ce qui se passe.

— Ta Ventoline ?

— La cuisine…, articule-t-elle dans un laborieux murmure.

Il se lève et, sans perdre une seconde, se dirige vers l'escalier. Hélène se redresse à son tour, déchirée entre le besoin vital de son inhalateur et le risque qu'elle fait courir à Raphaël. Le poids de son corps la déséquilibre, l'effort est trop intense. Elle retombe sur ses genoux, le souffle court. La panique est maintenant une énorme bestiole qui la ceinture et l'oppresse, on dirait que ses pattes lui lacèrent les poumons. Le décompte est lancé, elle le sait.

— Maman, ça va ?

Inquiète, Soline se rapproche. Elle connaît les affres qu'une crise d'asthme inflige, elle a déjà vu sa mère en détresse respiratoire. Elle sait aussi qu'il faut lui laisser le plus d'espace possible, ne pas l'étouffer. Elle garde donc une certaine distance, comme un périmètre de sécurité.

— Raphaël va te rapporter ta Ventoline, dit-elle d'une voix pourtant effrayée. Ça ne va pas durer longtemps. Tiens le coup. Essaie de contrôler ta respiration.

Hélène se concentre sur son souffle, mais l'angoisse gagne du terrain. Elle éructe le peu d'air qu'elle parvient à inspirer, et se met à tousser. La sensation d'écrasement s'accroît, entrave le passage de l'oxygène et l'affaiblit de plus en plus. Tandis qu'elle suffoque, le temps se décompose. La voix de ses enfants résonne au loin, Marius veut la rejoindre, l'entourer de ses bras, mais Soline l'en empêche. Entre deux injonctions à son frère, elle supplie sa mère de rester calme et de gérer son souffle. Les secondes s'étirent, longues, lentes, éternelles. Pourquoi les murs sont-ils si proches ? Tout comme le plafond qui semble peser sur elle de tout son poids. Pour ne rien arranger, l'obscurité ajoute à cette sensation d'oppression si stressante. Les tentatives désespérées de respirer se succèdent, chaque mouvement est une lutte, chaque inspiration une victoire. Hélène regarde autour d'elle à la recherche de Raphaël, parti depuis des heures, que fait-il ? S'il n'arrive pas tout de suite, elle ne survivra pas à la crise. Les murs se rapprochent encore, ils vont l'écraser, la broyer sous des kilos de pierres. Peu à peu, elle se sent dériver vers des régions obscures tandis que, dans l'air inexistant, la température chute inexorablement…

Soudain, on la saisit par les épaules, puis on la redresse d'autorité. Juste après, on introduit quelque chose entre ses lèvres. Elle reconnaît l'embout de son inhalateur dont on actionne le pressoir, libérant un souffle chimique projeté dans ses poumons comme une dernière chance, un soupir en boîte, à la fois mécanique et miraculeux. Enfin ses poumons s'ouvrent de nouveau, accueillant l'air salvateur. Avec lui, les sons retrouvent le chemin de sa conscience, elle entend la voix de Raphaël, douce, apaisante. Il la ramène à lui, à eux, à ses enfants, à d'autres gens aussi, qui sont-ils, ah oui, les voisins. En ouvrant les yeux, elle les distingue tous, qui l'encerclent et portent sur elle des regards inquiets.

— Voilà, respire, lentement, tout va bien, murmure Raphaël.

Progressivement, son corps reprend vie.

Alors seulement, Hélène écarte les bras pour accueillir Marius. Tandis qu'elle l'étreint, elle cherche sa fille des yeux, mais Soline s'est déjà détournée, rassurée sur le sort de sa mère. Hélène maîtrise sa déception, bien résolue à ne garder à l'esprit que l'inquiétude dont l'adolescente a fait preuve durant la crise, comme le gage d'un attachement pas tout à fait moribond.

Et puis il y a Raphaël. Dans ses yeux brille tout ce que l'univers compte d'amour et de douceur. Il se tient à côté d'elle, ne se résout pas à la lâcher, rivé à son souffle. Mieux, il respire en même temps qu'elle, comme pour la guider vers la vie. S'il le pouvait, il lui donnerait ses poumons, elle le sait. Hélène mesure la chance qu'elle a de connaître un tel amour. La force de leurs liens est rare autant que précieuse. Neuf ans après leur rencontre, son cœur bat toujours aussi fort pour lui, comme le sien pour elle. Ça n'empêche pas les désaccords, les débats parfois houleux, et même une dispute occasionnelle, des accidents de parcours sans conséquence, des détours vite corrigés. Chaque jour, leurs gestes, leurs baisers, leurs murmures trahissent cet émoi propre aux jeunes couples, ces débuts enchanteurs, avant que le temps et l'habitude ne viennent éroder leur histoire. Elle en ignore la raison, quel miracle s'est penché sur eux, mais cette usure ne les a jamais effleurés.

— Ça va ? lui demande-t-il tendrement.

Hélène acquiesce. Elle lui sourit avec confiance, elle sait comme il a eu peur. Elle se laisse aller contre lui et, d'une voix encore faible, le remercie.

Autour d'elle, tout le monde se détend.

On regagne sa place.

Ce n'est qu'à ce moment-là qu'elle remarque Félix. L'enfant se tient contre le mur un peu plus loin, sans la lâcher des yeux desquels débordent des larmes.

— Félix ! s'exclame-t-elle, surprise. Tout va bien ?

Le petit garçon essuie ses joues, vite vite, le geste saccadé.

— Pourquoi tu pleures ? lui demande-t-elle encore.

Il hausse les épaules, honteux, avant de secouer la tête. Hélène l'invite à la rejoindre, viens près de nous, explique-moi. Mais Félix refuse. Il se rassoit dans son coin, bien décidé à n'en plus bouger.

— J'ai eu peur, c'est tout, grommelle-t-il tandis qu'Hélène insiste.

— C'est fini, le rassure-t-elle en souriant. Tant que j'ai mon inhalateur avec moi, je ne risque rien.

Il hoche la tête puis la cache dans ses genoux, s'extrayant du monde et des regards.

Alors seulement, l'attente reprend au son des explosions, comme si le temps faisait une embardée.

Un cri strident les arrache à leur silence. Alice bondit hors de sa place, elle se frappe la tête et les épaules de mouvements frénétiques.

— Une araignée, une araignée ! hurle-t-elle d'une voix saturée d'épouvante.

Durant quelques secondes, elle poursuit une danse désarticulée avant de s'immobiliser, tous les sens en alerte.

Tout le monde l'observe, l'œil navré.

— Elle était énorme, se justifie-t-elle.

Dans la cave des Parmentier, la petite Pauline se met à pleurer.

— Vous l'avez réveillée, c'est malin, râle Bruno.

— Je suis désolée.

S'ensuit un long moment assommé par les pleurs du bébé, entre révolte et colère, des cris de rage que sa mère ne parvient pas à apaiser. Et plus elle pleure, plus on en veut à Alice.

— Il va falloir apprendre à vous maîtriser, persifle Victorine Maillet en lui lançant un regard furieux.

— Je suis désolée, ne cesse de dire la jeune étudiante.

À mesure que les pleurs du bébé se poursuivent, Soline se recroqueville de plus en plus, les nerfs à fleur de peau. Elle se prend la tête dans les mains, les plaque contre ses oreilles, tente de faire abstraction du bruit. Peine perdue : plus elle cherche à s'extraire du chahut, plus son cerveau se focalise dessus. Les cris prennent de l'ampleur, ils s'accumulent dans sa tête, ils envahissent ses pensées, ils résonnent, se gonflent, s'amassent, douloureux, insupportables. Urgence. Il faut que ça s'arrête. Son crâne est un contenant plein que l'on s'évertue à remplir encore, et encore, et encore. Chaque pleur repousse les limites de son endurance, sur le point de céder. Dans un sursaut de conscience, elle redresse la tête et jette un coup d'œil vers sa mère, noyée de détresse. Un appel au secours. Mais Hélène ne la regarde pas, elle-même accaparée par Marius, très agité lui aussi. Les cris de Pauline sont des flammes, le cerveau de Soline s'embrase, bouillonne, bientôt dévoré par tout ce feu.

— Qu'il se taise ! gémit-elle en pressant ses mains contre ses oreilles.

Sa voix n'est qu'un filet à l'agonie. Pauline prend toute la place sonore, Soline se consume sous l'ardeur de ce brasier, ça la brûle, ça la ronge, personne ne l'entend. Elle tient bon autant qu'elle peut, mais les pleurs du bébé ne tarissent pas, bien au contraire.

La douleur devient odieuse.

Alors, à bout de patience, Soline craque. Elle pousse un cri si puissant qu'il couvre les bruits du bébé. Un long cri délogé du fond de ses entrailles, une plainte qui se déchire à mesure qu'elle l'expulse. C'est comme si tout se brisait en elle. Elle hurle sans discontinuer, elle rugit son mal, le visage vers le plafond, la bouche grande ouverte.

Autour d'elle, c'est la consternation.

Abandonnant Marius, Hélène se lève précipitamment. En deux pas, elle est auprès de sa fille, s'accroupit à son niveau, la saisit par les épaules.

— Soline ! Calme-toi ! Soline !

Mais le cri de l'adolescente est strident Il emporte son discernement, ses pensées et ses forces. Hélène la secoue, la supplie de se calmer, en appelle à sa raison. En vain. Soline s'abîme dans son cri, on dirait qu'elle s'y réfugie.

Ce n'est que lorsqu'elle n'a plus d'air dans ses poumons que la jeune fille cède aux injonctions d'Hélène. Elle s'étrangle en même temps que son cri, épuisée, avant de se laisser aller dans les bras de sa mère. Celle-ci la soutient, la serre contre elle, la couvre de paroles apaisantes. Pauline en profite pour reprendre sa litanie. Soline se perd dans ses sanglots.

Au petit matin, enfin, les choses semblent s'apaiser. Au bout d'une heure sans explosion, on se décide à remonter. Épuisés, les corps se déplient, puis se redressent. Durant la nuit, Constance a dégoté quelques linges dans les cartons entreposés dans sa cave, qu'elle a distribués, permettant aux enfants de se couvrir plus chaudement. Ainsi, Marius, Félix, Camille et Timéo ont pu se réchauffer dans de vieux vêtements. Pour Laura et Soline, Hélène a retrouvé des rideaux dans lesquels les deux adolescentes se sont emmitouflées. Les autres ont eu froid. La petite Pauline a fini par se taire, par s'endormir ensuite, blottie contre son papa. Vers 2 heures du matin, la seconde lampe de poche a rendu l'âme à son tour, les plongeant dans une obscurité complète. Les sons ont pris de l'ampleur, enflammant plus encore l'imagination, de longs instants à guetter les bruits, ceux du dehors mais également ceux du dedans. Vers 3 heures, Hélène et Raphaël se sont pelotonnés l'un contre l'autre, cherchant à conserver les maigres chaleurs qu'il leur restait. Le froid les a engourdis, ils ont somnolé jusqu'à l'aube.

À présent, un faible halo traverse le soupirail et les éclaire d'une lumière blafarde. Victorine Maillet propose d'aller voir comment les choses se présentent. Raphaël et Bruno se dévouent, éclaireurs improvisés, ils gravissent les marches de la cave avec prudence. Les autres attendent en bas. Chacun retient son souffle. Le silence du matin inquiète autant que le vacarme de la nuit. Ils sont agglutinés au pied de l'escalier, attentifs aux réactions des deux hommes.

Raphaël est le premier à parvenir au rez-de-chaussée. À première vue, l'immeuble tient debout. Des gravats jonchent le sol du hall d'entrée, ainsi que des bris de verre. Les vitres martelées de la porte de rue sont brisées, ne laissant que quelques tessons par-ci par-là, comme un sourire édenté. Les deux hommes se dirigent vers la sortie.

Déjà, à travers le battant aux carreaux cassés, ils distinguent un décor qu'ils ne reconnaissent pas. Raphaël se raidit, sa poitrine se serre, son cœur s'affole. Il continue d'avancer, le souffle court. Bruno est juste derrière lui. Parvenu devant la porte, il marque un temps d'arrêt, la main sur la poignée.

Puis il ouvre.

Le spectacle qui s'offre à eux est apocalyptique. La rue Saint-Bernard n'est plus qu'une artère éventrée à certains endroits, recouverte de maisons effondrées à d'autres, terrifiants décombres dont on n'ose imaginer ce qu'ils recouvrent. Des foyers d'incendie parsèment les bâtiments en ruine, d'où s'échappe une fumée dense et noirâtre. De nombreuses carcasses de voiture jonchent la chaussée, certaines en feu, ainsi que des lampadaires avachis. Une odeur indéfinissable flotte dans l'air, mélange d'essence et de brûlé, de plastique aussi, ça sent le drame. Quelques habitations tiennent debout, par grappes de quatre ou cinq. Sombres silhouettes, elles se découpent dans le jour qui se lève, on dirait qu'elles se serrent les unes contre les autres de peur de s'effondrer à leur tour. De chacune d'elles les gens commencent à sortir, effarés.

Raphaël fait quelques pas hors de la maison. Sa conscience refuse ce qu'il voit, il ne peut pas y croire, il va se réveiller. Mais les secondes s'écoulent sans qu'il ouvre les yeux sur une autre réalité. Celle qui se découvre autour de lui est la seule qui soit.

Un cauchemar.

À ses côtés, Bruno est tout aussi hébété. Tous deux contemplent les ruines qui les entourent, cette rue qui, il y a quelques heures à peine, était encore une artère de la ville, un décor ordinaire, une route qu'ils empruntaient chaque jour, et dont le principal défaut était le manque de places de stationnement.

Chapitre 6

La vie vient de basculer.

Immobile au milieu de la rue dévastée, Hélène a du mal à rassembler ses esprits. Trop d'informations à trier, trop d'émotions à gérer. Tout autour d'elle, des gens sortent des maisons ou errent déjà parmi les décombres, marqués par l'ampleur du désastre. Certains se lamentent, pleurent ou gémissent, d'autres paniquent. Des alarmes retentissent aux quatre coins de la ville, des cris fusent de toutes parts. Hélène observe une jeune femme prostrée devant un bâtiment écroulé. Celle-ci tombe à genoux et se met à sangloter à corps perdu, inconsolable. Hélène la connaît de vue, c'est une voisine, elle tient la pharmacie de la chaussée de Waterloo, elle a deux enfants en bas âge, elle roule en vélo-cargo. L'espace d'un instant, Hélène craint qu'un de ses enfants ne soit enseveli sous les gravats, peut-être même les deux, mais elle les aperçoit plus loin, à côté de leur père. Un peu partout, des groupes se forment. Hélène frissonne. Soline se tient près d'elle, très agitée. La jeune fille pianote sur son téléphone avec frénésie, comme un nageur en difficulté s'agrippe à une bouée de sauvetage. Bientôt intriguée par l'activité fébrile de sa fille, Hélène se tourne vers elle :

— Qu'est-ce que tu fais ?

— J'essaie d'appeler papa, s'énerve l'adolescente sans relever la tête. Mais ça marche pas !

— Laisse tomber, il n'y a plus de réseau.

Soline lève sur sa mère un regard incrédule.

— Comment ça, il n'y a plus de réseau ?

— Si ça ne fonctionne pas, c'est qu'il n'y a plus de réseau.

La jeune fille s'affole.

— Mais pourquoi ?

La question sidère Hélène.

— Soline, tu es aveugle, ou quoi ? s'impatiente-t-elle. Regarde autour de toi ! Pourquoi il n'y a plus de réseau, à ton avis ?

Soline considère le décor qui l'entoure avec horreur.

— Ça va revenir quand ? demande-t-elle en revenant sur sa mère.

— Je n'en sais rien, répond Hélène d'une voix sans timbre.

— Mais ça va revenir, hein ?

Hélène soupire.

— Je n'en sais rien…

— Et je fais comment, moi, pour appeler papa ? s'énerve l'adolescente.

— Je n'en sais rien ! répète sa mère en haussant le ton. Je suis comme toi, je découvre l'ampleur des dégâts ! Alors calme-toi, OK ? On est tous dans le même bateau.

Un peu plus loin, Laura marche parmi les décombres sans cesser de scruter autour d'elle, sourcils froncés sur l'impossible. Derrière elle, Marius et Félix entreprennent de grimper sur un tas de pierres.

— Marius, Félix, non ! s'exclame Hélène. Venez ici tout de suite !

Elle plante sa fille là et court vers les garçons.

Parvenue auprès des enfants, Hélène saisit la main de son fils, attrape Félix par le bras, les réprimande en les entraînant tous les deux vers Raphaël. Celui-ci se tient de l'autre côté du trottoir, du moins ce qu'il en reste, en compagnie de Bruno, Valentin, Soraya ainsi que d'autres voisins de la rue, dont un homme d'une quarantaine d'années, dégarni sur le dessus, barbe bien fournie sur le menton, comme s'il avait mis sa perruque à l'envers. Près de lui se tient sa femme, quadra également, petite et fluette. Tous deux sont couverts de poussière, cheveux, peau et vêtements gris, les traits émaciés, visiblement éprouvés. Quand elle arrive à leur hauteur, Hélène les entend évoquer l'urgence de dégager l'entrée d'une cave dans laquelle sont coincées plusieurs personnes.

— Je ne dis pas qu'il ne faut pas le faire, je dis juste qu'on n'est pas outillés pour ce genre d'opération, explique Raphaël d'une voix tendue. On risque de faire pire que bien. Il vaut mieux attendre les secours.

— Attendre les secours ? s'exclame le voisin, halluciné. Vous les voyez où, les secours ?

— Ils vont forcément venir…

— On n'a pas le temps ! s'énerve la femme. Ma mère est à l'intérieur, elle souffre de diabète, elle n'a pas pris son insuline hier soir, ça fait presque vingt-quatre heures maintenant depuis sa dernière injection !

— Si toute la ville est touchée, on n'aura pas de secours avant un bon bout de temps, ajoute l'homme, fébrile.

— On peut au moins essayer, propose Bruno.

Tous acquiescent dans un brouhaha de consentements. Seul Raphaël garde le silence.

— Si on s'y met à plusieurs, on doit pouvoir y arriver, non ? lance Valentin.

— OK, merci beaucoup ! dit la femme.

Le couple se dirige alors vers une maison à quelques mètres de là, dont le toit et une partie des étages supérieurs ont été arrachés par une bombe. Les autres leur emboîtent le pas, à l'exception de Raphaël qui les regarde s'éloigner.

— C'est de la folie, maugrée-t-il tandis qu'Hélène l'interroge du regard.

— C'est quoi, le problème ?

— La moitié de la maison tient encore debout. Seulement, on n'a aucune idée de l'état des fondations ni de la solidité de ce qui reste. Il faudrait aller voir à l'arrière, mais on ne peut pas y accéder. Si on déblaie, on risque de faire s'effondrer des pans de mur et se retrouver coincés dessous.

— Il n'y a pas moyen de sécuriser le truc ?

— À mains nues ? ricane-t-il.

Ils gardent le silence quelques instants. À côté d'eux, Marius et Félix s'amusent à s'envoyer un caillou avec les pieds. Hélène observe son homme, surprise de découvrir une nouvelle facette de sa personnalité. D'ordinaire attentif à son entourage, elle s'étonne de ses réactions individualistes : c'est la deuxième fois qu'il refuse d'aider quelqu'un, privilégiant sa propre sécurité.

L'heure n'est pas aux reproches.

— Bon, qu'est-ce qu'on fait ? demande-t-elle dans un soupir.

— Rien ! Hors de question de nous mettre en danger pour sauver une grand-mère diabétique.

— Non, je parle dans l'absolu. Là, maintenant, on fait quoi ?

Raphaël la considère, indécis. Son regard se détache soudain et se porte plus loin, attiré par quelque chose derrière elle.

— Qu'est-ce qu'elle fout ? murmure-t-il en plissant les yeux.

Suivant la direction que fixe son mari, Hélène se retourne. Elle découvre Soline au loin, qui s'éloigne d'un pas énergique.

— Reste près des garçons, lui intime-t-elle en bondissant vers la jeune fille.

Elle se met à courir et l'appelle d'une voix forte, Soline, où tu vas, Soline ! Dans le vacarme ambiant, l'adolescente ne l'entend pas et poursuit son chemin sans ralentir.

— Soline ! hurle-t-elle de plus belle.

Pas de réaction. Hélène accélère sa course et parvient, essoufflée, à hauteur de sa fille.

— Soline, stop ! ordonne-t-elle en la forçant à s'arrêter.

L'adolescente pile net et fait face à sa mère, toutes griffes dehors.

— Quoi ?

— Réponds, quand je t'appelle ! explose Hélène. Tu vas où, comme ça ?

— Chez papa !

Sans attendre, elle se remet en route. Hélène tente de la retenir par le bras, mais l'adolescente est plus rapide, l'obligeant à lui emboîter le pas.

— Il est hors de question que tu traverses la ville toute seule !

— Je m'en fous ! Je veux savoir comment il va !

Hélène connaît sa fille. Quand elle est dans cet état-là, quand l'émotion prend le contrôle et anéantit toute réflexion, impossible de lui faire entendre raison. Son cœur se serre, pas certaine que Soline serait aussi déterminée à la rejoindre si elle était en ce moment avec son père. Tandis qu'elle court à ses côtés, incapable de capter son attention, tendue à l'extrême par l'urgence de l'arrêter, Hélène se sent de plus en plus désemparée, en proie à une panique grandissante. La situation la terrifie et son impuissance la rend folle. Elle fouille dans sa tête à la recherche d'arguments convaincants pour lui faire faire demi-tour, trouver les mots qui pourraient la toucher, la faire changer d'avis. Mais tout s'embrouille dans son esprit. Elle lui en veut d'être si impulsive, à un âge où, normalement, on fait preuve de plus de modération. Pendant une demi-seconde, elle envisage de la laisser partir toute seule, et tant pis pour la suite…

Dans la rue, de plus en plus de gens sortent des maisons, ils errent au milieu des ruines, entre les édifices encore debout et ceux affaissés, silhouettes affolées qui appellent, corps prostrés qui pleurent, ombres qui toussent dans l'odeur âcre des fumées. La réalité a changé de visage. Hier n'est plus, le destin a frappé. Chaque seconde qui passe est nécessaire pour prendre la mesure de ce nouveau décor. Un à un, les survivants découvrent l'impensable, fauchés en pleine routine. Ce ne sont que mots égarés, gémissements, lamentations. L'ordinaire a disparu.

Hélène laisse échapper un cri de détresse, malgré elle, ça ressemble à une plainte, comme un animal qu'on écrase. Une vague de désespoir l'envahit, un tsunami qui brise les digues de sa raison. Alors elle dépasse Soline et se plante devant elle. Celle-ci tente de la contourner, mais sa mère l'agrippe par les épaules avec une force décuplée.

— Lâche-moi ! hurle l'adolescente en cherchant à se dégager.

Hélène se contracte, la rage au ventre. Elle referme sa prise et secoue violemment sa fille en lui ordonnant de faire demi-tour. Soline se débat de tous ses membres, bras et jambes jetés au hasard, coups désordonnés dont certains atteignent Hélène.

À bout de patience, celle-ci lui assène une gifle retentissante.

Soline se fige, abasourdie, la main sur la joue.

Chapitre 7

— Eh ben voilà… ça devait arriver ! murmure Raphaël.

Les mains sur les hanches, campé au milieu des débris, il observe l'altercation de loin. Il ne comprend pas ce qui se passe, il n'entend rien des maux qui s'échangent, il ne sait rien des motivations de Soline, cet ailleurs vers lequel elle se dirige et dont il ignore tout. Peut-être ne le sait-elle pas elle-même, Soline est compliquée, on dirait qu'elle obéit à des forces obscures, guidée par d'étranges objectifs qu'elle-même semble ne pas toujours comprendre. Sans se l'avouer vraiment, il n'a pas été mécontent quand elle a décidé d'aller vivre chez son père, malgré l'immense chagrin d'Hélène. Ses sentiments à ce sujet sont mélangés, entre une tristesse sincère et un soulagement certain. Vivre avec Soline, c'est être sur un qui-vive permanent. On ne sait jamais sur quel pied danser. Elle peut se montrer charmante et odieuse dans la même journée. Il l'aime beaucoup, mais elle est épuisante. Ses réactions, parfois démesurées, souvent imprévisibles, sont à l'image de ses émotions, tumultueuses, excessives, tyranniques. Caractère en acier trempé, tempérament de feu, elle ne fait aucune concession. Elle peut se montrer d'une intransigeance extrême ou d'une négligence déprimante, selon son état d'esprit. Tout cela fait d'elle une jeune personne intense, avec les bonnes et mauvaises choses, une grande intelligence, des réflexions pointues, d'une richesse surprenante, mais d'une maturité émotionnelle proche de celle d'un enfant de six ans.

Alors oui, bien sûr, ce n'est pas sa fille, le jugement est facile, surtout quand les choses ne vous touchent pas directement. Malgré tout, il reste persuadé qu'Hélène n'est pas assez ferme avec elle. Depuis que sa fille n'est plus là, elle doute : elle remet en cause ses aptitudes maternelles, elle s'interroge sur ses méthodes d'éducation, elle se sent vieille, has been, dépassée. Elle a abandonné beaucoup de ses principes, préférant choisir ses combats. Elle a baissé la garde. Il ne le lui a jamais dit ouvertement, mais il trouve parfois qu'elle laisse trop de libertés à Soline. Sujet épineux, risque d'orage. Même avec Marius, par moments…

— Dites, c'est à vous, les gosses, là ?

Raphaël se retourne. À quelques mètres de lui, une vieille femme lui indique Marius et Félix, très occupés à marcher en équilibre sur un réverbère couché en travers de la rue. Raphaël ravale un juron et se presse vers les garçons.

— Vous feriez bien de surveiller vos enfants, fait remarquer la vieille, tandis qu'il passe devant elle.

Raphaël ne relève pas et récupère ses gamins. Il sonde ensuite les alentours à la recherche de Laura, la repère un peu plus loin, assise sur le perron de leur maison. Il l'appelle, lui fait signe de venir. Il les entraîne ensuite vers Hélène et Soline qui, elles aussi, se dirigent vers eux. Soline devance sa mère, la démarche offensive, bloc de haine et de fureur.

Lorsqu'ils se rejoignent, il interroge Hélène du regard.

Celle-ci se contente de secouer la tête, lui signifiant que le moment n'est pas aux explications.

— Il faut qu'on trouve le moyen de contacter Julien, dit-elle gravement.

Raphaël jette un rapide coup d'œil à Soline dont les traits indignés sont baignés de larmes.

— OK, mais je ne sais pas très bien comment…

— Tu vois ? s'exclame Soline d'une voix hargneuse, prenant sa mère à partie.

— Je n'ai pas dit que ce serait facile, rétorque aussitôt Hélène. J'ai dit qu'on allait trouver une solution.

Il dévisage Hélène, prêt à la détromper, retrouver le père de Soline n'est pas une priorité, il ne voit pas de quelle façon procéder. Julien vit de l'autre côté de la ville, plus au nord, à Jette, il n'y a plus de réseau, sans doute plus de transports en commun, la ville entière doit être en ruine, peut-être même certains quartiers sont-ils détruits, impraticables, comment savoir ?

Le regard que lui lance Hélène, entre supplique et menace, le dissuade de donner son avis.

— On va s'arranger, finit-il par maugréer, pas du tout convaincu que mentir à Soline soit une bonne idée.

Les yeux d'Hélène changent et cette fois le remercient.

— Il faut qu'on rentre à la maison, dit-elle dans un soupir épuisé. Les enfants sont fatigués, ils ont faim, nous aussi. On a tous besoin de repos. Et de faire le point.

Elle attend que Raphaël réagisse, ce qu'il tarde à faire.

— De toute façon, à part attendre les secours, il n'y a pas grand-chose à faire, ajoute-t-elle, résignée.

Raphaël hésite, mais acquiesce finalement. Autour d'eux, la rue est de plus en plus animée, les gens se regroupent, se parlent, ceux-là mêmes qui, malgré des années de voisinage, ne se sont jamais adressé la parole. On raconte et on s'interroge, comment, pourquoi ? Qui ? Les visages sont défaits, traits creusés par la peur ou la stupeur. Le paysage est apocalyptique, lambeaux d'immeubles, façades en guenilles, trottoirs troués.

Hélène et Raphaël font demi-tour. Précédés des enfants, ils parcourent les quelques mètres qui les séparent de leur maison, d'où sort Victorine Maillet, suivie de ses jumeaux. Elle traîne deux valises derrière elle. Camille et Timéo quant à eux, portent chacun un sac à dos visiblement bien rempli.

— Vous partez ? lui demande Raphaël.

— On ne peut rien vous cacher, crache Victorine sans s'arrêter.

— Vous allez où ?

— On quitte la ville tant que c'est possible.

— Vous avez des infos sur ce qu'il se passe ?

Victorine consent enfin à s'arrêter, autant pour lui répondre que pour faire passer ses enfants devant elle.

— Non, mais il ne faut pas être grand clerc pour comprendre que c'est de la folie de rester ici. À part un vague message d'alerte, on n'a aucune nouvelle des autorités. Pas plus que des secours. Je ne sais même pas s'il y a encore une instance au-dessus de nous pour nous protéger. Et rien ne nous dit que les bombardements ne vont pas recommencer.

Camille et Timéo l'ont maintenant dépassée. Elle se remet en route, une valise au bout de chaque bras. Les roulettes accrochent les gravats et autres débris, pierre, béton, verre, la forçant à porter ses valises plus qu'à les tirer.

— Vous partez comment ? lui crie encore Raphaël.

— En voiture !

De fait, Victorine se dirige vers une partie de la rue où les voitures sont intactes, du moins en apparence. Elle s'arrête devant l'une d'elles, actionne sa clé électronique. La voiture s'allume dans un bref signal et déverrouille les portières.

Raphaël les observe, songeur. Les jumeaux chargent les bagages dans le coffre, puis s'apprêtent à s'engouffrer dans le véhicule. Ils se disputent la place du passager, à l'avant, leur mère les houspille, Camille cède et s'installe à l'arrière. Quelques secondes plus tard, la voiture démarre et s'éloigne vers la chaussée de Waterloo.

— Tu viens ? l'appelle Hélène depuis le hall d'entrée.

Au moment où il se retourne pour la rejoindre, un bruit se fait entendre un peu plus loin dans la rue. Ça s'écroule du côté de la maison à moitié effondrée, tumulte inquiétant de briques et de plâtras qui s'écrasent au sol, là où Valentin, Bruno et d'autres voisins s'activent pour dégager l'entrée de la cave. Des hurlements s'élèvent aussitôt, éclats d'épouvante, de douleur, des cris déchirants, en même temps qu'un nuage de poussière se disperse dans l'air.

Raphaël se précipite.

À l'intérieur de la maison, la situation est mal engagée. Un pan de mur s'est effondré sur Bruno, blessant au passage la femme dont la mère est enfermée dans la cave, ainsi qu'un autre voisin, un jeune gars très grand, tout mince, cheveux blonds, des yeux bleus à se noyer dedans. À côté d'eux, Constance hurle à s'en vider les poumons, Pauline dans ses bras, qu'elle cherche à poser quelque part pour se précipiter sur le tas de briques sous lequel des bouts de Bruno dépassent, une jambe, une main, son visage. Inerte. Ses cris se mêlent à des sanglots étranglés par la peur, elle appelle son homme, serrant la petite contre elle. Qui pleure elle aussi, le corps tendu à l'extrême. Constance tombe à genoux près du visage de Bruno, elle rugit, elle l'appelle, mon amour, mon amour, réponds-moi, tu vas bien, tu as mal, dis quelque chose ! Autour d'eux, les gens se sont figés. Yeux Bleus est blessé à la jambe et au pied, heurtés par des briques. La quadragénaire saigne, à l'épaule, une large plaie. Ses cris se joignent à ceux de Constance, elle pleure, elle répète des « non », elle refuse, non, non, non ! Elle appelle sa mère.

Chaos.

Raphaël met quelques secondes à réagir. Il lève les yeux au plafond, le découvre arraché en partie, on voit l'étage du dessus, un salon. Du bord encore en place, plafond d'un côté, plancher de l'autre, apparaissent les pieds d'un canapé. Le meuble est instable, la moitié est posée sur le sol, l'autre se tient dans le vide.

— Tout le monde dehors ! ordonne-t-il.

Les autres suivent son regard. Ils découvrent le plafond de lambeaux, puis le canapé en équilibre, comprennent le danger. Droit sur eux. Tous se mettent en mouvement, se hâtent vers la porte, pressés de sortir. Seule Constance demeure, rivée à sa place, sans cesser de parler à Bruno, l'exhortant à lui répondre par-dessus les pleurs de Pauline.

Raphaël la rejoint, la saisit par la taille, cherche à la relever. Constance refuse de s'écarter, elle se dégage d'un mouvement d'épaules, sec, impérieux.

— Il faut partir, Constance !

Raphaël perd patience. Les hurlements de Pauline couvrent ses mots, tout comme les pleurs de la jeune femme, elle est sous le choc, indifférente à ce qui l'entoure. Elle les met tous en danger, elle, sa fille et lui-même. Raphaël trépigne, sa raison lui hurle de se mettre à l'abri, mais sa conscience le lui interdit, elle l'exhorte à prendre le temps de raisonner Constance, pourtant abîmée dans ses pleurs, hermétique à tout échange. Inaccessible. Le chahut ajoute au chaos général, l'urgence le talonne…

Il hésite un court instant.

Soudain, il saisit le bébé par les bras et l'arrache à ceux de sa mère. Surprise, Constance n'a pas le temps de retenir sa petite. Elle rugit aussitôt, lève sur lui un regard chargé de stupeur, tend les mains pour reprendre l'enfant. Raphaël fait un pas en arrière, tient le bébé hors de sa portée.

— Si vous voulez récupérer Pauline, il va falloir sortir, Constance !

Sans plus attendre, il se sauve avec l'enfant, passe la porte d'entrée, déboule dans la rue. Au même instant, un souffle se fait sentir dans son dos, suivi d'un fracas. Raphaël se fige en plein mouvement.

Il se retourne.

Le divan est tombé à la verticale, meurtrier, il s'est écrasé un étage plus bas.

Vertige.

L'instant se décompose en volutes de poussière soulevées par la chute du meuble, il faut attendre quelques secondes pour affronter la réalité.

Constance.

N'est plus.

Sa dépouille gît à présent sur celle de son mari, tous deux allongés l'un sur l'autre dans leur lit de pierres, ultime étreinte funèbre.

Dans les bras de Raphaël, Pauline ne faiblit pas. Ses pleurs tambourinent aux corps de ses parents, ils ricochent sur les murs de leur tombeau. On dirait qu'elle sait, qu'elle comprend. À trois mois à peine, elle est orpheline.

Désormais seule au monde.

Chapitre 8

Raphaël reste là, les dernières heures tournent en boucle dans sa tête, l'incompréhension, le fracas du monde qui s'écroule. Il se repasse le film, encore et encore, debout devant les corps de Constance et de Bruno. L'enfant hurle contre lui et l'encombre, il veut s'en débarrasser, mais que faire, à qui le confier ? Il se tourne vers les autres, figés derrière lui, sous le choc. Il s'avance vers eux, la petite à bout de bras comme un ver qui se tortille, il veut la donner à quelqu'un. Tous se détournent. La femme qui les a menés jusque-là s'est précipitée vers le tas de briques. Les gravats accumulés devant la porte de la cave, derrière laquelle sa mère et d'autres personnes attendent d'être délivrées, ont doublé de volume. Elle gémit, mais les pleurs du bébé couvrent tout, les plaintes, les questions et les réponses, les gens qui reculent, ceux qui s'en vont, ceux qui fuient. Raphaël reste avec l'enfant dans les mains, qu'il tient à distance, comme on se protège d'un danger.

Les secondes passent. Plus rien ne bouge.

Le hall est maintenant désert. Raphaël sort de la maison avec la petite, fait quelques pas dans la rue, tourne sur lui-même sans savoir où mettre l'enfant, la poser quelque part, n'importe où. De ses voisins, Constance et Bruno, il ne sait rien, pas grand-chose en tout cas, ont-ils de la famille à Bruxelles, des frères et des sœurs, des parents ? Quelqu'un qui pourrait prendre soin de Pauline ? Il en fait quoi, de ce bébé ? Raphaël alpague des gens, leur explique la situation, cet enfant n'est pas le sien mais ses parents sont morts, que doit-il faire ?

On n'en sait rien.

On le regarde en secouant la tête, navré.

On ne peut pas l'aider.

Pendant une seconde, il manque de déposer la petite à terre, histoire de s'en défaire. Il n'est tenu à rien, pas d'obligation, pas de responsabilité. Il n'a fait que lui sauver la vie, c'est déjà pas si mal. Il peut s'en débarrasser quand il veut, comme il veut.

Mais comment accomplir ce geste inepte ? Poser ce nourrisson au milieu des ruines et s'éloigner sans se retourner, comme si de rien n'était ? Qui pourrait faire une chose pareille ?

Il ne se résout pas non plus à la ramener à la maison où l'attendent Hélène et les enfants. Il a cette intuition formelle que, dès qu'Hélène sera mise au courant de la situation, dès que ses yeux se poseront sur l'enfant, Raphaël sera éjecté de l'équation, le sort de la petite ne lui appartiendra plus. Elle prendra le bébé dans ses bras, elle s'en occupera comme s'il était le sien, elle est comme ça, Hélène, un rouleau de chatterton dans l'âme, elle répare, elle recolle. Et lui, il n'aura plus rien à faire, plus rien à dire. Raphaël tergiverse, dans ses pas et ses pensées. Il négocie avec le dilemme, il traque les alternatives. Réalise qu'elles sont restreintes. Comprend bientôt qu'il n'y en a même pas. La vie de cette enfant lui est dévolue. En la sauvant, il l'a acquise. Il en est désormais responsable.

Il n'a pas le choix.

Comme pour confirmer cette évidence, Pauline se tait soudain et lève sur lui un regard chaviré, noyé de larmes, petit corps agité de sanglots. Surpris par ce silence inattendu, Raphaël baisse la tête. Leurs yeux se croisent, ceux de l'enfant l'agrippent, ça lui fait l'effet d'un hameçon qui se plante dans son cœur. Il est fait comme un rat, menotté à une fatalité.

Presque à reculons, il rentre chez lui.

Dans l'appartement, rien n'a bougé depuis la veille, les meubles et les objets sont restés tels quels, figés dans les derniers instants d'un monde qui n'existe plus. À leur retour, les enfants ont fini la croûte et les fraises, puis se sont nourris de céréales, de tartines aussi, petit déjeuner qu'Hélène a préparé, gestes ordinaires aujourd'hui si singuliers. L'endroit se couvrait de trépas, celui des jours heureux, du moins l'étaient-ils devenus cette nuit-là. L'appartement était inerte, la vie l'avait déserté. Ni lumière ni chaleur. Comme un corps défunt que l'on connaît sans le reconnaître, c'est lui mais ce n'est plus lui, il y faisait froid et silencieux. Les vitres des fenêtres étaient brisées, du verre jonchait le sol, le vent avait pris possession des lieux, vêtu de rideaux, il virevoltait dans la pièce, danse lugubre en rythme difforme, tels des fantômes, ceux des jours passés, si présents et pourtant déjà éteints.

Dès leur retour, Laura a récupéré son téléphone, qu'elle a aussitôt consulté. Par chance, la batterie affichait soixante pour cent. L'absence de réseau fixait tout dans un immobilisme étrange, là où, hier encore, un déluge d'images et de sons inondait la Toile. L'adolescente a malgré tout vérifié ses différentes messageries, c'était plus fort qu'elle, l'habitude, le chemin des doigts, réflexe. Inutile. Le dernier message datait de la veille, juste avant les bombardements.

Pendant que les enfants mangeaient, Hélène est descendue au premier, frapper à la porte du vieux Corneille. Pas plus de réponse que la nuit précédente, mais cette fois elle voulait en avoir le cœur net. Porte fermée à clé, toujours, rien de changé. Elle a appelé en tambourinant, pas de réaction. Elle a collé son oreille contre le battant. Rien. Hélène a hésité. Et si le vieil homme était en détresse dans son appartement, incapable de bouger pour une raison ou une autre ? Elle s'est remise à tourner la poignée dans tous les sens, puis à forcer la porte, tenter du moins, coups de poing, coups d'épaule, sans succès.

Les minutes ont passé. Pas de réaction à l'intérieur de l'appartement. Pas de solution pour y entrer.

À regret, elle s'est résolue à remonter, rejoindre les enfants.

À présent, ils sont à table, silencieux.

Raphaël rentre à son tour.

Pauline a fini par s'endormir, épuisée d'avoir tant crié, blottie contre lui, on la croirait soudée à son bras, tous deux maintenant indissociables. Comme une malédiction, un coup du sort, un truc qui frappe et qui blesse.

L'annonce de la mort de Constance et Bruno jette Hélène et les enfants dans un profond désarroi.

La présence du bébé aussi. Marius demande, on va la garder ? Les parents s'interrogent d'un rapide coup d'œil. Raphaël se hâte de répondre :

— Elle a sans doute de la famille, des grands-parents qui vont vouloir la récupérer.

Hélène se contente de tendre les bras pour prendre la petite.

— Il vaut mieux que je la garde, murmure Raphaël. Elle vient à peine de s'endormir et je n'ai vraiment pas envie qu'elle se remette à pleurer.

Hélène hoche la tête, elle n'insiste pas.

— Je vais monter chez les Parmentier pour voir s'il y a du lait en poudre, dit-elle.

Raphaël acquiesce à son tour, surpris de tant d'à-propos, il n'y avait pas pensé, pas encore du moins, nourrir cette enfant, trouver du lait infantile…

— Et des langes, ajoute-t-elle.

Elle se détourne et sort de l'appartement sans rien dire de plus.

Partis à la hâte, Constance et Bruno n'ont pas fermé la porte de leur appartement à clé. Hélène pénètre sans difficulté dans cet endroit d'où lui parvenaient les bruits assourdis du voisinage, les pas du jeune couple, l'écho lointain de la télé, celui des pleurs de Pauline. Elle chasse les pensées qui l'assaillent alors qu'elle s'apprête à fouiller l'intimité de gens dont elle ignore tout, des gens à peine morts, encore tièdes. Hélène balaie les fantômes, elle est dans l'urgence. Elle ne quitte pas son objectif de vue, elle doit rassembler ce dont elle a besoin, pressée de redescendre, rejoindre les siens au plus vite.

L'endroit est en tout point semblable à son appartement, la disposition des pièces, le parquet, le revêtement de la cuisine, le carrelage de la salle de bains.

Le décor, en revanche, n'a rien de commun avec le sien.

Le spectacle qui s'offre à elle la laisse pantoise.

Dès le hall d'entrée, le désordre est impressionnant. Des dizaines de livres empilés forment des colonnes de guingois qui se retiennent les unes aux autres, parmi lesquels se trouvent aussi des journaux et des magazines. Des habits gisent également par terre, des pulls, des foulards, des chaussures, des manteaux, pas mal de vêtements d'enfant. Contre les murs, que ce soient ceux du salon ou des chambres, des cartons sont alignés, empilés les uns sur les autres, remplis d'on ne sait quoi. Partout, ce ne sont que boîtes, sacs et emballages disposés dans un dédale de routes plus ou moins tracées vers les différentes pièces de l'appartement, comme si Constance et Bruno venaient d'emménager. Les meubles sont disposés sans ordre ni logique. Devant les portes-fenêtres, dont les vitres sont brisées, le canapé bloque l'accès au balcon. Une table occupe un coin du salon, poussée là pour prendre peu de place, couverte de livres, de courriers et de prospectus. Un fauteuil trône au milieu de la pièce, quant à lui noyé sous des piles d'affaires. Où que l'œil se pose, il rencontre du confus, du fatras.

Hélène marque un temps d'arrêt, abasourdie par ce qu'elle découvre. Elle peine à associer ce décor étrange à ses voisins, Constance et Bruno, dont l'apparence soignée renvoyait l'image d'un couple tellement ordinaire, à l'hygiène incontestable. Elle se fraie un passage au milieu du désordre, rejoint la cuisine. Là aussi, le chaos est notable, les placards engorgés de nourriture, conserves, pots et paquets entassés les uns sur les autres, certains déjà ouverts.

Le fatras la décourage un instant : une chatte n'y retrouverait pas ses petits. Elle se force néanmoins, passe en revue les nombreuses boîtes, cherche le lait en poudre, prie pour qu'il y en ait, sachant que, cette nuit, Constance a allaité la petite. Pauline a trois mois d'âge ; si Constance l'allaite, les chances qu'elle soit déjà passée au lait infantile sont maigres.

La fouille joue avec ses nerfs. Le lait est la nourriture principale du nourrisson, sans lui, Pauline est en danger. Les yeux d'Hélène balaient la succession de paquets, ils guettent le logo du lait en poudre, reconnaissable, à ses teintes bleu pâle et blanc.

N'en trouve pas.

Se rend à l'évidence.

Elle quitte la cuisine la boule au ventre, se demande comment elle va nourrir la petite. La fouille reprend, dans sa tête cette fois, elle cherche un autre endroit où trouver la précieuse poudre, une famille dans le quartier qui aurait un enfant en bas âge, encore un bébé. Pense à ces gens qui vivent un peu plus loin vers la rue de la Victoire, sans être certaine de la maison. Sans cesser de réfléchir, elle se dirige vers la salle de bains, prie le Ciel pour qu'il y ait des couches.

Au moins des couches.

Cette fois, la chance lui sourit.

Quinze minutes plus tard, Hélène est de retour chez elle. L'ordre (relatif) qui y règne la réconforte, décor familier de son quotidien, là où elle maîtrise tout.

En la voyant revenir les bras chargés d'affaires de Pauline, et notamment d'un cosy, Raphaël l'accueille avec soulagement.

— Tu as tout ?

— Pas le lait, regrette-t-elle.

— On peut lui donner du lait des enfants.

Hélène grimace.

— Ce n'est pas bon pour elle. Ça provoque des coliques sévères, des vomissements ou même de la diarrhée. Si elle prend du lait classique, je peux te dire qu'elle aura des raisons de pleurer.

— Même si elle n'en prend qu'une seule fois ? Ça nous laisserait le temps d'en trouver...

— Je crois qu'on n'aura pas le choix, soupire Hélène. Je le couperai avec de l'eau.

Elle évoque ensuite les voisins, ceux qui ont un petit, un an environ, peut-être leur reste-t-il du lait ? Ils habitent juste avant le cabinet vétérinaire du coin, la maison blanche. Raphaël acquiesce, songeur. Dans ses bras, Pauline ressemble à une poupée de chiffon, abandonnée au sommeil.

La matinée s'installe au son des bruits de la rue, la voix des gens, les clameurs, les cris, les lamentations. Les alarmes aussi, qui rugissent aux quatre coins de la ville. Impossible de s'en protéger, les carreaux cassés ne font plus barrage, ni au tumulte extérieur, ni à la météo. Par chance, aujourd'hui, il fait doux, le soleil envahit le ciel, indifférent à la détresse générale. Seules les chambres à l'arrière sont à l'abri des échos du drame. Les enfants se réfugient sous leur couette, à peine ont-ils la force de faire part de leurs inquiétudes. Soline refuse d'embrasser sa mère, encore plus que celle-ci l'embrasse. Elle lui tourne le dos, face au mur, rejetant tout contact. Marius, lui, s'accroche à son cou. Quant à Félix, il s'allonge sur le matelas posé à terre, sur lequel il a dormi la nuit dernière. Hélène le rejoint pour le border.

— Ça va ? lui demande-t-elle d'une voix douce.

Elle devine l'angoisse de l'enfant, loin des siens, sans savoir où sont ses parents, s'ils vont bien. Elle lui caresse la tête et cherche à le rassurer, du moins apaiser ses craintes, mais le petit garçon se referme, visiblement gêné par l'intimité qu'elle lui impose. Elle le sent, alors elle suspend ses gestes.

— Tu as le droit d'avoir peur, tu sais, lui murmure-t-elle.

Pas de réaction. Félix reste de marbre.

— En tout cas, je veux que tu saches que, si tu as le moindre problème, tu peux venir m'en parler. Et aussi...

Elle hésite, semble chercher ses mots.

— Tes parents vont bien, j'en suis sûre. Tu vas les retrouver bientôt.

— Vous en savez rien, grogne Félix sans la regarder.

La réaction la surprend. Elle mesure les paroles de l'enfant, prend le temps de réfléchir.

— J'ai sommeil, ajoute-t-il alors, avec l'évidente intention de mettre fin à l'échange.

Hélène se contente de remonter la couverture sur ses épaules, puis elle quitte la pièce.

À leur tour, Hélène et Raphaël s'enferment dans leur chambre, terrassés par les événements. Ils ont besoin d'un peu de répit avant d'envisager la suite. Raphaël dépose Pauline dans son cosy, sans que celle-ci s'éveille.

Hélène vérifie sur son mobile : toujours pas de réseau et quarante-deux pour cent d'autonomie.

— Il te reste beaucoup de batterie, sur ton téléphone ? demande-t-elle à Raphaël.

— Trente pour cent.

Hélène soupire, inquiète.

Tous deux s'effondrent sur leur lit et restent là, de longs instants sans bouger, les yeux rivés au plafond.

Désormais, plus rien ne s'oppose aux pensées.

Alors l'angoisse les saisit.

L'ampleur du drame se dévoile au fil des souvenirs. Tout ce qu'Hélène perd, tout ce qui n'est plus. Son boulot dans les rues de Bruxelles, de quartier en quartier, Schaerbeek, Anderlecht, Molenbeek, Saint-Gilles, la misère que l'on hurle, et celle qui se tait. Ses dossiers à elle, ce sont des immeubles vétustes, des ascenseurs en panne, des cages d'escalier taguées. Quand une école lui signale un enfant en péril, c'est une enquête qu'Hélène mène, une famille qu'elle visite, des réponses qu'elle cherche. Avec, pour seule méthode, une écoute absolue – tout ce qu'on lui dit, mais aussi ce qu'on lui cache. Patiente, elle laisse la place aux silences ; observatrice, elle repère les détails révélateurs d'une autre version des faits, plus proche de la vérité : des cernes trop creusés, une chambre étrangement vide, entrer dans l'intime, découvrir parfois une grande détresse, d'autres fois une colère menaçante. Il lui faut alors affronter des gens violents et prendre des décisions difficiles. Le CPAS[1] dénonce un possible cas de maltraitance, et un nouveau dossier s'ouvre.

1. Le CPAS (Centre public d'action sociale) est un organisme communal belge qui aide toute personne en difficulté à obtenir un soutien social, financier, médical ou administratif afin de mener une vie conforme à la dignité humaine.

Amal, monsieur Jacques, Fatoumata, Rosa, Patrick. Tous ces gens dont elle s'occupe, existences déchiquetées par les bombes de la vie, où sont-ils aujourd'hui ? Nadia, dont elle n'a jamais vu le visage hormis sur sa carte d'identité, une femme d'une soixantaine d'années qui prétendait ne pas lui ouvrir, préférant parler à travers sa porte, ultime bouclier contre la férocité du monde.

Cette porte tient-elle encore debout ?

Dominique, professeur de français à la retraite, désormais sans élèves. Une pension de misère, une solitude désolée, quelques précis de grammaire pour seule compagnie. Hélène s'en souvient, il accordait une importance capitale à la ponctuation. « L'opulence, ça commence par une phrase bien construite », se plaisait-il à dire.

Les bombes ont-elles mis un point final à son existence ?

Joël, qui inventait sans arrêt, défilé de récits trafiqués sur un destin imaginaire, il avait soi-disant travaillé dans le cinéma, puis dans l'armée, puis pour des ambassades. Des histoires à dormir debout pour un homme à terre. Un jour, Hélène lui a demandé d'arrêter de mentir, ça ralentissait les procédures d'aides.

— C'est pas des mensonges, c'est du camouflage. Vous, vous vous cachez derrière vos dossiers. Moi, je fais pareil avec mes histoires.

Où se cache-t-il, à présent que la réalité dépasse la fiction ?

Il y a ceux-là, mais tout le reste aussi.

Les réunions de parents aux écoles des enfants, celles de copropriété, et puis la vie toute simple, les amis que l'on invite, les sorties que l'on fait, un restaurant de temps en temps.

Tous les seconds rôles de sa vie, ses collègues, ses connaissances ?

Fabien, son partenaire de misère, comme elle l'appelle, dévoué aux autres. Toujours le premier sur le terrain et le dernier dans les bureaux, à remuer ciel et terre pour sortir quelqu'un de la rue ou empêcher un autre d'y finir. « Quiconque sauve une vie sauve le monde entier. » C'est ce qu'il disait toujours, reprenant une phrase du Talmud. Veiller sur quelqu'un jusqu'à ce qu'il soit capable à son tour de veiller sur un autre, qui lui-même veillera un jour sur un troisième. Un enchaînement solidaire, une guirlande fraternelle. Si simple. Imparable. Où es-tu, Fabien ? Il y a du boulot ! Tant de vies à sauver !

Madame Isa, l'institutrice de Marius pour la seconde année consécutive, qu'Hélène voit pratiquement tous les jours depuis un an ? Qu'est-elle devenue ? Est-elle toujours de ce monde ?

Marie, la boulangère, avec qui elle échange quelques nouvelles quotidiennes depuis des années ? S'en est-elle sortie ? Où se trouve-t-elle ?

Et Élise, sa prof de yoga à Forest, avec qui elle s'attarde un peu à la fin de chaque séance hebdomadaire en partageant un thé aux arômes exotiques ? A-t-elle encore un toit sur la tête ? Est-elle… ?

Hélène frissonne, tandis que l'angoisse prend son esprit en otage.

Les bombes n'ont pas seulement détruit des maisons ou tué des gens. Elles ont aussi anéanti un univers.

Plus alarmant encore, elle n'a aucune idée de ce qui va se passer ensuite, pas plus que de la façon de gérer tout cela. Pourtant, les situations de crise, elle connaît, elle sait faire face sans jamais manquer de discernement ni de ténacité. Mais aujourd'hui, quelque chose s'est brisé, qui ne se réparera jamais. C'est irrévocable.

Pour toujours.

Une réalité qu'il faut vite oublier pour affronter le réel, désormais unique, d'une férocité sidérante, sans espoir de retrouver un jour la quiétude de la vie d'hier.

Chapitre 9

— On doit partir.

Raphaël ne quitte pas le plafond des yeux.

Hélène se tourne vers lui, surprise.

— Partir… Comment ça, partir ?

— Quitter la ville, précise-t-il. Tant qu'il en est encore temps.

Hélène l'observe. Son silence annonce la riposte. Cet endroit, c'est le seul pilier qui leur reste, la dernière colonne à laquelle s'accrochent les ruines de leur existence.

— Pour aller où ?

Raphaël rassemble ses idées. Ça fait deux heures que les paroles de Victorine Maillet tournent dans sa tête, deux heures qu'il tord le problème dans tous les sens. Plus il réfléchit, plus l'évidence lui saute aux yeux. Bruxelles est la cible d'un conflit dont ils ignorent tout, les raisons comme l'identité de l'ennemi. Ils ont eu de la chance, cette nuit, leur immeuble est encore debout, ils sont à l'abri. Mais rien ne dit qu'ils en auront autant la nuit prochaine, ou celle d'après. Si une ville comme Bruxelles est attaquée, c'est que la situation est sans espoir. L'absence des secours, pas de sirènes dans les rues, ça n'augure rien de bon. Dès lors, il faut envisager la possibilité que les Bruxellois soient livrés à eux-mêmes pour une durée inconnue.

— Partir où ? répète Hélène.

— N'importe où, loin de la ville. Nous sommes en danger, ici. Et si les bombardements reprenaient cette nuit ?

L'argument la déstabilise, il le sent. Elle ne le quitte pas des yeux, elle réfléchit à toute vitesse.

— Et on fait comment ? demande-t-elle encore.

Raphaël soupire. Si la nécessité de partir s'est rapidement imposée à lui, celle du moyen d'y parvenir le préoccupe beaucoup plus. Contrairement à Victorine Maillet, ils n'ont pas de voiture. Ils se déplacent à vélo ou en transports en commun. Les seules voitures qu'ils conduisent sont des voitures partagées, que l'absence de réseau met hors d'usage. De plus, ils sont nombreux, ce qui les rend peu mobiles. Marius et Félix sont encore petits, ils ne pourront pas parcourir de grandes distances à pied. En revanche, ils sont déjà trop lourds pour être portés.

— Je n'en sais rien, finit-il par répondre. Tout ce que je sais, c'est qu'il faut qu'on parte d'ici.

— C'est de la folie ! s'insurge Hélène. On n'a aucun moyen de locomotion.

— Je sais.

— Et elle, on en fait quoi ? ajoute-t-elle en indiquant Pauline. On ne va pas prendre la route avec un bébé de trois mois, qui de plus n'est pas le nôtre. Et on ne peut pas la laisser, non plus.

Raphaël ne réagit pas.

— On ne peut pas la laisser, n'est-ce pas ? insiste-t-elle.

Il décroche enfin du plafond et se tourne vers elle, l'agrippe par les yeux.

— Non, bien sûr que non. Mais si les bombardements reprennent, on risque de ne pas en réchapper.

— Si les bombardements reprennent, on a au moins la possibilité de se réfugier à la cave. Et le reste du temps, on a un toit sur la tête et de la nourriture. On n'a aucune info sur ce qu'il se passe réellement. Si ça se trouve, les secours seront bientôt là.

Elle attend une réaction, une réponse, une objection. Raphaël reste de marbre.

— Tu nous vois sur les routes avec les enfants, même sans le bébé ? insiste-t-elle, de plus en plus tendue.

— Non, admet Raphaël à regret.

— Et puis, il y a Félix, aussi. Si on part, comment ses parents vont-ils faire pour le retrouver ? On ne peut pas l'emmener avec nous de façon péremptoire, on doit trouver le moyen de le rendre à son père.

Raphaël se contente cette fois de hocher la tête.

— Il est bizarre, d'ailleurs, ce gosse, poursuit Hélène, songeuse. On dirait qu'il se méfie de tout et de tout le monde. Tu vas me dire, avec ce qu'il est en train de vivre, la séparation de ses parents, tout ça, il ne doit pas rigoler tous les jours. Mais bon, globalement, il est tout de même très renfermé.

Elle attend une réaction qui ne vient pas. Décide alors de clore le sujet.

— Franchement, le plus sage, c'est d'attendre les secours, soupire-t-elle. Ils vont bien finir par arriver...

Le regard de Raphaël se voile, trahissant le doute, avant de reprendre sa position initiale, les yeux rivés au plafond.

— On va prévoir de l'eau, des vivres et des couvertures à la cave, continue Hélène. Au cas où. D'ailleurs, il y a plein de conserves chez les Parmentier. Il faudrait aller les chercher, ils…

Elle s'interrompt, soudain grave.

— Ils n'en auront plus besoin, achève-t-elle dans un murmure.

Elle lui raconte l'appartement du dessus, l'indescriptible fatras qui y règne, les cartons, les piles de livres, la nourriture entassée dans les placards.

— Le plus étrange, c'est que ce n'est pas spécialement sale. Ce n'est pas vraiment comme ces gens qui accumulent et ne jettent rien, même pas leurs poubelles. C'est juste bordélique, encombré d'affaires, de vêtements, de papiers. C'est très bizarre.

Comme si elle sentait qu'on parlait de sa famille, Pauline s'agite.

— Je vais lui préparer un biberon avant qu'elle ne se réveille, soupire Hélène.

— Tu en as trouvé un, de biberon ?

— Non, mais j'en avais gardé un du temps de Marius. Ça devrait faire l'affaire.

Elle se lève et quitte la pièce.

Resté seul, Raphaël reprend le cours de ses pensées.

Son ventre se noue.

Hélène de retour. Elle secoue un biberon tout en obstruant l'ouverture de la tétine, l'index posé dessus.

— Elle est réveillée ? chuchote-t-elle.

— Non.

Elle rejoint Raphaël sur le lit, pose le biberon à côté d'elle.

— Il y a encore du gaz, j'ai pu chauffer le lait. C'est la bonne nouvelle du jour.

Elle lui adresse un sourire qui se veut confiant, auquel Raphaël ne répond pas. Au lieu de cela, il se redresse et la dévisage.

— Je sais que l'idée ne te plaît pas, mais on va tout de même partir d'ici.

Sa voix est grave, volontairement calme. Il la fixe, prêt au conflit. Hélène reconnaît le regard de la cave, celui qu'il avait lorsqu'il lui a interdit de porter secours au vieux Corneille.

Elle se tend.

— Depuis quand tu prends des décisions de manière unilatérale ?

— Depuis que nos vies sont en danger.

— Raison de plus pour ne pas aggraver la situation.

— C'est en restant ici qu'on aggrave la situation, Hélène.

Conscient que l'affrontement ne les mènera nulle part, Raphaël s'adoucit.

— Écoute, je sais que c'est de la folie et que tout nous pousse à rester ici, mais crois-moi, le mieux, c'est de partir tout de suite et de s'éloigner de Bruxelles. Ça va être compliqué, on sera peut-être amenés à faire des trucs qu'on n'a pas envie de faire, mais je pense sincèrement (et il insiste sur le « sincèrement ») que c'est ce qu'il y a de mieux.

— Qu'est-ce que tu entends par « faire des trucs qu'on n'a pas envie de faire » ?

— Je n'en sais rien… Trouver un véhicule, par exemple.

Hélène attend la suite, mais Raphaël garde le silence.

— C'est-à-dire ?

— Voler une voiture, dit-il du ton le plus neutre possible.

Elle sursaute.

— Ça va pas, non !

Elle attend qu'il la détrompe, qu'il éclate de rire en lui avouant la blague, qu'il abandonne la discussion. Il ne dit rien. Il se contente de la regarder, inflexible.

— Qu'est-ce que tu as, Raphaël ? murmure-t-elle, soudain sombre. Je ne te reconnais plus. Tu me donnes des ordres, tu prends des décisions impossibles, tu envisages de voler une voiture…

— Je prends les décisions qui s'imposent, riposte-t-il d'une voix sourde. Celles qui vous protègent, les enfants et toi.

— C'est faux ! s'agace-t-elle. Tu m'imposes TES décisions, sans me demander mon avis. Ce n'est pas comme ça que ça fonctionne ! Je ne suis pas une gosse au même titre que Laura ou Marius. On prend les décisions ensemble, après en avoir discuté, comme on a toujours fait.

— Il y a des moments où on n'a pas le temps de discuter.

Chacune de ses réponses est à la fois calme et posée, inébranlable, un bloc de certitude. Il ne doute pas, il a raison, il le sait. Hélène en conçoit autant d'irritation que d'indécision. L'assurance de Raphaël la perturbe, elle le connaît, il ne serait pas si catégorique sans être sûr de lui.

— Admettons, concède-t-elle à contrecœur. Mais c'est la manière, qui me déplaît. Tu me parles comme si j'étais une gamine, tu me donnes des ordres, c'est insupportable. Cette nuit, tu m'as empêchée de porter secours au vieux Corneille, et quand…

— Hélène, l'interrompt-il. On n'en est plus là. Cette nuit, j'ai pris sur moi la charge mentale de nous mettre en sécurité.

Il la considère avec impatience, domine un geste de lassitude. Lui saisit ensuite les mains et force son attention. La décision qu'il a prise, OK, il l'admet, péremptoire. Il la lui a imposée sans discussion, guidé par l'urgence de la protéger. À sa décharge, il avance l'absolue nécessité d'éradiquer tout risque de mise en danger. Seul le bon sens a guidé sa réaction. Lorsqu'il a fallu s'exposer pour lui rapporter sa Ventoline, il n'a pas hésité un instant. Au milieu du chaos, quand la vie alentour devient menaçante, il faut tenir le péril à distance. Et tant pis pour les autres. Le vieux Corneille, il l'aime bien, mais ce n'est qu'un voisin, un vieil homme en bout de course. S'il mourait, il n'aurait pour lui qu'une vague pensée, aussitôt balayée par les cris du monde. Seuls comptent ses enfants, et elle, la femme qu'il aime. Le reste, il s'en fout.

Hélène réplique sans tarder : elle entend ce qu'il dit, elle en est touchée, elle le remercie. Mais pour le coup, elle pense qu'il a tort. Sans solidarité, il n'y a pas de survie possible. C'est en s'aidant les uns les autres qu'ils ont une chance de résister à…

Elle s'interrompt, cherche les mots pour décrire le chaos qui les entoure, n'en trouve pas.

— « Quiconque sauve une vie sauve le monde entier », récite-t-elle en martelant les mots.

Raphaël maîtrise un mouvement d'impatience.

— C'est le genre de phrase qui fait très chic quand tout va bien. Sauf que ce temps est révolu. Comment veux-tu qu'on s'en sorte en mettant dans la balance nos vies avec celle du vieux Corneille, par exemple ?

— C'est justement maintenant, que c'est important ! s'emporte Hélène. C'est à ce genre d'idée qu'on doit se raccrocher. Regarde Pauline !

— Justement, regarde Pauline ! la coupe Raphaël, cinglant. Elle n'a plus de parents parce que ces deux crétins ont estimé qu'il était important de sauver des gens qu'ils ne connaissaient pas ! Résultat des courses, elle est orpheline. À trois mois !

Il s'emporte, agacé de devoir expliquer l'évidence. Il ne comprend pas comment Hélène peut ne pas être d'accord avec lui. Il va même plus loin : il a besoin de savoir s'il peut compter sur elle.

— Sans nous, les enfants ne survivront pas, argue-t-il sèchement. On ne peut pas se permettre de prendre le moindre risque. C'est comme dans un avion en dépressurisation : la mère doit d'abord mettre son masque avant celui de son enfant. Car sans elle, l'enfant est condamné.

Vaincue par l'argument, Hélène se tait.

Dans le silence revenu, Pauline s'agite, cette fois pour de bon. Ses cris les détournent de leur débat. Hélène saisit le biberon à côté d'elle et va chercher la petite. Elle s'installe ensuite sur le lit, adossée au mur, jambes croisées, retrouve les gestes maternels. Mais le bébé refuse la tétine qu'elle glisse dans sa bouche grande ouverte, furieuse de ne pas reconnaître le sein de sa mère. Pauline se tortille dans tous les sens, tout lui est étranger, la matière du biberon, l'odeur de ces gens, leur voix, le décor qui l'entoure. Avec patience, Hélène promène le bout de la tétine sur ses lèvres, la berce, lui murmure des mots apaisants.

Les cris du bébé ne faiblissent pas, il se tend de nouveau, plein de fureur et d'angoisse.

Raphaël les contemple, démuni. La situation lui échappe, l'urgence, les priorités, cette enfant qui pleure lui tape sur les nerfs, et Hélène qui ne veut rien entendre. Il voudrait lui parler encore, la convaincre, mais les cris l'en empêchent. Il la contemple, sa douceur, sa patience. Le spectacle le renvoie au passé, lorsqu'elle donnait le biberon à leur fils. Au milieu du chaos, des restes de bonheur lui reviennent, comme des bulles d'air éclatent à la surface, fragiles et fugaces.

Quiconque sauve une vie sauve le monde entier.

— À ce compte-là, en sauvant Pauline, j'ai sauvé le monde entier, dit-il en haussant le ton pour couvrir les pleurs de la petite.

Hélène lève la tête vers lui et lui sourit.

— Pour sauver le monde entier, il faut la maintenir en vie, répond-elle en indiquant le bébé qui gesticule dans ses bras. Sinon, ça n'aura servi à rien.

Chapitre 10

Dans la chambre des filles, pénombre mouvante, souffles réguliers, comme si de rien n'était.

— Tu dors ?

— Oui.

Laura se redresse, pas dupe.

— Tu ne dors pas puisque tu me réponds !

— Non, jure ! rétorque Soline, goguenarde.

Laura observe cette fille étrange, la rage en bandoulière, tout le temps, comme si le monde en personne l'avait insultée. Elle n'aime pas Soline, ne l'a jamais aimée. À ses côtés, elle se sent bête, plus encore que d'habitude. Laide aussi, parce que Soline est belle, plus encore que les autres. Soline, elle est plus que tout, tout le temps, plus méchante aussi, souvent. Elle peut se le permettre car elle est intense et tout le monde la comprend, du moins ils essaient, comme un défi, la promesse d'une victoire. Soline ne s'encombre de rien, jamais. Elle ne craint rien non plus, ni de faire de la peine ni de provoquer la colère. Elle s'y connaît, en colère, c'est un état dont elle fait souvent le tour. Quant à la peine, c'est pareil, elle jongle avec, surtout celle des autres. La sienne aussi parfois, sans pudeur.

Quand Soline est triste, tout le monde est au courant. On est prié de se sentir concerné. Laura se demande comment elle fait pour vomir ainsi ses humeurs, les exhiber, s'en enorgueillir, presque. Elle aurait honte, à sa place. Honte d'être ainsi le centre de l'attention avec de si vilaines dispositions.

La voilà d'ailleurs qui se lève et s'habille. Puis elle enfouit sous sa couette des coussins et des vêtements, sculpte une forme oblongue, celle d'un corps allongé.

— Tu fais quoi ? lui lance Laura.

Elle s'attend à une raillerie, car Soline lui répond souvent ainsi. Genre : « Si on te le demande, tu diras que tu sais pas. » Ou : « Ça te regarde ? » Ou encore : « De quoi je me mêle ? »

Cette fois pourtant, la jeune fille s'approche d'elle et s'assied d'une fesse sur son lit.

— Il faut que j'aille vérifier un truc.

— Quoi, comme truc ?

Soline la considère un bref instant sans répondre, on dirait qu'elle hésite.

— Je dois sortir, mais ça ne prendra pas beaucoup de temps. Tu dis rien à ma mère, OK ?

Tête de Laura, les yeux ronds, c'est quoi, cette embrouille ?

— Tu vas chez ton père ?

— Non.

Laura lui jette un regard dubitatif.

— Je te promets que non, lui assure Soline. En plus, je suis sûre qu'il est en route pour venir me chercher.

— Mais tu reviens quand ?

— Dans une demi-heure, maxi.

La voix de Soline est douce, elle chuchote, c'est étrange, dans sa bouche, presque de la gentillesse. Ça lui fait chaud au cœur, à Laura, une onde d'espoir, la possibilité d'une embellie. Sans doute les circonstances poussent-elles à plus de douceur, une empathie nouvelle ? La situation doit être compliquée pour Soline, déjà qu'elle l'est en temps normal. Hélène dit que sa fille est très sensible et qu'elle ne parvient pas à gérer ses émotions. Un peu comme une infirmité.

— Je peux compter sur toi ? insiste Soline.

Laura dissimule mal sa surprise, pas habituée à cette connivence insolite qui ne leur ressemble pas. Mais qu'elle a tant espérée.

— Oui, bien sûr, assure-t-elle en hochant vigoureusement la tête.

Soline la remercie d'un sourire. Puis, sans plus traîner, elle se dirige vers la porte de leur chambre.

Laura aimerait prolonger ces quelques instants complices.

— C'est quoi, le truc que tu dois vérifier ?

Soline s'apprête à sortir, laisse échapper un soupir.

— Si on te le demande, tu diras que tu sais pas.

L'adolescente se glisse rapidement hors de l'appartement, dévale l'escalier et sort de la maison. Dans la rue, le paysage est plus apocalyptique encore qu'à l'aube, à peine atténué par la lumière du soleil, à présent éclatant. Des grappes de silhouettes fluctuent parmi les décombres, on s'organise, quelques-uns s'attellent déjà à dégager la chaussée des gravats et autres éboulis. Une partie de la rue Saint-Bernard est bloquée par une maison effondrée. De l'autre côté, une file de voitures descend la rue d'Irlande à pas d'homme, pare-chocs contre pare-chocs. On devine les gens entassés à l'intérieur, les bagages amassés dans des coffres bondés. On klaxonne son impatience, on s'alpague par la fenêtre, vitres baissées, on ronge son frein à main.

Sans se préoccuper de la détresse ambiante, l'adolescente file en direction de la rue d'Espagne, qu'elle descend vers la place Morichar, rendez-vous incontournable des collégiens et lycéens saint-gillois, ceux des instituts Saint-Luc et Saint-Jean-Baptiste-de-La-Salle, ceux du lycée intégral Roger-Lallemand aussi, trois établissements scolaires que Soline a fréquentés. La place Mo, elle la connaît comme sa poche, à toute heure du jour et de la nuit, sous la chaleur de l'été et sous les frimas de l'hiver. C'est son quartier général, du moins ce le fut quand elle vivait chez sa mère. Parvenue au bas de la rue, là où se dressent les bâtiments de Saint-Luc, l'école supérieure des arts, elle découvre la place Morichar, miraculeusement intacte. Les maisons de maître qui la bordent sont toujours là, pareilles à la veille, comme s'il n'était rien arrivé. Elles n'en sont que plus belles, tant elles portent en elles le souvenir d'hier et la beauté des jours de paix.

Soline s'avance. L'émotion la saisit en traître, jamais elle n'aurait imaginé que cette place puisse autant la toucher. Elle traverse la rue de Tamines qui la borde sur le haut, rejoint les quelques marches qui accèdent au terre-plein de jeux, le passe, se dirige d'un pas résolu vers la zone végétale. C'est là, en général, que les jeunes se retrouvent, au niveau des rochers qui servent également de sièges.

C'est là qu'elle aurait dû retrouver Théo hier soir.

Là que l'histoire n'a pas eu lieu.

Elle ne sait pas trop ce qu'elle vient chercher, sans doute rien de précis, juste répondre à un besoin, celui d'être à cet endroit, dire adieu à la vie qu'elle n'aura jamais plus. Comme une mue. Cette nuit, le destin a troqué son costume trois pièces pour des haillons. C'est ainsi qu'elle voit la vie, désormais : une mendiante qui chemine pieds nus sur une route couverte de pierres. Hier, c'était son anniversaire, dix-sept ans, l'aube d'une vie. Au même moment, le monde autour d'elle a explosé. Et soudain ce monde qu'elle aspirait de découvrir lui semble terrifiant.

Seule au milieu de la place Mo, Soline se sent perdue.

Elle, si pressée de devenir adulte.

Elle sait que, lorsqu'elle fera demi-tour, elle laissera derrière elle celle qu'elle n'est déjà plus. Tout cela est très confus, elle frissonne, pressée de rentrer, à présent. Elle se sent fébrile, mal assurée sur ses jambes. Comme si la dépouille de sa vie d'hier lui donnait la nausée.

Elle va rebrousser chemin, mais s'immobilise, le regard attiré par quelque chose, une tache rouge par terre, là-bas plus loin. Elle plisse les yeux, cherche à identifier l'objet, s'approche.

Sur le gazon clairsemé de la zone végétale, mille fois piétiné par des enfants, arpenté par des adolescents, gît une casquette rouge maculée de terre.

Impossible d'actualiser le fil.

Trois posts se battent en duel avec une pub pour des culottes menstruelles, quelques secondes animées avant de se figer.

Sur la Toile aussi, le monde s'est arrêté. Ne reste qu'un bébé qui rit, un chat qui tombe et un couple sur le point de s'embrasser. Quant à la pub pour les culottes menstruelles, les premiers sons résonnent en boucle, une femme se tourne vers la caméra, elle est blonde, coiffure rétro, elle arbore un rouge à lèvres écarlate (pas d'ambiguïté sur ce dont on parle), et entame sa chansonnette sur un tempo bien marqué.

Autrefois mais pas si loin ma foi, Les femmes n'avaient pas vraiment le choix…

Jupe rouge et chemisier blanc.

Elle se fige ensuite, assise sur des toilettes, le rictus statique sur des mots en suspens.

Impossible d'actualiser le fil.

Laura fait défiler les trois publications qu'elle ne regarde même plus tant elles sont gravées dans sa rétine. Les pleurs de Pauline lui parviennent au loin, étouffés par les murs qui séparent sa chambre de celle des parents. Bientôt les images se confondent, un chat éclate de rire, il tombe tandis que l'homme du couple sur le point de s'embrasser arbore une tête de bébé, c'est grotesque, presque dégueulasse. Puis les lèvres rouge écarlate chantent en rythme.

Autrefois mais pas si loin ma foi, Les femmes n'avaient pas vraiment le choix.

Un bruit en provenance du salon sort Laura de sa torpeur. Elle se redresse, en alerte, prie le Ciel que ce soit Soline qui rentre. Des pas se rapprochent de leur chambre, s'arrêtent devant la porte. Laura retient son souffle. Au moment où la poignée se baisse, elle a juste le temps de se recoucher et de fermer les yeux. Silence. Entre ses cils, elle distingue la silhouette de son père. Son cœur bat vite, elle a l'impression de trembler de tous ses membres, sur le point de se faire griller. De quoi, elle n'en sait rien, elle n'a rien fait de mal, pourquoi faut-il toujours qu'elle prenne à son compte les bêtises des autres ?

Raphaël se tient sur le seuil. Il observe la pièce un court instant, le lit de Laura, celui de Soline, avant de refermer doucement la porte.

Laura attend quelques instants encore avant de se remettre à respirer.

Se raidit une nouvelle fois en entendant d'autres pas.

Ça y est, elle est cuite : son père a flairé l'arnaque, il vient de comprendre, il revient pour la confondre, lui demander où se trouve Soline. Et elle, elle ne saura pas quoi répondre, avec en plus la désagréable impression de trahir cet ersatz de sœur qui, de toute façon, ne l'aime pas, mais comme elle a été gentille avec elle, elle se sent redevable, c'est tout de même un comble. Pire encore, Soline croira qu'elle l'a balancée et c'en sera fini de ce début de complicité, peut-être même lui en voudra-t-elle.

Les pas se pressent jusqu'à leur porte, qui s'ouvre, puis se referme aussitôt. Laura reprend sa position endormie, les yeux fermés, prête à affronter l'ire paternelle. Elle ne bouge pas, pétrifiée par la catastrophe imminente.

— C'est bon, chuchote Soline.

Laura en aurait pleuré de soulagement. Elle se redresse.

— Qu'est-ce que t'as foutu ? murmure-t-elle, nerveuse. Papa est venu dans la chambre.

Elle veut faire peur à Soline, lui faire endurer un peu du stress qu'elle vient de subir, ce ne serait que justice.

— Oui, je sais, bougonne Soline en se hâtant vers son lit. J'ai attendu qu'il s'en aille pour revenir. Il a rien vu.

Elle tient à la main un objet rouge, que Laura identifie rapidement.

— C'est quoi, cette casquette ?

— Ça te regarde ?

Soline cache le couvre-chef sous son lit. Elle s'agite, débarrasse son lit des coussins et autres vêtements qui ont pris sa place le temps de son absence et se tourne vers le mur.

Laura ne voit à présent que la silhouette de son dos sous les draps.

Le silence retombe.

Avec lui, une solitude compacte, pesante.

C'est dégueulasse. Laura reçoit de plein fouet la violence du rejet. Elle en éprouve du dégoût. Elle avait tant besoin de raconter à Soline les affres par lesquels elle vient de passer, partager avec elle ses angoisses, ses questions aussi. Elle se sent bête d'avoir cru un instant que Soline pouvait être sympa. Cette fille ne pense qu'à elle, les autres ne l'intéressent pas. Soline devrait la remercier, Laura a pris des risques pour elle. Au lieu de cela, elle se sert d'elle, l'amadoue quand elle lui demande un service, redevient cinglante quand elle n'en a plus besoin. Laura déteste les conflits et ne s'y engage qu'en dernier recours, mais elle en a marre de servir d'alibi ou de punching-ball. Elle réfléchit à la manière d'aborder la chose, sans douceur, mais sans agressivité non plus. Il ne faut pas agir n'importe comment, elle n'est pas de taille, elle le sait, Soline est plus forte quand il s'agit de clouer le bec à l'autre, elle pratique la dispute avec une énergie peu commune, ne craint rien ni personne, est capable de toutes les cruautés pour gagner la partie. Déjà la colère de Laura se délite, elle entrevoit les suites d'une confrontation, pressent qu'elle ne fera pas le poids, n'est plus trop certaine d'avoir envie de se mesurer à Soline…

— Merci, grogne celle-ci.

Laura en reste comme deux ronds de flan. Cette gratitude inespérée lui donne un regain de courage. Elle ouvre la bouche, prête à réclamer justice, lui dire que ce « Merci », elle le mérite, parce qu'elle a eu peur, parce qu'elle l'a couverte aussi, il s'en est fallu de peu que son père ne découvre tout ! Elle réfléchit encore à la meilleure façon de traiter cette affaire, profiter des bonnes dispositions de Soline, provoquer un échange, peut-être même une ou deux confidences. Elle observe le corps allongé à l'autre bout de la chambre, ce dos tourné, fermé à toute sollicitation. Elle hésite. Se dit alors que, le mieux, c'est peut-être de se contenter de ce « Merci ». Après tout, c'est ce qu'elle revendiquait, la reconnaissance de son courage.

— De rien, chuchote-t-elle en se recouchant.

Chapitre 11

Le son retentit un dixième de seconde avant la secousse. Explosion de bruits, fracas infernaux. Ça tremble de partout. Les bombes pleuvent de nouveau dans le ciel de Bruxelles, elles s'écrasent sur les habitations, les éventrent, les disloquent. De la rue, on perçoit les cris des gens, rythmés par leur course affolée.

Dans la chambre des filles, les corps réagissent en premier, fouettés par la déflagration. Ils se tendent, se hérissent, soudain à vif, la peau, les poils, les cheveux. Les cœurs suivent le mouvement, en apnée, ils manquent un battement. Les consciences se ramassent sur elles-mêmes, se recroquevillent et se cachent, question de survie, quelques secondes de répit avant de réaliser que l'horreur recommence.

Laura a dû s'endormir car la voilà en lévitation au-dessus de son lit.

Dans le sien, Soline pousse un cri de terreur.

Au même moment, la porte s'ouvre à toute volée. Hélène apparaît, le regard halluciné. Derrière elle parviennent les pleurs du bébé.

— Tu sais où est ton père ? crie-t-elle à Laura.

Hébétée, l'adolescente ouvre la bouche dont aucun son ne sort. Elle secoue la tête, c'est tout ce dont elle est capable.

— On redescend à la cave ! hurle encore Hélène.

Sa voix éperonne la conscience des filles. Elles se lèvent aussitôt, jamais elles n'ont obéi si vite. Soline est la première à atteindre la porte, Laura sur ses talons. Juste avant de sortir, Soline s'arrête avant de faire demi-tour.

— Qu'est-ce que tu fous ? hallucine Laura.

Sans répondre, Soline la contourne, court vers son lit, soulève le matelas, saisit la casquette rouge et revient, ventre à terre.

Dans le couloir, elles rejoignent Hélène, Pauline dans un bras, qui vocifère toujours, on dirait qu'elle ne sait faire que ça. Dans l'autre bras, Hélène serre contre elle des couvertures. Elle porte également un sac en bandoulière, duquel dépasse de la nourriture et des bouteilles d'eau. Marius et Félix sont là, hébétés, devant Hélène qui les pousse en direction de l'entrée.

Laura hurle, parce qu'elle est en panique, et aussi pour couvrir les pleurs du bébé :

— Où est papa ?

— Si seulement je le savais ! s'exclame Hélène.

La peur déforme ses traits, elle a du mal à coordonner ses pensées, ça se voit, sortir d'ici avec les enfants, se mettre à l'abri. Mais. L'absence de Raphaël la paralyse, le pourquoi surtout, elle ne comprend pas. L'urgence vient mettre de l'ordre dans tout ça, il faut se protéger sans tarder, on verra ensuite, l'absence de Raphaël, pourquoi, où ? Il y a les injonctions d'Hélène, dépêchez-vous, descendre à la cave, vite, vite. Et il y a ce bébé qui pleure sans cesse, Laura n'en peut plus, ses cris sont des aiguillons qui la piquent de partout, ça la démange, ça l'irrite.

Au moment où ils s'apprêtent à sortir, la porte d'entrée s'ouvre en grand et Raphaël apparaît, à deux doigts de trébucher sur Félix qu'Hélène pousse déjà hors de l'appartement.

— Où tu étais ? rugit Hélène.

Une explosion toute proche coupe court à la réponse. Le bruit est terrifiant, il fige les cœurs, il bloque les souffles. On se glace, on se regarde, tendus, aux aguets. La maison gronde de partout. Les murs tremblent, prêts à se disloquer. Ça buzze dans la tête de Laura, les dangers qui les cernent, l'affolement, et puis la perspective de redescendre à la cave, cet endroit dégueulasse, froid, humide. Sombre.

— On y va ! crie Raphaël en saisissant les deux garçons, un sous chaque bras.

Sans perdre un instant, il se précipite dans la cage d'escalier qu'il dévale à toute vitesse, tandis que d'autres déflagrations résonnent au-dehors, escortées de clameurs, elles-mêmes chargées d'effroi.

Dans la cave ne restent qu'Alice, l'étudiante du troisième, ainsi que Valentin, du rez-de-chaussée. Tous deux se terrent, le regard noyé d'appréhension. À l'arrivée de la famille, ils expriment leur soulagement, les accueillent comme si la maison était désormais à l'abri des bombes.

— Soraya n'est pas là ? s'enquiert Hélène en constatant l'absence de la colocataire de Valentin.

— Elle a préféré partir, explique-t-il. Elle voulait rejoindre son petit ami dont les parents vivent à la campagne.

Il marque une courte pause avant d'ajouter :

— Je crois d'ailleurs qu'on ferait bien de tous faire pareil.

Alice le dévisage, intriguée.

— Pourquoi tu dis ça ?

— Quel que soit notre ennemi, ils utilisent les gros moyens : des avions de chasse, des bombardiers...

— Qu'est-ce qui te fait dire ça ?

— Ça s'entend ! Les vrombissements dans le ciel, c'est de l'artillerie lourde, destinée à raser des quartiers entiers. Tu as vu les dégâts dans la rue ? Ce ne sont pas des frappes chirurgicales comme avec des drones.

— Et alors ?

— Alors, ça veut dire qu'ils ont décidé de détruire Bruxelles. Et que ça ne va pas s'arrêter de sitôt. Tant qu'on reste ici, on est en danger.

Puis, avisant Pauline toujours hurlant dans les bras d'Hélène :

— Ils sont où, ses parents ?

Les pleurs de la petite mettent les patiences à rude épreuve. En même temps, ils détournent l'attention, focalisent l'émotion sur autre chose que sur les bombes. Hélène ne cesse de la bercer, elle arpente le couloir, la couvre de mots apaisants. Rien à faire. Marius et Félix se plaquent les mains sur les oreilles. Laura serre les mâchoires, Soline fixe un point droit devant elle.

— Il n'y a pas moyen de la faire taire ? demande Valentin, excédé.

— Si seulement ! réplique Hélène, non moins exaspérée.

Alice et Valentin s'éloignent comme ils peuvent, vers l'entrée, piètre tentative d'isolement grâce au mur du corridor.

— Passe-la-moi, propose Raphaël.

Il serre l'enfant contre lui, marche en se dodelinant d'un pied sur l'autre. Quelques cris encore, et le bébé se tait. Un miracle.

Une fois les mains libres, Hélène distribue des couvertures aux enfants, Marius, Félix et Laura. Elle rejoint Soline, appuyée contre le mur un peu plus loin, déplie la couverture, la lui met autour des épaules et l'attire contre elle. L'adolescente se raidit au contact de sa mère, réflexe, l'habitude. Hélène ne se résout pas à la lâcher. Moment suspendu. S'il te plaît, murmure-t-elle.

De mauvaise grâce, Soline se laisse aller.

Hélène serre sa fille dans ses bras. Elle profite de l'étreinte, abandonne ses pensées maussades, ses angoisses, ses rancœurs. Le plaisir n'est pas partagé, elle le sent. Tant pis. Ce moment est le sien, elle ne veut pas le gâcher.

Trop vite, Soline se dégage et s'installe encore plus à l'écart.

Raphaël continue de se balancer, Pauline au creux de son bras, maintenant endormie.

L'attente s'installe par terre, à même le sol, longue et inconfortable. Les minutes se répandent, elles s'emparent du temps, le tordent et l'allongent. Un élastique. Prêt à claquer à tout instant.

— Il y a quelqu'un ?

La voix vient d'en haut. Celle d'un homme. Valentin l'entend, Raphaël aussi, ainsi qu'Alice, tous trois au pied de l'escalier. Ils se regardent.

— Vous êtes en bas ? répète la voix, le ton forcé.

Des pas l'accompagnent, dévalent les marches. Une poignée de secondes, ils pensent à la même chose, les secours, enfin ! Puis un homme apparaît, seul, que Raphaël dévisage.

Quadra poivre et sel, légèrement dégarni. Tenue enfilée à la hâte, un chandail écru orné de motifs noirs, des lignes brisées comme une succession de montagnes, deux gros boutons en bois à l'encolure. Par-dessus, une veste grise. Jean et baskets. Il est mal rasé. Porte des lunettes rondes.

— Julien ! s'exclame Raphaël.

Hélène et Soline réagissent aussitôt, du bout de leur couloir.

— Papa ? s'étonne Soline.

Elle se lève, emmitouflée dans sa couverture, retourne vers l'entrée, le voit, s'immobilise un bref instant, puis lâche tout et s'élance vers lui.

— Papa ! crie-t-elle cette fois en se précipitant vers lui.

— Soline, tu es là ! Bon sang, tout va bien ?

Julien la serre contre lui, ses mains palpent les épaules de l'adolescente, sa tête, son visage ; ses yeux la couvent, elle est là, entière, vivante. Hélène apparaît à son tour. Elle découvre Julien elle aussi, effarée, reste sans voix.

Soline ne décroche pas des bras de son père, elle se presse contre lui, fort, ferme les yeux, n'ose pas y croire.

— Comment tu es arrivé jusqu'ici ? lui demande Hélène, stupéfaite.

— Je suis venu chercher Soline, annonce Julien en resserrant son étreinte autour de sa fille.

Hélène ne réagit pas tout de suite, le regarde sans comprendre. C'est l'avantage des chocs, ils vous mettent K.-O., ils endorment la douleur. Sur le moment même, elle n'a pas mal à proprement parler, seul son cerveau présage la souffrance, la terrible chose sur le point de se produire.

Ensuite elle pince les lèvres et plisse les yeux, la tête penchée sur le côté, comme on aborde un détail.

— Comment ça, tu viens chercher Soline ?

Julien regarde sa fille puis revient sur Hélène.

— On peut parler ?

Les problèmes commencent souvent par ce genre de questions.

Chapitre 12

Chef-d'œuvre.

Prouesse de la Renaissance du Nord.

Patrimoine mondial de l'Unesco.

De manière totalement inattendue, Julien se met à parler de *L'Agneau mystique*, peint par les frères Van Eyck, trésor majeur du patrimoine européen, vieux de six cents ans, composé de vingt-quatre panneaux exposés dans la cathédrale Saint-Bavon à Gand. Chef-d'œuvre inégalé, répète-t-il, et sa voix s'enflamme tandis qu'il évoque le retable. *L'Agneau mystique* a traversé les guerres, il a été dérobé, caché, restauré, protégé. Une partie reste d'ailleurs introuvable, deux panneaux volés dans les années trente, que l'on promet de rendre en échange d'une rançon. Le gouvernement tergiverse, le chantage se prolonge et les négociations échouent. L'un des deux panneaux est récupéré, celui qui représente saint Jean-Baptiste, mais le dernier, *Les Juges intègres*, n'est jamais réapparu. Aujourd'hui, c'est une copie qui figure à sa place.

Hélène hausse les épaules, quel rapport avec sa fille ?

Julien poursuit, elle va comprendre : elle sait ce que représente cette œuvre, il lui en a souvent parlé quand ils vivaient ensemble. *L'Agneau mystique*. Monument pictural, jalon essentiel de la peinture occidentale. Sa valeur dépasse toute considération monétaire, son prestige nourrit le mythe, on se déplace du monde entier pour venir l'admirer. Enfin, Hélène le sait, il ne lui apprend rien, elle connaît sa passion pour l'art flamand en général et pour la virtuosité proche de la perfection des Van Eyck en particulier.

Hélène s'impatiente. On s'en fout, de *L'Agneau mystique* ! De quoi parle-t-il ?

Julien lui demande de l'écouter.

En tant que régisseur des collections du musée de la ville de Gand et spécialiste de la Renaissance flamande, il doit mettre le retable en lieu sûr, du moins faire partie de l'équipe chargée de l'opération. Il part à Gand séance tenante. Il espère que la ville flamande est toujours intacte, qu'elle n'a subi aucune attaque. Il sait que, là-bas, en cas de bombardement, il pourra se réfugier dans des sous-sols protégés, des chambres fortes, des abris. Il peut prendre Soline avec lui, la mettre en sécurité.

Les informations tombent sur Hélène comme les bombes au-dehors. Chacune l'atteint à la mesure de sa puissance. La dernière la précipite dans le gouffre de la logique, l'argument imparable, celui auquel elle ne pourra pas s'opposer sans devenir un monstre aux yeux de tous, sa fille d'un côté, Marius et Raphaël de l'autre, ces deux cercles aux contours bien délimités qui ne se sont jamais vraiment mêlés.

— Tu veux emmener Soline à Gand ?

C'est tout ce qu'elle trouve à dire, les yeux ronds, chargés d'horreur, une manière de gagner quelques secondes supplémentaires pour bien saisir les enjeux.

— Je veux surtout protéger Soline, corrige Julien d'un ton sec. C'est ce que je suis censé faire, non ?

Il la fixe d'un œil impérieux avant d'ajouter :

— Tu vas me reprocher ça, aussi ?

Hélène se concentre. Durant une micro-seconde, elle rassemble sa volonté, cherche à étouffer ses peurs, mais également à maîtriser la bouffée de haine qui la submerge, ne pas réagir à l'emporte-pièce, ne pas dire des choses – ou même en faire – qu'elle regretterait aussitôt.

Alors elle serre les dents et se force à sourire.

— Non, bien sûr que non. Je veux juste savoir où tu l'emmènes.

— À Gand. Je te l'ai dit. Je ne sais pas encore où exactement, mais je te tiens au courant.

— Comment ?

Julien la dévisage, pas sûr de comprendre.

— Comment tu vas faire pour me tenir au courant ? précise Hélène d'une voix tendue.

— Je vais t'envoyer un texto, répond-il avec lenteur, comme on s'adresse à un esprit moyen.

— Ne me prends pas pour une conne, crache-t-elle en perdant patience. Il n'y a plus de réseau, tu le sais aussi bien que moi. Tu ne pourras pas me joindre, tout comme je ne pourrai pas vous joindre. Comment je fais, moi, pour avoir des nouvelles de ma fille ?

— Ils vont bien finir par rétablir le réseau, objecte-t-il.

— Tu n'en sais rien !

C'est au tour de Julien de faire un effort de maîtrise. Le temps presse, il le sait. Il n'était pas censé faire un détour par Saint-Gilles pour récupérer sa fille. Il perd un temps précieux à convaincre son ex-femme avec des arguments qui pourtant coulent de source. Il hallucine de devoir défendre son point de vue, tant c'est évident : il peut mettre leur fille à l'abri, il n'y a pas à hésiter. Soline vient avec lui. Point.

Devant lui, Hélène se domine tant bien que mal. Elle se tourne vers Soline, la supplie des yeux, sachant déjà que c'est peine perdue, elle n'a aucune chance face à Julien. En ce moment (depuis sept ans en vérité), Soline préfère son père (et sa maison, celle qui l'a vue naître, celle dans laquelle ils ont vécu en famille). Hélène a juste envie de tendre les bras vers sa fille, mais le rejet annoncé la paralyse, elle anticipe le geste de recul, si blessant, si douloureux qu'il vaut mieux ne pas le tenter.

Pendant quelques secondes, elle est sur le point de poser la question à sa fille : que préfères-tu, partir avec papa ou rester avec maman ?

La violence du dilemme la muselle. Elle ne peut pas faire porter à Soline la responsabilité de ce choix. Personne ne le lui pardonnerait, à commencer par elle-même.

Ou alors, peut-être que, ici encore, elle craint la réponse, trop nette, trop claire, trop rapide.

Elle ravale sa question, le cœur au bord des lèvres, comme on ravale un crachat.

Elle est coincée. Elle ne peut réagir que d'une seule façon.

— Il vaut mieux que tu ailles avec papa, d'accord ?

Ces mots lui écorchent la gorge, elle a la sensation d'avaler du sable.

De son côté, l'adolescente hoche vigoureusement la tête. Un accord si viscéral qu'il crève le cœur de sa mère.

Fin de la discussion.

Julien lui lance un regard soulagé. Puis il se tourne vers Soline.

— Je t'ai préparé des affaires, elles sont dans la voiture.

Hélène éprouve le vertige de la chute, elle vient d'accepter l'inacceptable, elle va se séparer de sa fille sans savoir comment la récupérer. Elle se déteste de laisser faire ça, se détesterait plus encore de l'en empêcher. Déchirée. Son ventre se creuse, aspiré par le siphon de la culpabilité. Sa poitrine en revanche pèse une tonne. Elle cogite à toute vitesse, cherche l'argument pour retarder le départ, garder Soline près d'elle, envers et contre tout. Malgré le danger. Elle seule a le pouvoir de protéger sa fille, elle le sent dans ses tripes. Elle lui a donné la vie. Tant que Soline reste auprès d'elle, il ne peut rien lui arriver. C'est imparable.

Hélène ouvre la bouche, prête à défendre son point de vue. Mais, consciente de l'inanité de sa théorie, les sons se dérobent.

— C'est comment, dehors ? Bruxelles ? Les rues ? Les gens ?

La voix de Raphaël la tire de ses réflexions. Il se tient juste derrière elle, tout comme Valentin et Alice un peu plus loin, qui n'ont rien perdu de son échange avec Julien. Les garçons sont là aussi, debout dans leur couverture dont seules leurs têtes dépassent.

Derrière eux, Laura s'appuie contre le mur, elle aussi emmitouflée. Tous observent Julien avec curiosité.

— C'est l'apocalypse, répond celui-ci.

Le mot se fracasse au milieu du silence. On attend la suite sans oser la demander.

— La moitié de la ville est détruite, poursuit-il. C'est un miracle que je sois arrivé jusqu'ici. Je n'ai aucune idée du nombre de morts, mais ça doit se chiffrer en milliers. Peut-être même en dizaines de milliers.

— On sait ce qui se passe ? demande Valentin d'une voix serrée.

Julien secoue la tête.

— Aucune idée.

Valentin émet une hypothèse, Julien ne partage pas son avis, la discussion s'anime entre les deux hommes, chacun y va de sa certitude. Julien donne ensuite quelques détails supplémentaires, la formation d'un flux migratoire important, les gens fuient la capitale. Ça occasionne d'énormes encombrements, le trafic sature les portes de la ville. Le centre est aux mains des pillards et des vandales. Partout c'est la panique, décuplée par l'ignorance et l'incompréhension. On ne sait pas ce qui se passe. Pire encore, il n'y a, semble-t-il, aucune riposte. Les Bruxellois sont abandonnés, livrés à leur sort, sans aucune instruction pour se protéger.

— Et tu comptes emmener Soline là-dedans ?

— Et toi ? rétorque Julien aussi sec. Tu comptes rester ici avec elle en attendant que la maison vous tombe dessus ?

La question ravive l'indignation d'Hélène, qui en perd sa riposte.

— Je ne veux pas rester ici, sanglote Soline.

— On s'en va, mon chaton, la rassure son père en l'attirant contre lui, comme si elle ne risquait désormais plus rien.

Hélène sent la présence de Raphaël juste derrière elle, qui passe dans son dos une main apaisante. Puis il se positionne à ses côtés, Pauline au creux de son coude, endormie.

Julien ne perd rien de ce geste de tendresse.

— C'est qui ? demande-t-il en indiquant Pauline du menton.

— Le bébé des voisins, répond froidement Raphaël.

— Ses parents sont morts, explique Soline, les larmes aux yeux.

Son père intègre l'information, et ses conséquences.

— Qu'est-ce que vous allez en faire ?

— On n'en sait rien, avoue Hélène d'une voix grave.

Julien les regarde, un à un, Raphaël avec ce bébé dans les bras, Hélène, à la fois défaite et pleine d'aversion, les deux couvertures debout dont les têtes de Marius et de Félix dépassent (il se demande aussi qui est ce deuxième gamin, renonce à poser la question), et puis la grande perche de Laura, aussi godiche que Soline le lui a raconté. Il réalise alors la précarité de leur situation, deux adultes et tant d'enfants, sans moyen de locomotion, il le sait, Raphaël et Hélène votent écolo, farouchement opposés à la voiture en ville. Ils ont l'air malins, maintenant, avec leurs vélos à peine munis de sacoches, ils vont aller loin ! Ça l'agace, car ça le renvoie à son rôle, celui de protéger sa fille, mais également à ce qu'il s'apprête à faire, emmener Soline en les laissant là, se démerder tout seuls avec tous ces gosses, les leurs et ceux des autres. En même temps, il se dit qu'il a bien fait, Soline est en danger ici, c'est ce qu'il se répète tandis qu'il les regarde tous, chacun leur tour, comme des morts en sursis. Il se persuade qu'il n'a pas le choix, il fait ce qu'il faut faire, sans compter que, s'il n'y avait pas eu l'anniversaire, Soline et lui seraient déjà en route pour Gand. Mais à présent qu'il se tient devant eux, tous les quatre… non, tous les cinq, sans même compter le bébé, il mesure l'ampleur du dilemme.

— Écoutez… commence-t-il, embarrassé. Je ne peux pas vous prendre tous dans la voiture, il n'y a pas assez de place. C'est une mini-citadine, même en se serrant, c'est impossible de tenir à huit dedans…

— On ne t'a rien demandé, rétorque Raphaël, glacial.

— En revanche…

Julien se tourne vers Hélène.

— Il y a une place pour toi, si tu veux venir avec nous.

Hélène le dévisage, médusée. La surprise lui coupe le souffle. Le silence qui suit est vertigineux, le temps se fige sur ce choix cruel. À ses côtés, Raphaël tourne la tête vers elle.

Muette. Hélène est incapable de proférer le moindre son.

Soline l'observe aussi, en apnée. Quelque chose s'est allumé dans ses yeux, une lueur d'espoir, presque une supplique. Elle attend la réponse de sa mère.

Pour gagner du temps, Hélène ouvre la bouche, mais son esprit est vide. Impossible de se concentrer sur le choix qu'on lui impose. Elle affronte Raphaël, pétrifiée par les mots qu'elle se refuse à dire, elle ne s'y résout pas, et puis quels mots, que peut-elle répondre ? Elle poursuit son tour d'horizon, c'est la seule chose dont elle soit capable. Un peu plus loin, elle avise son petit garçon qui l'observe, intrigué, inquiet aussi, elle le voit, elle le sent. Son minois lui brise le cœur. Elle revient à Soline, et là, ce sont les yeux de sa fille qui l'achèvent. Il y a quelque chose dans ce regard qu'elle n'a plus vu depuis longtemps, une attente, un désir, et même un peu d'amour. L'envie d'être avec elle.

Un besoin impérieux s'empare d'Hélène, celui de prolonger ce contact, quelques instants encore.

À côté d'elle, Raphaël ne la lâche pas. Marius aussi la contemple, et plus elle se tait, plus la consternation marque leurs traits, son petit garçon, sa grande fille, sa famille d'hier et celle d'aujourd'hui, chacun atterré de ne pas être l'évidence, la réponse viscérale.

Elle se tourne vers Julien.

— C'est dégueulasse, murmure-t-elle, écœurée.

Puis elle regarde sa fille, et son cœur se décroche.

— Je ne peux pas, murmure-t-elle les larmes aux yeux. Je ne peux pas abandonner Marius. Pardon, ma chérie. Pardon.

Aussitôt, Soline se glace.

— Et moi ? Tu peux m'abandonner, moi ?

Hélène secoue la tête, la gorge à ce point serrée qu'elle ne fait qu'expulser un sanglot.

— C'est… C'est toi qui pars…, gémit-elle, à l'agonie.

Des mots qu'elle regrette immédiatement. Les traits de Soline se défont, son menton tremble, comme quand elle était petite, sur le point de pleurer. Hélène fait un pas vers elle, mais l'adolescente se détourne.

— Je veux m'en aller, papa.

Celui-ci hoche la tête, le geste entendu.

— On y va, chaton.

Le dos de Soline.

L'adolescente s'éloigne dans la rue.

Pressée.

Elle trottine derrière son père.

Hélène ne la quitte pas des yeux. Les mots résonnent encore, ceux qui l'ont conduite sur ce trottoir, à la regarder partir, les conflits larvés, les points de vue opposés, cette solution qui se dérobe, que faire, les rejoindre à Gand ? S'ils doivent partir, autant se rendre là ! Suivre Soline puisque c'est là qu'elle va.

Raphaël n'était pas de cet avis, ils avaient d'autres priorités.

— Quelles priorités ?

Il a indiqué les enfants d'un bref coup d'œil.

— Il y a Félix qui aimerait retrouver ses parents, a-t-il énuméré à voix lente. Il y a Laura qui, elle aussi, aimerait avoir des nouvelles de sa maman… Et puis il y a elle, a-t-il ajouté en baissant les yeux sur Pauline qui dormait toujours dans ses bras. On en fait quoi, d'elle ?

Hélène n'a pas répondu. Elle a gardé le silence, et laissé partir Soline dont elle contemple à présent la silhouette. Un rendez-vous a été fixé, chaque jour à 19 heures, place de la reine Maria-Hendrika, devant la gare de Gand, juste à côté de la fontaine. Au cas où les réseaux de communication ne seraient pas rétablis. Julien promet d'y être le plus souvent possible, lui ou Soline, tant que leur sécurité n'est pas menacée. Ils finiront bien par se retrouver. Il commencera dès demain.

Au moment de se quitter, Hélène a embrassé sa fille. Le silence régnait toujours, mots bloqués, rancœurs mal dégrossies. Serrées l'une contre l'autre, Hélène mesurait pourtant la distance entre elles.

Un désert.

Il aurait fallu faire quelque chose, ébaucher un geste, déverrouiller le système d'alarme. Ou peut-être juste agripper Soline et ne plus la lâcher, s'effondrer à ses pieds, la supplier de ne pas partir. Se traîner à terre en pleurant. Oui, il aurait fallu faire ça, et peut-être n'est-il pas trop tard, tandis qu'elle s'éloigne en direction de la chaussée de Waterloo, sans se retourner. Hélène frissonne. C'est l'instant où tout se joue. Elle peut encore courir, rattraper sa fille, lui dire de rester, l'implorer, sangloter comme une éperdue, lui promettre tout et même plus. Elle peut encore. Lui demander pardon.

Le dos de Soline, sa démarche chaotique, et puis cette casquette rouge vissée sur la tête.

Hélène se dit qu'elle va se retourner, juste une fois, lui adresser un regard, peut-être même un signe de la main.

Là-bas, l'adolescente parvient au carrefour. Déjà Julien disparaît derrière le croisement. Le temps hoquette, un sursaut de peine. Hélène ébauche un mouvement, un pas en avant, mais son corps se fige.

— Maman ?

Marius se matérialise à ses côtés. L'enfant glisse sa main dans la sienne, qu'elle saisit d'instinct.

— Maman ? répète Marius.

Alors elle baisse les yeux sur lui.

— Oui ?

— Tu viens ?

Un dernier coup d'œil en direction du carrefour, là-bas plus loin.

Soline a tourné le coin.

Tout autour, le chaos a pris de l'ampleur, d'autres maisons effondrées, des fumées sombres et denses, des clameurs. Une longue plainte s'élève, celle d'une femme dont la démarche hébétée chancelle de l'autre côté de la rue. Hélène fait un tour d'horizon, et ce qu'elle voit est en tout point semblable à ce qu'elle éprouve.

Un monde dévasté dont il ne reste que des ruines.

Deuxième partie

Chapitre 13

« Quiconque sauve une vie sauve le monde entier. »

Hélène marche dans la rue, poussée par une volonté de fer. Félix, dont elle tient fermement la main, trottine à ses côtés. Tous deux avancent à vive allure, malgré le chaos.

Après le départ de Soline, la détermination a pris le pas sur les larmes. Hélène se tenait au bord d'un précipice, prête à se laisser aspirer par le vide. Elle s'est retenue de justesse. Surtout, Raphaël était là. Il l'a saisie pour la ramener à lui, à leur vie, à leur famille. Elle a pleuré dans ses bras, qu'il a refermés sur elle, se contentant de l'étreindre, l'apaiser de murmures, de baisers et de tendresse. Puis il lui a dit que ce n'était qu'une question de jours : Soline était en sécurité, ils allaient tout faire pour la rejoindre et mettre également Laura et Marius à l'abri. Entre deux sanglots, il lui a fait face et l'a forcée à l'écouter. La conduite de Julien a été abjecte, lui demander de choisir entre ses enfants, c'était dégueulasse. Il a bien réfléchi, Hélène a raison, il faut se rendre à Gand le plus vite possible.

Hélène s'accroche à cet espoir, ainsi qu'aux rendez-vous fixés par Julien, chaque jour à 19 heures devant la gare. Dans les prochaines heures, la situation aura évolué, on y verra plus clair, a-t-il dit.

Il faut s'organiser. Impossible de se déplacer avec deux bouches supplémentaires à nourrir, deux petits êtres qu'il faut protéger, surveiller, réconforter. Surtout, Hélène ne veut pas infliger aux familles de Félix et de Pauline ce que Julien lui fait endurer : être séparé de son enfant.

— Ça va ? demande-t-elle à Félix.

L'enfant hoche la tête. Hélène se concentre de nouveau sur la route.

Ils se dirigent vers Ixelles, chaussée de Wavre, au cœur de Matonge, pas loin de la porte de Namur. Une demi-heure à pied.

Alors ils marchent.

À mesure qu'ils avancent, ils découvrent l'ampleur des dégâts, traversant des rues endommagées et des quartiers blessés, jonchés de ruines et de larmes. Hélène presse le pas, le regard bas. Parfois, elle jette un bref coup d'œil aux voitures calcinées et aux façades éventrées. Aux fenêtres, les vitres cassées laissent flotter des rideaux en lambeaux, comme des drapeaux de chagrin. Partout autour d'eux, c'est l'exode. Les traits marqués par la poussière et par l'effroi, les gens prennent la fuite, ils emportent les restes d'une existence moribonde. Ils se déplacent par groupes, portant des sacs sur leur dos, dans leurs bras ou en bandoulière, chargés comme des mules, encombrés par leur passé autant que par leurs peurs.

À la place Stéphanie, c'est le chaos. Des files de voitures avancent au pas et rugissent leur impatience dans une insupportable mélopée de klaxons. Autour d'elles, ceux qui vont à pied les contournent, horde de gens affolés. De part et d'autre de l'avenue Louise, les immeubles sont épargnés pour la plupart. En revanche, les vitrines des commerces sont brisées, des dizaines de magasins désormais accessibles, dont les marchandises ont été dévalisées. Subdued, la boutique préférée de Soline, est dévastée, présentoirs en bataille. Des vêtements traînent au sol, piétinés parmi les mannequins renversés. Combien de fois Hélène a-t-elle suivi sa fille dans les allées de cette enseigne, puis patienté de longues minutes devant les cabines d'essayage avant de donner son avis sur un top ou sur une jupe, souvent trop courts à son goût ? Le triste spectacle de ces commerces vandalisés achève de la bouleverser.

Les ravages sont énormes, ceux causés par les bombes comme ceux perpétrés par les hommes.

Une sourde appréhension saisit Hélène : que va-t-elle trouver dans la rue de Félix ? Les immeubles sont-ils encore debout ? Et les parents du petit garçon ? Sont-ils toujours en vie ?

Si ce n'est pas le cas, que va-t-elle faire de l'enfant ?

De temps à autre, un mouvement de foule accélère le rythme. Hélène empoigne le bras du gamin et le fait passer devant elle. Ensemble, ils tentent de traverser la place, se faufilent entre les voitures, résistent au flux des gens. À plusieurs reprises, elle doit s'imposer pour ne pas être entraînée, prend quelques personnes à partie, leur ordonne de les laisser passer. Soudain, dans la cohue qui se presse vers l'avenue de la Toison-d'Or, elle lâche Félix. L'enfant tente de résister au courant, mais la foule est plus dense, plus haute, plus forte, elle l'emporte inexorablement. Félix panique, il crie son prénom, Hélène, Hélène, les bras tendus vers elle, dont il ne voit plus que la tête. De son côté, elle aussi l'appelle, un cri affolé, Félix ! Elle se démène, bouscule les gens, le chope par la main et l'attire à elle d'un coup sec. Elle le saisit alors dans ses bras et le porte à présent. L'enfant s'agrippe à son cou. Ils parviennent sains et saufs de l'autre côté de la place.

Alors qu'elle s'apprête à poursuivre sa route en direction de la rue de Stassart, elle remarque une femme à quelques mètres d'elle. Celle-ci se tient à la lisière de la cohue, une enfant dans chaque main, petites encore, cinq ans pas plus, des jumelles. Elle porte également un bébé, emballé dans son Tricoti, ces écharpes que les mères enroulent autour de leur taille pour tenir leur petit contre elles. Sur le dos, un sac plein à craquer. À l'évidence, elle tente de traverser la foule comme Hélène vient de le faire, mais dans l'autre sens.

— C'est de la folie ! s'exclame Hélène en la rejoignant. Vous allez perdre les petites, il faut les prendre.

La femme la considère avec tant de dépit que sa détresse parle pour elle : comment faire ? Elle supporte déjà plus qu'elle ne le peut, tenant à peine debout.

— Je dois rejoindre la chaussée de Charleroi, bredouille-t-elle, visiblement épuisée. Je n'ai pas le choix.

Ses traits trahissent l'hébétude, un mélange de confusion et d'accablement. On dirait qu'elle se meut par défaut, la force de l'habitude. Elle s'avance de quelques pas, prête à se laisser engloutir, comme on franchit le pas ultime, celui qui précipite dans le vide. Hélène a juste le temps de la rattraper.

— Je vais vous aider, décide-t-elle, consciente qu'elle ne parviendra pas à la faire changer d'avis.

— Merci, souffle la femme, reconnaissante.

Hélène se tourne vers Félix. Elle le prend par la main et l'emmène jusqu'au seuil d'une devanture, celle du biscuitier Dandois, également dévalisée. Dans l'encoignure de la porte, l'enfant est à l'abri du passage de la foule. Elle s'agenouille et lui enjoint de l'attendre là : elle arrive tout de suite. Le petit garçon ouvre de grands yeux affolés, il secoue la tête, non, il ne veut pas rester seul. Hélène le rassure, elle n'en a pas pour longtemps, elle fait l'aller-retour et revient aussitôt, elle promet. Mais Félix rejette ses arguments. Déjà en larmes, il veut rester avec elle.

— Tu ne reviendras pas, je le sais, sanglote-t-il, désespéré.

— Pourquoi je ne reviendrais pas ?

— Parce que tu seras de l'autre côté, et tu vas rentrer chez toi, c'est plus facile.

Hélène surveille la femme du coin de l'œil. Celle-ci s'est accroupie à hauteur de ses enfants, elle leur parle, leur explique que cette dame va les prendre dans ses bras et les aider à traverser.

— Je viens avec toi, insiste Félix.

— Non, c'est le meilleur moyen de se perdre, je ne pourrai pas te rattraper.

Elle tente de le convaincre, lui rappelle la détermination dont elle vient de faire preuve pour le récupérer dans la foule il y a quelques minutes à peine : pourquoi aurait-elle fait ça si c'était pour l'abandonner ensuite ? Mais Félix continue de secouer la tête, refusant l'évidence.

Le temps presse. Hélène réfléchit à toute vitesse. Soudain, elle fouille dans son sac, en sort sa Ventoline et la tend à Félix.

— Tu te souviens de ma crise d'asthme dans la cave ?

L'enfant l'observe avec méfiance.

— Si je fais une crise d'asthme et que je n'ai pas ma Ventoline, je risque de mourir. Tu te souviens ?

Intrigué, Félix acquiesce.

— Prends-la et garde-la jusqu'à ce que je revienne.

Surpris, le garçon hésite. Hélène saisit sa main, dans laquelle elle dépose son inhalateur avant de refermer ses petits doigts dessus. Puis elle se redresse.

— Je reviens tout de suite, OK ? Je te le promets.

L'enfant fixe la Ventoline avant de lever les yeux sur elle.

— OK ? insiste-t-elle.

De nouveau, il hoche la tête.

Sans plus attendre, Hélène rejoint la femme et saisit les fillettes, une dans chaque bras, deux gouttes d'eau de cinq ans. Elle leur sourit puis se tourne vers la mère.

— Il va falloir que vous vous accrochiez à moi. Ne me lâchez sous aucun prétexte.

La mère acquiesce. Elle agrippe la taille d'Hélène, et toutes deux entreprennent de fendre la marée humaine.

Félix les regarde s'enfoncer dans la marée humaine, qu'Hélène traverse avec détermination. La mère la suit de près, toutes deux contournent les obstacles, une voiture, un vélo, parfois une famille. Le petit garçon ne les quitte pas des yeux, il les suit le plus longtemps possible, même lorsqu'elles ne sont plus que des visages parmi les visages, dont les traits se mélangent et se confondent à mesure qu'elles s'éloignent. Et puis elles disparaissent. Au milieu des têtes, il n'y a plus d'Hélène, ni de femme, ni d'enfants. Il n'y a plus qu'un tapis de cheveux, sans figures, sans plus rien pour les distinguer. Comme si la foule les avait avalées.

Comme si elles n'existaient plus.

Le cœur de Félix bat au rythme des secondes. La cohorte de gens continue d'onduler devant lui, monstre aux milliers de membres, rugissant de clameurs, de cris et de peurs. L'enfant retient son souffle, rivé à l'attente, et déjà le pire fleurit dans son esprit : et si Hélène ne revenait jamais ? Il regarde autour de lui, reconnaît vaguement les lieux mais se sait incapable de trouver le chemin jusqu'à chez lui. Une boule compacte se forme dans son ventre tandis que ses jambes se mettent à trembler. Le temps poursuit sa course sans pitié, il passe, indifférent à la détresse de l'enfant. Celui-ci tente de rassembler ses pensées : si Hélène ne revient pas, il retournera chez Marius. Oui, c'est cela qu'il faut faire, plutôt que de se perdre dans les rues de Bruxelles. Le trajet jusqu'à la maison de son camarade, il le connaît, ils viennent de le faire. Lui aussi traversera la cohue, il trouvera la force nécessaire pour résister au flux turbulent de la foule. Tout seul, ce sera plus facile puisqu'il n'aura personne à suivre.

Malgré cette apaisante intention, l'angoisse reprend vite le dessus : elle déploie ses tentacules visqueux qui s'insinuent en lui et le prennent à la gorge. Une autre minute s'écoule. L'attente se mue en calvaire, chaque seconde trébuche sur l'absence d'Hélène. Une solitude féroce l'agrippe par le cœur, qu'elle tord sans pitié. Félix peine à déglutir, il trépigne, à présent, se balance d'un pied sur l'autre, palpe l'inhalateur qu'il a glissé dans sa poche. Puis il psalmodie une prière improvisée, lui qui n'est jamais allé dans aucun lieu de culte. Qu'importe. Il est à la merci du destin, il le sait.

Alors il se fait une promesse, de ces mots fous que l'on prononce quand tout va mal, quand il n'y a plus d'espoir.

Quand on n'a plus rien à perdre.

Si Hélène revient, il le jure, il s'engage à ne plus faire de bêtises, jamais. Croix de bois, crois de fer, s'il ment il ira en enfer. Le moment est solennel, il y met toute sa sincérité, toute son honnêteté, la main sur le cœur, les yeux levés vers le ciel. Il promet que, à compter d'aujourd'hui...

Alors qu'il répète inlassablement son serment, Hélène surgit du monstre aux mille visages. Il ne réalise pas tout de suite, la contemple comme on découvre une apparition, débordant d'admiration et de reconnaissance. Elle s'approche et, malgré tout, il n'y croit pas encore. Ce n'est que lorsqu'elle se tient enfin devant lui, à portée de main, qu'il se jette dans ses bras, scellant à jamais sa promesse au firmament, désormais voué à une sagesse éternelle.

La rue de Stassart, déserte quant à elle, remonte vers la porte de Namur. Hélène et Félix l'empruntent jusqu'à la chaussée d'Ixelles puis, quelques minutes plus tard, c'est la chaussée de Wavre qu'ils parcourent jusqu'au numéro cent vingt.

Au grand soulagement d'Hélène, l'immeuble est intact.

— Tu habites quel étage, déjà ? demande Hélène à Félix.

— Au quatrième.

Elle lève les yeux vers les fenêtres du quatrième. Elle ne distingue rien de particulier, ni présence ni absence. Se dirige alors vers la porte d'entrée. Fermée. À sa gauche, sur l'encadrement, les sonnettes, inutiles, sans électricité. Elle presse celle des parents de Félix, par acquit de conscience, sans attendre de réponse. Et de fait. Elle se recule ensuite de quelques pas, la tête levée vers les étages.

— Amandine ? Louis ? crie-t-elle en direction des fenêtres.

Elle attend, guette une réponse, un mouvement. Rien. Si ce n'est au deuxième étage. Une tête apparaît, cheveux blancs, lunettes rondes, une figure de grand-mère. Hélène l'alpague. Lui explique qui elle est et ce qu'elle fait là. Lui indique Félix, qu'elle raccompagne chez lui. La vieille le reconnaît tout de suite, c'est le petit du quatrième.

— Vous voulez bien m'ouvrir la porte ?

— J'arrive tout de suite.

Le tout de suite se transforme en minutes, longues, interminables, la vieille n'est pas rapide et, sans ascenseur, elle doit tout descendre à pied, marche après marche, faire une halte sur le palier du premier, reprendre sa descente en s'agrippant à la rampe.

À l'extérieur, Hélène piétine.

Enfin la porte s'ouvre.

— Vous savez si les parents de Félix sont là ?

Haussement d'épaules en signe d'ignorance.

— Je n'entends plus grand-chose depuis tout à l'heure. On dirait qu'ils sont tous partis.

Le cœur d'Hélène se serre.

— Vous êtes seule ?

— J'attends mes enfants, explique la vieille femme. Elle hésite une ou deux secondes avant d'ajouter, d'une voix plus ténue :

— Ils vont bien finir par arriver…

Secoué par de petits hochements de tête, son visage offre à Hélène l'image même de la fragilité. Elle est toute menue, perdue sous son tablier à fleurs. Le vent pourrait la renverser.

— Vous êtes sûre qu'ils vont venir ? s'inquiète Hélène.

— Ils ne vont pas partir sans moi, tout de même, répond-elle avec toute l'évidence que ses espoirs lui insufflent.

Elle raconte ensuite qu'elle a vécu une nuit épouvantable, au son des explosions, des cris et des incendies. Puis, de sa fenêtre, elle a vu les gens quitter leurs maisons, certains en voiture, d'autres à pied. Elle a hésité à partir, elle aussi, mais elle a finalement décidé de rester, et d'attendre ses enfants. Peut-être sa fille aura-t-elle du mal à la rejoindre, avec ses petits, deux et quatre ans. Mais son fils, elle en est certaine, est déjà en route.

— Vous avez bien fait, lui dit Hélène, incapable d'imaginer cette vieille femme seule parmi la cohorte de gens paniqués.

Puis, jetant un coup d'œil vers les étages :

— Vous voulez que je vous aide, pour remonter ?

— Je veux bien…

Les moments qui suivent sont interminables. Hélène doit puiser dans ses réserves de patience pour ne pas abandonner la vieille au milieu de l'escalier. Celle-ci est d'une lenteur désespérante. Chaque pas lui coûte un effort surhumain. Et impossible de la prendre dans les bras, elle bringuebale de partout, la moindre pression risque de la désarticuler.

Au deuxième, enfin, Hélène peut la laisser rentrer chez elle. Sitôt la porte refermée, et sans perdre plus de temps, Félix et elle grimpent jusqu'au quatrième.

Parvenue devant la porte, elle tambourine en appelant.

Pas de réponse.

Ni une ni deux, elle baisse la poignée…

Le battant s'ouvre.

Hélène se glisse dans l'appartement, suivie de Félix.

— Amandine ? répète-t-elle en pénétrant dans le salon. Louis ? Vous êtes là ?

— Papa ! appelle l'enfant à son tour. Maman !

Elle traverse rapidement le salon, passe sa tête dans la cuisine, revient vers le corridor en direction des chambres. Félix l'a devancée, il a filé vers celle de ses parents, dont il a ouvert la porte en grand.

Il est figé sur le seuil.

Hélène le rejoint.

La pièce est plongée dans la pénombre. Le temps de s'habituer à l'obscurité, on distingue une forme allongée sur le lit.

— Maman ! s'exclame le petit garçon.

Il se précipite vers elle.

La chambre empeste le rance, odeur saturée, relents nauséabonds. Hélène suit Félix jusqu'au lit. Entre les draps moites et fripés, Amandine gémit faiblement. Elle transpire beaucoup, les cheveux collés au front, les yeux perdus dans le vague. À peine réagit-elle à la présence de son fils, si ce n'est par un froncement de sourcils interrogateur. Sur la table de nuit, seringue, cuillère et garrot ne laissent aucun doute sur la nature de son état. Quelques traces de poudre blanche. Au pied du lit, deux bouteilles d'alcool. Vides.

— Amandine ! s'exclame Hélène, affolée par ce spectacle.

Elle la saisit par les épaules, la redresse puis la secoue énergiquement. Entre ses mains, Amandine se laisse aller comme une poupée de chiffon. Sa tête valdingue d'un côté à l'autre, ses bras pendent lamentablement le long de son corps, elle n'oppose aucune résistance aux assauts d'Hélène et, lorsque celle-ci la lâche, elle retombe lourdement sur le lit.

— Merde ! murmure Hélène, catastrophée.

À côté d'elle, le regard navré, Félix observe sa mère sans rien dire. À l'évidence, ce n'est pas la première fois qu'il la voit comme ça.

Les pensées se télescopent dans l'esprit d'Hélène, Amandine en plein trip, l'absence de Louis, Raphaël qui l'attend à la maison avec les enfants, son inquiétude si elle ne rentre pas bientôt.

Hélène dévisage Félix.

— Tu sais où est ton père ? lui demande-t-elle.

Le garçon secoue la tête.

— Tu es déjà allé dans son nouvel appartement ? insiste-t-elle.

— Son nouvel appartement ? répète Félix en ouvrant des yeux ronds.

À sa réaction, Hélène comprend qu'il n'a aucune idée de ce dont elle parle. Il semble que ses parents ne l'aient pas mis au courant de leur séparation. L'enfant la dévisage, il attend des précisions qu'Hélène se sent incapable de lui donner.

— J'ai dû mal comprendre… murmure-t-elle d'une voix si serrée que les mots l'écorchent.

Atterrée, elle regarde autour d'elle, autant pour trouver une solution que pour fuir le regard du petit garçon. Un désordre malsain règne dans la pièce, saturée d'une odeur écœurante. Le sol est jonché de vêtements, de vaisselle sale et de détritus. Les draps du lit sont d'une crasse repoussante, tachés de gras, de vomi et d'urine. C'est immonde. Hélène revient sur Amandine, puis sur Félix.

Elle sent la panique monter en elle.

Que faire ? Il y a quelques instants encore, elle poursuivait un but, se dirigeait vers un lieu précis pour y exécuter une tâche simple. Les choses étaient claires. À présent, en quelques minutes à peine, tout est devenu très compliqué. Elle est seule dans un appartement qu'elle ne connaît pas, avec une junkie en plein trip et un gosse de huit ans dont elle a la responsabilité. Le père de l'enfant est absent, sa mère pas tellement plus présente, impossible de lui laisser le petit. Sans compter la vieille du deuxième dont Hélène n'est absolument pas certaine que qui que ce soit vienne la chercher. Et pas moyen de prévenir Raphaël.

Elle doit partir. Cette chambre la révulse, elle est au bord de la nausée. Loin de résoudre ses problèmes, sa présence ici ne fait qu'en rajouter.

— Viens, on s'en va, dit-elle en amorçant un mouvement vers le corridor, presque comme une fuite.

— On va où ? s'affole Félix.

— On rentre. Tu ne peux pas rester ici et je ne sais pas où est ton père.

— Et ma maman ? demande encore l'enfant. Je ne veux pas partir sans ma maman, ajoute-t-il, au bord des larmes.

Chapitre 14

Du lait maternel.

Urgence.

Pauline s'est remise à pleurer, à gorge déployée, le cri furieux. Le lait d'amande ingurgité quelques heures plus tôt dispense ses effets secondaires. L'estomac du nourrisson rugit de faim, son tube digestif se révolte. Disette et douleur s'unissent pour la torturer. Elle hurle de tous ses jeunes poumons, tendue à l'extrême, rouge comme une tomate.

Insupportable.

Après avoir tenté de la calmer, sans succès, Raphaël s'est résolu à la remettre dans son cosy, puis il l'a laissée là, vociférant, se tortillant dans tous les sens. Il ne peut pas chercher efficacement du lait avec ce bébé déchaîné dans les bras. Sans compter que ses cris commencent à l'excéder. Il vient de crier, lui aussi. Sur Marius. Le petit garçon lui posait une question, toujours la même, elle revient bientôt, maman ?

— Oui, bientôt.

— Mais quand ?

— J'en sais rien.

— Bientôt ?

— Bordel, Marius, tu peux me lâcher, oui ?

Le manque de sommeil et le stress se font sentir.

À présent, Pauline vocifère toute seule dans la chambre du fond. Porte fermée, on l'entend encore mais c'est beaucoup plus supportable. Raphaël doit sortir chercher du lait maternel, il craint de laisser les enfants seuls, propose à Marius de l'accompagner. Il demande ensuite à Laura de veiller sur Pauline, de loin, juste à l'ouïe. Faire acte de présence et lui donner de l'eau tous les quarts d'heure pour éviter la déshydratation.

Laura s'inquiète.

— Tous les quarts d'heure ? Mais tu seras parti combien de temps ?

— Pas longtemps. Je fais au plus vite.

— Et je fais quoi, si les bombardements recommencent ?

— Tu descends à la cave avec le bébé, je vous rejoins tout de suite.

Regard affolé de l'adolescente.

— Je serai tout près, Laura ! la rassure son père. Je ne m'éloigne pas, je te le promets.

Dans la rue, Raphaël avance à grandes enjambées, Marius sur ses talons. Hélène lui a parlé de ces voisins, parents d'un enfant d'environ un an, peut-être leur reste-t-il du lait ? Elle a évoqué la maison blanche, pas loin du cabinet vétérinaire.

À mesure qu'ils avancent, le cœur de Raphaël se serre.

C'est là.

Maison éventrée. Une façade déchirée s'ouvre sur les vestiges d'un quotidien réduit en cendres. La toiture est effondrée, on distingue les trois étages désormais ouverts aux quatre vents. Comme une maison de poupée.

— Attends-moi ici, ordonne-t-il à Marius.

L'escalier qui monte aux étages s'est affaissé et gît en tas à l'entrée. Seul le rez-de-chaussée est donc accessible. Raphaël y pénètre avec prudence, il enjambe les décombres et observe les murs, le plafond, les fondations. S'avance jusqu'à la cuisine, un peu plus loin. La pièce n'est plus qu'un enchevêtrement de métal fondu, mobilier éclaté, placards arrachés. Le sol ressemble à un tapis de gravats et de vaisselle brisée. Raphaël examine les vestiges encore identifiables, se rend à l'évidence : aucun enfant n'a vécu ici depuis longtemps. Il ressort aussitôt.

En prenant du recul, il constate que l'appartement des gens dont parlait Hélène se situe au deuxième, à présent inatteignable.

— Merde.

Il tourne sur lui-même à la recherche d'une nouvelle idée. Pense à la pharmacie de la rue de la Victoire.

— Viens ! dit-il à Marius en se remettant en route.

Dans l'appartement, Pauline ne faiblit pas. Laura l'entend depuis le salon, postée à la fenêtre à laquelle elle se penche, suivant des yeux la progression de son père, le plus longtemps possible. Elle le voit qui bifurque vers une habitation. Marius s'est arrêté et l'attend sur le trottoir. Elle perd son père de vue.

Marius ne bouge pas.

L'adolescente fixe la silhouette de l'enfant, lointaine, pas plus haute que trois centimètres.

Les minutes passent.

Les pleurs de Pauline reviennent à sa conscience. Elle doit lui donner à boire ! Un dernier coup d'œil par la fenêtre… Marius est toujours là, immobile.

Laura file jusqu'à la chambre, saisit au passage le biberon d'eau que son père a préparé, s'approche du nourrisson. Celui-ci est en sueur, hurlant, la bouche grande ouverte. Ses bras et ses jambes se débattent dans le vide. Elle se penche et retourne le biberon, tétine vers le bas, qu'elle place dans sa bouche. Mais le bébé est trop occupé à pleurer pour téter. Quelques gouttes se déposent sur sa langue, qui ne l'apaisent en rien. Laura secoue le biberon, puis elle appuie sur la tétine pour faire tomber d'autres gouttes. Sans grand succès. Elle s'impatiente, pressée de retourner à la fenêtre ; dévisse la tétine et entreprend de verser un peu d'eau dans la bouche de Pauline. Une lampée plus grosse qu'elle ne s'y attendait se répand sur le bas du petit visage, s'écoule sur ses lèvres et se précipite jusqu'au fond de sa gorge. Le bébé éructe, son cri s'étrangle. Incapable d'avaler, ou même de se retourner pour rejeter l'eau, elle s'étouffe, ou plutôt se noie, gesticulant dans tous les sens. Laura constate sa détresse, elle panique, sans savoir quoi faire, de longues secondes hésitantes durant lesquelles Pauline s'épuise. Elle se tourne vers la porte, estime le temps qu'il lui faudrait pour appeler à l'aide, comprend qu'elle doit agir maintenant, à la seconde. Saisit enfin le bébé qu'elle positionne à la verticale.

Pauline régurgite le trop-plein d'eau encore présent dans sa bouche. Elle vomit le liquide, tousse, crache, et finit par respirer de nouveau. Puis elle reprend ses pleurs là où elle les avait laissés.

Laura attend quelques secondes, le nourrisson contre elle, tremblante, s'assure que tout va bien. La repose dans le cosy. Elle sort ensuite de la chambre en courant et file vers la fenêtre du salon.

Il n'y a plus personne.

Ni Marius ni son père.

Elle sonde la rue à leur recherche, plus loin, plus près, peut-être sont-ils sur le chemin du retour ? L'artère est peuplée, plusieurs familles préparent leur départ, des gens vont et viennent, d'autres se hâtent vers ailleurs. Laura les passe en revue sans reconnaître les siens. Où sont-ils ? La peur la saisit, elle l'agrippe par le cœur et le tord, son regard passe des uns aux autres, de plus en plus affolé. Elle ne veut pas rester seule ici, dans cet appartement en guenilles, avec ce bébé qui hurle au bout du couloir, ce nourrisson qu'elle a bien failli tuer d'une simple gorgée d'eau. Elle n'est pas prête pour affronter cela toute seule. Elle aussi, elle veut ses parents, elle veut qu'on s'occupe d'elle. Elle aussi a très envie de crier et de pleurer.

Déjà les sanglots montent dans sa gorge, ils s'accumulent et s'entassent, ça lui pèse, un poids d'angoisse, plus lourd à mesure que passent les minutes. La panique en bandoulière, elle se penche encore plus à la fenêtre. Laura fait un tour sur elle-même, comme pour constater l'ampleur de sa solitude. Des larmes coulent sur ses joues, elle hoquette sous l'assaut du tourment. Ce matin ils étaient six, et voilà qu'elle est seule, à présent. Comment une telle chose est-elle possible ? La première règle à suivre dans ce genre de situation, c'est de ne jamais se séparer. Jamais. Et pourtant, il n'y a plus personne !

Les cris de Pauline scandent ses affres, ils les nourrissent, ils les gavent. Elle voudrait qu'elle se taise. Sa poitrine se soulève sous la force de sa détresse, elle pleure maintenant abondamment. Ça la soulage et, en même temps, ça l'effraie, pleurer toute seule au milieu du salon. Pleurer comme pleure le nourrisson. Pleurer…

Des coups frappés à la porte la font sursauter.

Elle se fige en plein sanglot.

— Papa ?

Pour toute réponse, d'autres coups retentissent, sonores et impérieux.

Ce n'est pas papa. Papa ne frapperait pas à sa propre porte.

Laura rejoint le hall d'entrée.

— C'est qui ? demande-t-elle.

— Les secours ! Ouvrez !

Bouffée d'espoir. Laura essuie ses joues, vite, le geste fébrile. Elle ouvre aussitôt la porte.

Trois adolescents se tiennent sur le palier. Dégaine hirsute, allure désinvolte, ornés de tatouages et de piercings. À l'évidence, ce ne sont pas les secours. Ils ont entre quinze et dix-huit ans, guère plus. L'un tient une batte de base-ball, l'autre un marteau, le troisième un cric de voiture.

En découvrant l'adolescente sur le seuil, ils posent sur elle un regard carnassier.

Rue de la Victoire, Raphaël arrive au niveau de la pharmacie. L'espoir renaît : l'immeuble est intact et, même si le rideau de fer baissé empêche l'accès à l'officine, les chances de trouver du lait maternisé sont fortes. Sans perdre de temps, il frappe au volet.

Pas de réponse, il s'y attendait.

Il doit trouver le moyen d'entrer. Il se dirige vers la porte de rue attenante, côté privatif, et tambourine avec vigueur. Pas plus de réaction. Il revient alors au rideau de fer, détaille son système de verrouillage. Sans s'y connaître, il remarque que la serrure est située dans le bas. Il en conclut qu'il s'agit là d'un verrouillage manuel. Alors il sonde le sol à la recherche d'une pierre, à la fois lourde et tranchante. La rue en est jonchée, décombres de toutes tailles et de toutes formes.

— Tu fais quoi ? demande Marius, intrigué, tandis que son père s'empare d'un gros éboulis pointu.

Sans lui répondre, Raphaël revient vers le volet de fer, avise la serrure sur laquelle il abat l'éboulis avec toute la violence dont il est capable, à plusieurs reprises. Il tente alors de relever le rideau, mais celui-ci lui résiste. Il réitère l'opération, la serrure qu'il cogne de toutes ses forces, la pierre à la main, une fois, deux fois, trois fois… Sans plus de succès.

— On va avoir besoin de quelque chose de plus efficace, murmure-t-il, soucieux.

Il se tourne vers Marius et l'observe, songeur.

Puis il s'agenouille à sa hauteur.

— Mon chéri, tu veux bien me rendre un grand service ?

L'enfant le considère avec curiosité.

— Tu vas retourner à la maison et demander à Laura de te donner le marteau. Il est dans le vestibule, sur l'étagère au-dessus des manteaux. Ensuite, tu reviens tout de suite me l'apporter. OK ?

Marius acquiesce d'un hochement de tête avant de filer ventre à terre en direction de leur immeuble.

Chapitre 15

Secondes immobiles. Hélène passe de Félix au corps allongé sur le lit. Amandine plane dans d'étranges contrées, loin, loin, pays de son délire, voyage aux langueurs plaintives. Elle peine à respirer, convulse parfois, la peau moite, se ratatine dans un hoquet nauséeux, tourne vers le plafond un regard égaré. À ses côtés, Félix ne quitte pas Hélène des yeux, il la supplie et l'accuse en même temps : s'ils partent, il le sait, sa mère est condamnée.

— Je ne veux pas abandonner ma maman, répète-t-il dans un sanglot.

Hélène déglutit.

Hésitation.

— OK.

Un murmure. Elle rejoint le lit et entreprend de secouer la junkie, la saisit une nouvelle fois par les épaules, tente de maintenir sa tête à la verticale, Amandine, vous m'entendez, réveillez-vous !

— Apporte-moi de l'eau, dit-elle au petit garçon.

L'enfant obtempère et file à la cuisine. Hélène en profite pour secouer la mère plus rudement. Elle la malmène sans douceur, lui assène quelques claques sur le visage.

— Amandine, je vous préviens : je vous laisse crever ici toute seule si vous ne faites pas un minimum d'efforts.

La tête rejetée en arrière, Amandine porte sur elle un regard trouble, dont les pupilles dilatées à l'extrême errent d'un point à l'autre de la pièce. À l'évidence, elle est absente. Hélène comprend très vite que seul le temps la remettra sur pied. Et du temps, elle n'en a pas.

De retour dans la chambre, Félix lui tend un verre d'eau. Hélène repose Amandine sur l'oreiller, humecte un bout de drap et lui éponge le visage. Puis elle essaie de la faire boire, mais l'eau s'évade de part et d'autre du menton. Démunie, Hélène reste un instant immobile, observant l'épave étendue sur ce lit.

Quiconque sauve une personne sauve le monde entier.

Elle se tourne vers Félix.

— On ne peut pas emmener ta maman, elle n'est pas en état de marcher. On ne peut pas non plus rester ici, Raphaël m'attend et je ne veux pas mettre la vie de tout le monde en danger pour…

« Une junkie ». C'est ce qu'elle pense. Ce qu'elle se retient de dire.

— … une seule personne, tranche-t-elle. Alors voilà ce que je te propose : on va descendre ta maman près de la vieille dame du deuxième pour qu'elle veille sur elle et qu'elle s'assure que tout va bien. Et on reviendra la chercher plus tard, quand on aura trouvé une voiture. D'accord ?

Félix la considère avec tant de gravité qu'elle mesure la complexité des réflexions qui l'accablent.

— Crois-moi, c'est ce qu'il y a de mieux à faire, ajoute-t-elle avec conviction.

Sans attendre la réponse de l'enfant, elle se penche pour redresser Amandine, la maintient assise, la saisit par les aisselles pour l'extraire du lit. La manœuvre n'est pas aisée : malgré son petit gabarit, la mère de Félix pèse son poids. Rassemblant ses forces, elle la tire d'un coup sec à elle. Amandine se laisse complètement aller, telle une masse inerte.

À présent, les bras d'Hélène enserrent sa poitrine, elle l'agrippe par le corps, qu'elle traîne plus qu'elle ne le porte en direction de la sortie. Félix trottine aux côtés de sa mère, inquiet.

— Tu peux m'ouvrir la porte ? lui demande Hélène.

Ce qu'il fait, et tous trois sortent de l'appartement.

L'affaire se corse : l'ascenseur est hors service, Hélène n'a d'autre choix que d'emprunter l'escalier. Au seuil de la première marche, elle hésite sur la façon de procéder. Décide d'y aller à reculons.

Le dos d'Amandine bien calé contre elle, elle entame la descente, le flanc contre la rampe pour se guider, degré après degré. Les pieds d'Amandine traînent à terre, son corps tout entier affaissé, forçant Hélène à se courber de plus en plus. À plusieurs reprises, elle manque de perdre l'équilibre. Se retient de justesse. Parvient déjà épuisée au troisième étage.

Courte halte sur le palier, durant laquelle Hélène dépose le corps sur le sol. Elle se redresse, s'étire, se masse le dos, détend ses bras. Félix, lui, contemple sa mère. Ses traits sont figés par la crainte, il se tient raide, les membres tendus, les poings serrés. Hélène prend conscience de la détresse de l'enfant, sans pouvoir l'apaiser. Cette vision lui brise le cœur. Elle s'agenouille à sa hauteur.

— Je vais mettre ta maman à l'abri, dit-elle en tentant une pauvre moue de réconfort.

Sa bouche se tord plus qu'elle ne sourit.

— Ensuite, on retourne tous les deux chez moi, d'accord ?

L'enfant se raidit davantage.

— Je veux rester avec ma maman, l'implore-t-il.

— Je ne peux pas te laisser là, Félix, rétorque Hélène du ton navré de ceux qui ne transigeront pas.

— Mais puisque tu vas revenir la chercher… tente-t-il encore.

Le regard d'Hélène se voile, traversé par une ombre, celle du mensonge. Ses yeux se dérobent, trop vite. Elle se redresse.

— Oui, mais je ne sais pas quand, explique-t-elle d'une voix fuyante. Et je ne peux pas te laisser sous la responsabilité de la vieille dame. Surtout si ses enfants viennent la chercher et qu'elle s'en va.

— Mais si on vient la chercher, maman va rester toute seule…

— Ta maman est une grande personne, Félix, réplique Hélène en revenant cette fois sur lui. Il faut lui laisser le temps de récupérer, mais elle va s'en sortir. Quand elle reviendra à elle, elle saura quoi faire. Toi, tu es un petit garçon, il faut veiller sur toi.

— Et mon papa ?

Démunie, Hélène se contente de hausser les épaules.

— Je n'en sais rien, avoue-t-elle, découragée.

Elle se penche ensuite sur Amandine pour la reprendre, poursuivre leur descente, à reculons toujours, pas à pas, lestée d'un poids trop lourd pour elle.

À l'image de ce cauchemar.

Enfin le palier du deuxième l'accueille, sur lequel elle dépose la mère. Celle-ci gémit au contact du sol, froid, dur. Sans s'en soucier, Hélène ouvre la porte de l'appartement.

— Madame ? appelle-t-elle en avançant vers le salon.

La petite vieille est là, assise devant sa fenêtre. Les vitres brisées laissent entrer le vent et les bruits de la rue, qu'elle observe de toute sa tremblote, son corps, sa tête, et jusqu'à ses lèvres.

Hélène s'approche.

— Madame, répète-t-elle en posant la main sur son épaule.

La vieille lève les yeux vers elle. Hélène lui résume la situation :

— La maman de Félix ne se sent pas très bien. Je l'amène près de vous, d'accord ?

Elle ne sait pas si la vieille acquiesce ou si elle tremble plus fort encore. N'attend pas de savoir. Elle retourne sur le palier et traîne Amandine jusqu'au salon. Un dernier effort pour la hisser sur le divan, où elle l'installe tant bien mal, sur le côté. Puis elle apporte de l'eau, un grand verre qu'elle pose sur le guéridon, juste à proximité. Avise un plaid plié sur un fauteuil.

— Je peux ? demande-t-elle sans attendre de réponse.

Elle couvre la maman de Félix. Fait un tour sur elle-même, OK, elle ne peut pas faire mieux pour l'instant. Elle a hâte de rentrer chez elle. Revient auprès de la vieille dame.

— Vous pouvez lui donner à boire de temps en temps ?

La vieille ne cesse de trembler, ce qu'Hélène prend pour un accord. Elle se retourne ensuite, déjà sur le départ.

Félix s'est approché de sa mère, dont il a pris la main. L'image frappe Hélène de plein fouet, un enfant au chevet de son parent, l'inquiétude chevillée au cœur, rôles inversés. Une onde de mépris la submerge, dégoût pour cette femme qui a préféré la drogue à son fils, et pour laquelle elle a pris le risque de venir jusqu'ici.

— On doit partir, Félix.

Elle se tient au milieu de la pièce, ce salon vieillot aux couleurs passées, mobilier d'antan sur lequel une fine couche de poussière s'est incrustée. La veille n'a pas bougé de son fauteuil, indifférente à leur présence. L'instant est absurde, le temps presse, et pourtant Hélène est incapable de s'en aller, laisser là ces deux femmes, si fragiles l'une et l'autre, au seuil d'une mort probable. Entre elles, il y a ce petit garçon éperdu d'angoisse, elle n'ose imaginer ce qu'il ressent. Une bouffée de tristesse la submerge, elle n'a pas le choix, elle doit partir, emmener Félix, et tant pis pour sa mère. Tant pis pour la vieille. Toutes deux seront en danger, dehors. Leur seule chance de survivre est de rester là.

En revanche, celle de Félix et d'Hélène est de partir.

— On s'en va, décide-t-elle en cherchant à entraîner l'enfant vers la porte d'entrée.

Mais celui-ci se raidit, refusant de lâcher la main de sa mère.

— Félix…

Il la regarde de toutes ses larmes, son menton tremble autant que celui de la vieille.

— On reviendra la chercher ?

Il y a peu de chances qu'ils reviennent ici, a fortiori pour s'encombrer d'une junkie dans les vapes et d'une vieille femme dont chaque geste est une épreuve. Comme il est possible qu'Amandine ne survive pas à cette journée : si les bombes ne la tuent pas, la drogue s'en chargera sans doute.

Hélène prend conscience du moment, la cruauté du choix, l'importance des mots qu'elle s'apprête à dire. La nécessité du mensonge aussi, comme on anesthésie un blessé avant l'opération. Elle sait que l'instant restera gravé dans la mémoire de l'enfant, à jamais, une cicatrice. Tout dans cette pièce n'est déjà plus qu'un souvenir, condamné à disparaître, l'odeur, les sons, la lumière. Les deux corps en sursis. Et puis cette dernière image que Félix emporte.

— Dis, on reviendra la chercher, hein ? répète-t-il sans la lâcher des yeux.

— On va essayer, Félix.

— Tu promets ?

Les mots sont parfois des bombes à retardement, dont on ignore quand elles exploseront.

— Oui, je te le promets. Allons-y, maintenant !

Enfin, le petit garçon lâche la main de sa mère et, tous deux, Hélène et Félix, se hâtent de sortir de l'appartement.

Chapitre 16

Marius file vers la maison pour rapporter le marteau. Raphaël reprend la pierre et s'acharne sur la serrure, au ras du sol, cherchant à la faire céder. La perspective de trouver du lait infantile décuple ses forces, il frappe avec détermination, il veut ouvrir ce rideau, pénétrer dans le commerce. Autour de lui, des gens passent sans se soucier de ce qu'il fait. Tous se pressent vers la porte de Hal, par petits groupes pour la plupart. Beaucoup traînent des valises derrière eux ou portent des sacs à dos. Raphaël ne s'en préoccupe pas, il poursuit sa tâche, frappe sans relâche.

Le cliquetis d'une serrure se fait entendre derrière le rideau, puis le bruit d'une porte qui s'ouvre.

Il suspend son geste.

Une voix retentit de l'autre côté, celle d'un homme qu'il ne voit pas, agressif.

— Foutez le camp !

Raphaël se redresse et tambourine au rideau, du plat de sa main. Les coups agitent le panneau et résonnent dans un grondement métallique.

— S'il vous plaît, j'ai besoin de lait pour bébé. Vous en avez ?

— Foutez le camp ! répète la voix, plus violente.

Raphaël plaide sa cause, il y a un nourrisson de trois mois, ici juste à côté, rue Saint-Bernard, qui vient de perdre ses parents.

— Nous n'avons pas de lait pour le nourrir, martèle-t-il. Ça fait plusieurs heures qu'il n'a pas mangé !

L'homme n'en démord pas, il ne veut rien savoir, se fait menaçant. Raphaël insiste encore :

— Je peux payer, le double du prix !

Rien à faire. Le ton monte, Raphaël enrage, il y a du lait juste là, à quelques mètres, il en est certain, de quoi nourrir le bébé. De quoi le sauver.

Soudain, une autre voix se fait entendre, celle d'une femme, indignée, qui s'adresse à l'homme.

— Du lait, Denis ! Il y a un bébé qui meurt de faim à quelques mètres d'ici, et tu refuses de donner une boîte de lait ? C'est quoi, ton problème ?

De l'autre côté du rideau, Raphaël ne peut que deviner la scène, la femme se dirige vers le fond de la pharmacie, ses pas se hâtent, il les entend, un aller-retour rapidement accompli. Puis elle s'adresse à lui, directement.

— Allez m'attendre devant la porte de rue, je vous apporte le lait.

Bouffée de reconnaissance. Merci. Raphaël répète les deux syllabes sans reprendre son souffle. Ses mots sont très vite couverts par la voix de l'homme : celui-ci met la femme en garde, il refuse qu'elle ouvre à un inconnu, ils ne savent pas à qui ils ont affaire.

— Un voisin ! s'exclame Raphaël. Je suis juste un voisin !

Il craint qu'elle ne lui donne pas le lait, mais la porte s'entrouvre, quelques centimètres à peine, derrière laquelle une femme apparaît, une silhouette qui sort de l'ombre.

— Tenez, dit-elle en lui tendant une boîte à travers l'interstice.

Raphaël s'en empare. Elle s'apprête à refermer, il retient le battant. Il ne voit d'elle qu'une partie de son visage, elle est jeune, trente ans à peine, peut-être moins. Elle lève les yeux sur lui, dans lesquels luit une lueur d'inquiétude.

— Merci ! lui dit-il. Vraiment.

— Pas de quoi.

Elle attend qu'il lâche la poignée.

— Cela dit, il n'a pas tort, ajoute-t-il précipitamment. Il ne faut pas ouvrir à n'importe qui.

— Alors laissez-moi refermer, réplique-t-elle sèchement.

Il hoche la tête et recule d'un pas.

La seconde d'après, il se tient devant une porte close.

Il ne faut que quelques minutes à Marius pour regagner la maison, malgré les décombres et autres obstacles qui parsèment le trajet. Il se presse tant qu'il peut, non sans fierté, désireux de mener à bien la mission qu'on lui a confiée. Un peu inquiet aussi, à l'affût du danger : l'environnement a changé, à présent hostile.

Le voilà devant la maison, porte ouverte. Il file à l'intérieur, gravit l'escalier jusqu'au deuxième, parvient au seuil de l'appartement.

Main sur la poignée qu'il s'apprête à baisser...

Des cris l'arrêtent, dont il reconnaît le timbre. Un bref instant d'hésitation. Marius ne comprend pas, fronce les sourcils : c'est Laura, elle a l'air d'avoir peur, ou alors elle a mal, ou les deux à la fois.

Il baisse la poignée et ouvre la porte, puis il entre, sur le point de l'interpeller, Laura, ça va ?

Au bout du corridor, dans la chambre des parents, Pauline hurle toujours à s'en décrocher les poumons, comme une alarme, harcelante. Agaçante. Marius traverse le vestibule tandis que la voix de Laura lui parvient, en provenance du salon, elle gémit, elle pleure, elle supplie. D'autres voix se superposent à la sienne, des timbres qu'il ne connaît pas, des paroles qui l'inquiètent. Son instinct lui souffle de prendre ses jambes à son cou, mais c'est plus fort que lui. Il s'approche à pas de loup, le cœur dans la gorge, tétanisé par les plaintes mêlées aux rires, aux sarcasmes et aux insultes. Parvenu au seuil du salon, dissimulé derrière le mur du corridor, il jette un rapide coup d'œil.

Le tableau est glaçant. Ils sont trois, des grands, des forts. Ils se tiennent devant l'adolescente, acculée contre le mur du fond, les yeux dévastés par la peur. Elle les supplie de partir, elle les implore, laissez-moi tranquille. Ses plaintes les font rire, ils prennent leur temps, se gorgent de leur pouvoir. Ils jouent avec elle, prédateurs tout-puissants. L'un d'eux se tient au milieu de la pièce, armé d'une batte de base-ball, comme pour surveiller la scène. Ou pour menacer. Posés sur le divan, un marteau et un cric de voiture. Les deux autres s'approchent de Laura, les mains libres qu'ils tendent vers elle. Ils l'encerclent. Elle, elle est terrorisée. Elle pleure, elle balbutie.

Du bout du corridor, les cris de Pauline scandent le péril.

Marius est pétrifié, son corps et ses pensées paralysés par la peur, elle-même amplifiée par la conscience de sa propre faiblesse. Il ne peut rien faire pour aider sa sœur, il n'a aucune chance, face à eux. Il est en danger, lui aussi. Il doit se sauver, au propre comme au figuré. C'est la seule idée qui s'impose.

Fuir.

Sensation de bouger au ralenti. Il se déplace vers la porte, pataud, lourd, chaque geste lui coûte. L'angoisse le tétanise, elle possède des bras, des mains qui l'agrippent et l'enserrent, qui l'empêchent de courir. Il est terrifié. Il parvient néanmoins à la porte de l'appartement, restée ouverte. Il s'attend à ce que les garçons découvrent sa présence et se lancent à sa poursuite. Mais non. Les suppliques de Laura se poursuivent au milieu des ricanements, personne ne fait attention à lui.

Le voilà sur le palier. Alors, seulement, comme si l'angoisse relâchait enfin son étreinte, il se met à courir et dévale l'escalier jusqu'au rez-de-chaussée, déboule dans la rue et file ventre à terre vers la rue de la Victoire.

Laura se colle contre le mur avec tant de désespoir, on dirait qu'elle cherche à s'y fondre. Deux des garçons s'approchent d'elle. Le troisième ne bouge pas, il se tient au milieu du salon, prêt à bondir si elle tente la moindre fuite. Prise au piège, l'adolescente ne fonctionne plus qu'à l'instinct. Les garçons rient de sa frayeur, ils se gaussent, hilares, c'est si drôle, de la voir supplier. Elle n'est plus qu'une matière à vif, un amas de chair qu'ils vont posséder, elle le sait. Elle a renoncé. Sans même se battre. Elle a perdu.

Eux, ils sont des ombres, silhouettes informes, tant les larmes brouillent la vue de Laura. Une main lui saisit le poignet, elle sursaute et hurle, cherche à se dérober. Le mur derrière elle l'en empêche et l'offre à ses bourreaux. Une autre main lui touche les seins. Elle tente de se protéger avec les siennes, mouvements pleins de désordre. Inutiles. Les mains se multiplient, elles la palpent, la prennent, agrippent ses vêtements. Laura se noie dans une plainte gorgée de hoquets. Bientôt l'épouvante a raison de sa conscience, elle se sent quitter son corps, l'abandonner à l'ennemi.

Elle se laisse aller.

Les mains l'envahissent, bestioles qui la parcourent, la pincent et la griffent. Elles s'introduisent en elle, sa bouche, mais aussi plus bas, forcent l'entrée entre ses jambes. La douleur est fulgurante et lui arrache un sursaut de conscience. Les yeux révulsés, Laura se lamente. Elle perçoit les deux ombres qui l'assaillent, impitoyables, et la plaquent au sol. Tout le reste n'est qu'un brouillard confus.

Pourtant, au moment où tout semble perdu, le temps se fige. Un bruit sourd, suivi d'un cri de douleur, puis un autre. Sidération. Les mains la quittent, les ombres se redressent, des voix éclatent, on menace, on hurle. La pièce est saturée de violence. Laura perçoit l'un de ses assaillants se jeter sur un homme dont elle ne distingue pas les traits, son père à l'évidence, arrivé juste à temps. Elle devine l'attaque, les silhouettes s'affrontent sans qu'elle comprenne le sens du combat, qui gagne, qui perd. Celles-ci saisissent des objets qu'elles transforment en armes, elles se frappent, se jettent l'une sur l'autre, sans pitié ni répit. Au sol gît un corps, celui du troisième garçon, inerte. Laura fixe le sang qui se répand et rampe jusqu'à elle. L'adolescente se réfugie dans un coin de la pièce. Alors seulement elle se rassemble comme elle peut, ses membres, son cœur, son âme. Une vague de reconnaissance la submerge et l'agite de sanglots éperdus.

Raphaël court à perdre haleine. Devant lui, la rue déploie ses pièges, des trous, des amas, des voitures calcinées, des réverbères renversés. Des gens aussi, trop nombreux, trop lents, qu'il contourne, pardon, laissez-moi passer ! Dans sa course, il regarde par-dessus son épaule, s'assure que Marius le suit. Le petit garçon le talonne : il vient de prévenir son père du danger qui menace Laura, conscient que l'horreur est en train de se produire. L'homme et l'enfant filent en direction de la maison, Raphaël se concentre sur sa course, chassant les images qui l'assaillent.

Tandis qu'ils se hâtent, l'immeuble en vue, deux individus en sortent et prennent la fuite. Marius les reconnaît, ce sont deux des trois garçons qui menaçaient sa sœur. Il en avertit son père, c'est eux, papa, c'est eux, mais celui-ci n'entend pas, il veut rejoindre sa fille, la sauver, la protéger. S'assurer qu'elle va bien.

La maison. Porte ouverte, hall d'entrée, cage d'escalier. Ils grimpent les marches quatre à quatre, parviennent au seuil de l'appartement. Raphaël marque une courte pause, tous les sens aux aguets.

— Tu ne bouges pas, c'est compris ? ordonne-t-il à Marius.

L'enfant acquiesce.

Avec prudence, Raphaël pénètre dans le vestibule.

La première chose qu'il perçoit, ce sont les pleurs de Pauline en provenance de la chambre du fond, à l'autre bout du couloir. D'autres sanglots se font entendre, que Raphaël reconnaît aussitôt. Il traverse le hall et déboule dans le salon.

Un corps est allongé par terre, au milieu de la pièce, auréolé d'une mare de sang, un jeune garçon, presque encore un enfant. Laura, elle, se tient recroquevillée dans un coin, dépenaillée, secouée de sanglots. À ses côtés, un homme se penche sur elle et tente de l'apaiser, calme-toi, c'est fini, tout va bien. Il se tient de dos, aide la jeune fille à se relever, elle s'agrippe à lui et lui dit merci. Merci, merci. Raphaël ne distingue pas ses traits.

— Laura !

Raphaël enjambe le corps et se précipite vers sa fille. L'adolescente se jette dans ses bras. Il la reçoit contre lui, il la serre à l'en disloquer, c'est bon, elle est entière, elle est vivante. Alors seulement, il pose les yeux sur l'homme, prêt à le remercier à son tour. Celui-ci s'est tourné et lui fait face. Raphaël le reconnaît.

Devant lui se tient Louis, le papa de Félix.

Chapitre 17

Les moments qui suivent sont fébriles. Laura sanglote dans les bras de son père tandis qu'il l'abreuve de questions et de réconforts, ça va, tu n'as rien, calme-toi, que s'est-il passé, tout va bien, je suis là, c'est fini, tu as mal ? Sans la lâcher, il cherche autour de lui quelque chose pour la couvrir, avise le plaid sur le divan, demande à Marius de le lui apporter. Louis devance l'enfant et lui tend le plaid. Raphaël s'en empare aussitôt, enveloppe la jeune fille dedans. Puis il la berce de longs instants en lui murmurant des paroles apaisantes.

Il leur faut maintenant reprendre leurs esprits, réaliser ce qui vient de se passer.

La réalité gît sur le sol.

Sans vie.

Ça se voit tout de suite, à la façon dont le garçon fixe le plafond, un regard inerte, le rictus figé, le sang qui se répand autour de sa tête. Tous le détaillent, Laura avec dégoût, Raphaël avec dureté, Marius avec curiosité, Louis avec horreur. Ils sont partagés entre le soulagement et la culpabilité ; ils se félicitent de voir le danger hors d'état de nuire, pourtant catastrophés par les conséquences.

Un moment d'hébétude.

Louis est un homme d'une quarantaine d'années. De taille moyenne, il dégage une force naturelle, le corps sec, noueux, les muscles fins et les veines saillantes. Son regard est grave, de celui qui n'a plus ri depuis longtemps. Mal rasé, chiffonné de partout, les traits et la tenue, il s'est reculé et se tient à présent au milieu du salon, rivé au jeune garçon. À ses pieds, le marteau dont il s'est servi, maculé de sang.

— Il est mort ?

C'est Marius qui vient de poser la question. Sa voix d'enfant frappe les consciences, personne n'ose répondre. Alors il demande encore :

— Dis, papa, il est mort ?

— Oui, il est mort, répond Raphaël d'une voix atone.

L'enfant s'avance de quelques pas vers le cadavre.

— Reste ici, lui ordonne son père.

Marius revient auprès de lui. Raphaël en profite pour s'adresser à Louis.

— Merci, dit-il en se raclant la gorge. Je veux dire : merci d'avoir sauvé Laura.

Louis hoche la tête, mais son regard est fuyant. À son tour, il s'éclaircit la voix.

— Je viens chercher Félix.

Il fait un tour d'horizon pour constater l'absence de son fils, puis revient sur Raphaël.

— Il n'est plus là, répond celui-ci. Ma femme l'a raccompagné chez vous.

Louis s'alarme :

— Chez moi ? Où ça, chez moi ?

Raphaël hausse les épaules en signe d'ignorance.

— Je n'en sais rien. Chez vous…

— Je ne vis plus à la même adresse, explique Louis, soudain fébrile. C'est devenu l'appartement de ma femme… De mon ex-femme, je veux dire… C'est là que votre femme l'a raccompagné ?

— Je suppose que oui.

Cette réponse semble le perturber.

— Elle est partie il y a longtemps ?

— Ça va faire une heure, pourquoi ?

Louis consulte sa montre.

— Je dois y aller, déclare-t-il sans répondre à la question.

Il se dirige vers le vestibule.

Raphaël l'apostrophe :

— Vous allez où ?

Louis fait deux pas de plus, hésite, se retourne finalement.

— Il faut que je récupère Félix chez sa mère, explique-t-il d'un ton déterminé.

— Vous ne pouvez pas me laisser là avec ce…

Raphaël avise le cadavre, qu'il désigne du menton. Louis hausse les épaules d'un mouvement navré.

— Écoutez, je suis désolé, bégaie-t-il, à présent nerveux. Je dois absolument aller chercher mon fils.

Raphaël se décide à lâcher Laura et se redresse.

— Attendez !

Il rejoint Louis en pointant le garçon étendu par terre.

— Vous ne pouvez pas partir comme ça, en me laissant avec… avec ce gamin dans cet état ! Je suis seul avec mes deux enfants et un bébé qui hurle…

Il s'interrompt, remarque que Pauline ne pleure plus. De la chambre au fond du corridor, pas un bruit, le silence, plus inquiétant encore que les pleurs incessants. Le ventre de Raphaël se noue, toute son attention focalisée sur le bébé. Son premier réflexe est de se précipiter pour vérifier l'état de la petite, mais l'urgence de convaincre Louis le retient : s'il quitte la pièce maintenant, il n'est pas certain de retrouver le papa de Félix dans l'appartement à son retour.

— Je fais quoi, moi, maintenant ? poursuit-il, visiblement perturbé. Et s'il y a une enquête, je dis quoi ?

— Il n'y aura pas d'enquête, s'agace Louis. Vous les voyez où, les flics ? Et même s'il y en avait, vous ne croyez pas qu'ils auraient d'autres chats à fouetter ?

— OK, mais il y a un gamin mort chez moi ! Si quelqu'un le cherche, si on le trouve ici, je vais devoir rendre des comptes !

— C'est la guerre, mon vieux ! s'impatiente Louis. Pendant les guerres, il y a des gens qui meurent, c'est comme ça. Je n'ai pas voulu le tuer. Je visais son épaule, mais ce petit con s'est baissé au mauvais moment. Je n'y peux rien.

— Vous n'avez pas le droit ! s'énerve à son tour Raphaël.

Louis fronce les sourcils, pas certain de comprendre.

— Pas le droit de quoi ?

— De partir. Je veux dire : c'est vous qui l'avez mis dans cet état !

Le père de Félix se raidit. Ses traits se figent, tandis qu'une lueur menaçante allume son regard.

— J'aurais dû faire demi-tour et laisser votre fille se débrouiller toute seule ? murmure-t-il d'une voix tendue.

Les deux hommes se font face. Louis toise Raphaël, tout son être n'est qu'une menace latente, prête à imposer son point de vue, par tous les moyens. Raphaël prend conscience de la complexité de la situation, lui qui, il y a quelques minutes à peine, le remerciait pour la même chose.

— Vous devez m'aider à le sortir de là ! plaide-t-il en faisant un effort de maîtrise.

— Je ne peux pas, rétorque sèchement Louis. Je dois récupérer Félix, absolument.

— Félix ne risque rien, il est avec sa mère !

— Justement !

Raphaël s'apprête à répliquer, mais la réponse de Louis l'interpelle.

— Justement quoi ?

— Je ne peux pas le laisser seul avec elle. Je dois partir tout de suite.

— Et j'en fais quoi, moi, de lui ? demande encore Raphaël, l'index pointé sur le cadavre.

Louis le dévisage en secouant la tête, il n'a pas le temps de s'occuper de ça. Il est désolé. Il doit s'en aller.

Il rejoint le vestibule d'un pas déterminé, sans plus se retourner.

Raphaël reste là, dans le salon, le cadavre à ses pieds. Le désordre du monde lui tombe dessus, des pans d'existence s'effondrent, la nécessité de se battre et le sens des choses. Pour la première fois depuis le début des événements, le découragement menace. Il redresse la tête et croise le regard de Marius, celui de Laura ensuite. Tous deux l'observent, inquiets. Et maintenant ?

Il n'en sait rien.

Soudain, la réalité le rattrape, comme une porte qui claque.

Pauline !

Le silence du bout du couloir balaie les décombres de ses doutes. Il se précipite vers sa chambre. Le bébé dort à poings fermés. Ses traits sont détendus, son souffle profond, sa poitrine se soulève avec la régularité d'un métronome. À son tour, Raphaël respire, soulagé. Puis il quitte la pièce sur la pointe des pieds.

En remontant le corridor pour rejoindre ses enfants, il perçoit des voix depuis la cage d'escalier : le timbre d'un petit garçon s'exclame « Papa ! », la voix d'Hélène exprime son soulagement, celle de Louis leur répond. Ils échangent quelques mots, puis Raphaël les entend remonter jusqu'à l'appartement. À la fois soulagé de savoir Hélène de retour, et préoccupé par sa réaction, il se hâte jusqu'à la porte d'entrée, prêt à accueillir sa femme et lui annoncer qu'il y a un cadavre dans le salon.

Chapitre 18

Le biberon est posé sur la table, plein et prêt. De tous les objets dans la pièce, c'est désormais le plus précieux, avec la boîte de lait en poudre.

Passé le choc de découvrir le cadavre d'un jeune garçon dans son salon, Hélène a dû parer au plus pressé. Elle a emmené Laura dans la salle de bains. Le pire a été évité, mais l'adolescente est bouleversée. Gestes empreints de lenteur, prudence, peu de mots. La jeune fille garde la tête baissée, dissimulée derrière un rideau de cheveux. Elle se dérobe. Renifle parfois, hoquette un peu. Hélène lui propose de la laisser seule pour faire sa toilette. Au moment de quitter la pièce, Laura la retient. Hélène reste donc, passe un gant sous l'eau froide, l'approche du visage tapi sous la peur. Mouvement de recul. L'adolescente esquive le contact d'un sursaut viscéral. Hélène n'insiste pas, repose le gant sur le bord du lavabo. Elle voudrait prendre la jeune fille dans ses bras, ce qu'elle ferait si c'était Soline. Pudeur instinctive, Laura n'est pas sa fille, elles ne partagent pas l'intimité essentielle de deux corps dont l'un est issu de l'autre. D'ailleurs, Soline viendrait-elle se réfugier dans ses bras, en pareilles circonstances ?

Il y a trois ans, Hélène n'en aurait pas douté.

Il y a deux ans non plus.

Tout comme il y a un an.

Aujourd'hui, elle se pose la question.

Avec une infinie douceur, elle écarte les cheveux et capte le regard de l'adolescente. Lui dit que tout va bien, qu'il faut à présent se reprendre. Nécessité. Laura veut-elle parler, raconter ce qui s'est passé ?

Silence, entre elles s'écoulent de longues secondes sans un mot. Paupières baissées, pas même un coup d'œil.

— Chérie ? murmure Hélène.

Elle n'appelle jamais Laura « chérie ». La douceur du mot est dédiée à Soline, « poussin » à Marius, ceux qui viennent d'elle. Mais elle force le lien, vital à l'instant.

— Tu as mal quelque part ? insiste-t-elle.

À sa grande surprise, Laura répond et hoche la tête.

— Où ça ? Montre-moi.

La jeune fille pose sa main sur sa poitrine, derrière laquelle se cache son cœur. Son mouvement est lent, il vibre d'une souffrance radicale. Il n'en faut pas plus pour qu'Hélène l'attire et la serre contre elle. Alors seulement Laura dépose les armes : ses bras l'agrippent, elle se cramponne à elle, éclate en sanglots et laisse enfin ses larmes déferler sur ses joues.

Le garçon qui gît dans le salon s'appelle Alexis Dossogne. C'est du moins ce qui est indiqué sur sa carte d'identité, que Louis vient de trouver dans son portefeuille après avoir fouillé ses poches. Il n'habite pas loin, dans le bas de Saint-Gilles, du côté de la place Bethléem, chaussée de Forest.

Dix-sept ans.

Plutôt grand, les traits disgracieux qu'ont souvent les gens de son âge, visage ingrat, peau au relief accidenté, denture disparate, une moustache naissante qui jure avec des résidus d'enfance. Il est vêtu d'un survêtement de sport bon marché et usé, sur un jean flambant neuf. Aux pieds, ce sont des baskets grises à grosses semelles, de celles qui font grandir de quelques centimètres. Comme s'il en avait besoin !

Son corps encombre la pièce ainsi que la conscience des deux hommes qui le surplombent.

— Il faut le sortir d'ici, murmure Raphaël, nerveux.

— Pour le mettre où ?

— Je ne sais pas, dehors, n'importe où.

— Mauvaise idée, proteste Louis. On ne fera pas deux mètres dans la rue sans se faire remarquer.

— Vous l'avez dit vous-même, les gens s'en foutent, ils ont d'autres chats à fouetter.

— Peut-être, mais ce n'est pas la peine de parader dehors avec un cadavre sur les bras.

— Des morts, il y en a partout. On en voit plein, des gens qui sortent des corps.

— Oui, mais ils les sortent des décombres, pas des maisons qui tiennent encore debout.

— Je suis prêt à prendre le risque.

— Pas moi.

Raphaël le dévisage.

— Vous proposez quoi ?

— Moi ? répond Louis en haussant les sourcils. Rien.

— J'ai besoin de vous, s'énerve Raphaël. Je ne peux pas le déplacer tout seul, et je ne veux pas demander à ma femme ou mes enfants de le faire avec moi.

— OK, s'agace Louis. Je vais vous aider. C'est juste que je ne veux pas sortir dans la rue en trimbalant ce corps.

Raphaël ne quitte pas Louis des yeux.

— On pourrait le porter à l'étage du dessus, chez les Parmentier ! dit-il soudain, exprimant une idée imprévue, pourtant évidente. Ce sont nos voisins. Enfin, c'était. Ils sont morts. Ce sont les parents du bébé.

— Quel bébé ? lance Louis.

— Il y a un bébé qui dort dans ma chambre.

Il balaie l'information et poursuit son idée.

— L'appartement est vide, il n'y a plus personne. On met le corps là, et si la police s'y intéresse un jour, ils chercheront du côté de Bruno et de Constance qui, eux, s'en foutent pas mal, vu qu'ils sont morts.

Louis l'observe quelques instants, songeur.

— C'est un peu simpliste comme raisonnement, mais on n'a pas mieux pour l'instant, décide-t-il finalement.

Le plus angoissant, c'est de percevoir la peur des adultes. Félix le sait, avoir peur à son âge, c'est normal. On a peur de tout, à huit ans, en tout cas de beaucoup de choses.

Mais lorsque les grandes personnes ont peur, cela signifie que la situation est vraiment grave. Dans ces moments-là, leurs défenses se fissurent, leur cerveau dérape, leurs réactions sont en désordre et le danger menace. Pour Félix, un adulte, c'est comme un mur qui le protège des intempéries : si le mur se fend, la pluie se faufilera aussitôt, et il finira par être mouillé.

Il en va de même pour le danger, il s'insinue à travers les failles des grandes personnes.

Des adultes, il y en a quelques-uns autour de Félix. Conscient de sa fragilité, l'enfant évalue parfaitement ses chances de survie si ceux-ci commencent à avoir peur. Pour ne rien arranger, il s'inquiète pour sa mère. Il devrait la compter au nombre des adultes, un mur protecteur, mais la chose est compliquée. Si elle en a l'apparence, la force et la raison lui font défaut. Elle est aussi fragile que lui. Elle a besoin d'aide, tout le temps, incapable de se prendre en charge, elle fait des bêtises, comme lui quand il est seul, sans personne pour le surveiller. Si on lui laissait du chocolat à portée de main, c'est sûr, il en mangerait tant qu'il en ferait une indigestion. Sa mère, c'est pareil. C'est ce qu'elle lui a expliqué un jour, alors qu'elle était lucide. Elle l'avait emmené au bois de la Cambre, ils s'étaient promenés, un tour du lac durant lequel elle lui avait longuement parlé en s'excusant. Elle lui avait dit qu'elle l'aimait, mais qu'elle avait des problèmes. De ceux qui empêchent de faire les bons choix, et elle avait fait cette comparaison avec le chocolat.

— Tu comprends ? C'est plus fort que moi, je ne peux pas résister. Tu pourrais résister, toi, si tu étais devant un placard plein de chocolat, tout seul dans la cuisine ?

L'image d'étagères croulant sous les tablettes de chocolat lui était venue à l'esprit, il n'avait qu'à tendre le bras pour en prendre une et la dévorer, puis une deuxième, une troisième, jusqu'à l'écœurement. C'est sûr, il n'y résisterait pas. Il fallait que quelqu'un l'en empêche afin de le protéger de la crise de foie.

Ensuite, il s'était dit que cette personne, c'était précisément elle, sa mère.

Et il avait compris l'ampleur du problème.

À présent, il pense à elle, allongée sur le divan de la vieille dame, son corps en nage, ses yeux mi-clos, son teint livide, ses lèvres craquelées. L'image le percute, elle a besoin d'aide, elle est en danger. L'angoisse le saisit, il se lève, s'apprête à quitter la chambre de Marius dans laquelle on leur a demandé d'attendre.

— Tu vas où ? lui demande Marius.

— Je vais près de mon père.

— Tu ne peux pas, on doit rester ici.

— Sinon quoi ?

Surpris par la question, Marius ne sait que répondre. Félix se contente de sortir de la pièce. Il remonte le corridor jusqu'au salon.

— Papa ?

Le spectacle qui s'offre à lui le déconcerte. Son père et celui de Marius transportent un garçon inanimé, l'un par les bras, l'autre par les jambes. Le corps est imposant, il semble lourd, les deux hommes peinent à le déplacer.

— Papa ? insiste l'enfant.

— Pas maintenant, Félix, s'impatiente Louis. Retourne dans la chambre !

Mais le petit garçon ne bouge pas, il fixe la tête de l'adolescent qui bringuebale au rythme de la progression, rejetée en arrière, le regard figé, les traits sans vie. Du sang s'égoutte de son crâne, perles rouges qui s'écrasent sur le parquet.

— C'est qui ? demande-t-il, impressionné.

— Fais ce que je te dis ! s'énerve son père en haussant le ton.

Marius apparaît derrière Félix.

— C'est celui qui a attaqué Laura, explique son camarade d'un air grave.

Les deux enfants regardent passer leurs pères. Ceux-ci progressent avec difficulté dans l'espace exigu du corridor qui mène au vestibule.

— Il est mort, ajoute Marius du ton de celui qui révèle l'impensable.

Les yeux de Félix s'ouvrent, ronds de stupeur. Il est à la fois dégoûté et fasciné.

— Pour de vrai ?

— Pour de vrai.

— Retournez dans la chambre ! s'énerve Raphaël, le souffle raccourci par l'effort.

Marius obtempère. Félix, lui, ne bouge toujours pas, incapable du moindre mouvement. Louis s'apprête à le houspiller, mais se ravise.

— Puisque tu es là, va ouvrir la porte, lui ordonne-t-il sèchement.

L'enfant reste quelques secondes encore, immobile, sans réaction.

— Maintenant ! l'invective son père d'un éclat de voix.

Félix sursaute. Il se secoue comme s'il se réveillait, soudain conscient de la réalité des choses. Il veut courir jusqu'à la porte, mais les hommes encombrent le passage. Il envisage de passer par-dessous, s'accroupit afin d'avancer à quatre pattes sous le cadavre. Les gouttes de sang sur le parquet le pétrifient.

C'est la première fois qu'il voit un mort. Un frisson glacé le parcourt, la sensation que, de ce corps absent, s'échappent une présence effrayante, un souffle capable de vous emporter. Des bribes de récits lui reviennent, ceux qui évoquent la Mort, cette femme sans visage, couverte d'oripeaux noirs, venue de l'autre monde pour s'approprier l'âme de celui qui n'est plus. Elle traîne sur les lieux du drame, se repaît de la douleur qu'elle inflige, ou repère ses futures acquisitions.

Félix ne la voit pas, mais elle doit être là, forcément, puisqu'elle vient d'emporter l'âme du garçon.

Il regarde autour de lui, aux aguets, comme si quelqu'un allait brutalement apparaître.

— Tu te magnes, oui ? lui crie son père.

Ils sont maintenant dans le vestibule, libérant la voie. L'enfant traverse le corridor, les contourne puis se hâte vers la porte qu'il ouvre en grand. Les deux hommes s'engagent vers la sortie. Secondes éprouvantes, le corps passe devant Félix, le frôle presque. Le petit garçon retient son souffle, son cœur bat à tout rompre. Durant une fraction de seconde, l'image de sa mère se substitue à celle du garçon, elle aussi réduite à un corps que l'on transporte comme un objet encombrant. Félix tremble, il se tient en équilibre entre la panique et la raison, se rassure comme il peut, se dit que, si la Mort est là, tout près, c'est qu'elle n'est pas chez sa mère, ça lui laisse une marge de manœuvre pour convaincre son père de partir au plus vite.

Les deux hommes sont désormais dans la cage d'escalier, en pleine progression vers l'appartement des Parmentier. La montée est laborieuse, surtout pour Louis qui se tient plus haut de deux marches par rapport à Raphaël. Il se penche, courbé vers l'avant, soulevant comme il peut le corps massif du garçon, pendant que Raphaël le retient par les jambes. Tous deux ne ménagent pas leurs efforts, ils tractent et poussent, ils respirent bruyamment, épuisés par l'ascension.

Félix les regarde monter vers le troisième étage. Son père le remarque et maîtrise une réaction d'humeur.

— Retourne dans la chambre, Félix !

— Mais on doit aller chercher maman, ose l'enfant d'une voix serrée.

— Ce n'est pas le moment ! tonne son père. On verra ça plus tard !

Le petit garçon déglutit. Il songe un instant à partir seul, tant pis pour son père, il doit porter secours à sa mère. Mais cette perspective le décourage d'emblée, ne fût-ce que pour rejoindre sa maison : il est incapable de retrouver son chemin. Même s'il y parvenait, comment aider sa mère une fois sur place ? Il n'a aucune idée des gestes à accomplir, ce dont elle a besoin, comment l'apaiser, comment la soigner. Ses pensées s'agitent, il cogite à toute vitesse à la recherche d'une solution, n'entrevoit bientôt qu'un seul moyen : retenir la Mort ici, de telle manière que celle-ci ne file pas chez sa mère. L'idée le tétanise, mais elle tient la route. Son cœur repart au galop, son ventre se creuse, sa gorge s'assèche. Comment fait-on pour négocier avec la Mort ? Où se cache-t-elle ? Comment l'aborder sans se mettre en danger ? Félix réfléchit, la Mort est peut-être susceptible, il ne faut prendre aucun risque, et surtout pas celui de remettre en cause son autorité. Il doit l'assurer de sa plus grande déférence. L'important n'est pas de prendre le dessus, ce qui serait idiot de sa part. L'important est de la retenir assez longtemps pour permettre à sa mère de recouvrer quelques forces.

L'enfant se motive : son raisonnement est logique, ça peut marcher. Il observe les environs. Son attention est attirée par la penderie, dans laquelle de nombreux vestons et manteaux sont suspendus. Sensation diffuse, celle d'un mouvement retenu, comme un frisson de l'air. Félix se fige, en alerte. Et si elle était là, dissimulée derrière les blousons et autres pardessus, à l'épier et l'étudier en cachette ?

Le petit garçon maîtrise la folle envie de prendre ses jambes à son cou. Il éprouve une peur viscérale qu'il met quelques instants à dominer : s'il s'enfuit, sa mère est perdue. Alors, tremblant de tous ses membres, il s'adresse à la Mort dans un murmure plein de modestie.

— Vénérable madame la Mort, je sais que vous êtes là, et je voulais vous dire que je vous respecte beaucoup, et je sais que vous êtes nécessaire, sinon il n'y aurait plus assez de place sur terre. Mais il faut aussi que vous sachiez que…

— À qui tu parles ?

Félix sursaute et pousse un cri. Il découvre Marius juste derrière lui, qui l'observe avec curiosité. Incapable de répondre, il jette un rapide coup d'œil à la penderie, se demande si la Mort est toujours là, si Marius ne l'a pas fait fuir. Coup de panique. Que faire, que dire ? Il faut éloigner Marius. D'autant que celui-ci insiste :

— Tu fais quoi, là ?

— Rien ! s'exclame Félix sur le ton de celui que l'on prend en flagrant délit.

— Alors viens, s'agace Marius. On doit rester dans la chambre, c'est mon père qui l'a dit.

Félix hoche la tête, fébrile et désemparé, conscient de l'absurdité de ses pensées et pourtant, impossible de s'en défaire.

Déjà Marius fait demi-tour et rejoint sa chambre.

Forcé et contraint, Félix lui emboîte le pas.

Juste avant de quitter le vestibule, il se retourne vers la penderie et lui adresse une gestuelle pleine de suppliques, il s'excuse, il l'implore de ne pas bouger, il n'en a pas pour longtemps, il revient tout de suite.

Chapitre 19

— C'est quoi, ce délire ?

En sueur, Louis et Raphaël se tiennent dans le vestibule des Parmentier, sur le sol duquel ils ont posé le corps du garçon. Ils s'avancent à pas lents dans le corridor qui mène au salon. À mesure qu'ils progressent, ils découvrent le décor singulier de l'appartement, les colonnes de livres, de journaux et de magazines, les tas de vêtements par terre, les cartons alignés contre les murs, les boîtes, sacs et autres emballages, les meubles disposés de façon aléatoire, eux-mêmes couverts de courriers et de prospectus.

Ils parviennent au seuil du salon.

— Entre ça et le cadavre, je ne sais pas ce qu'il y a de plus glauque, ajoute Louis.

Ils détaillent encore la pièce, le temps de reprendre leur souffle. Des réflexions de toutes sortes les assaillent, comment peut-on vivre là-dedans, avec un bébé en plus, à quoi ressemblait la vie sociale de ces gens, comment en arrive-t-on là ? Raphaël s'interroge, jamais il ne se serait douté des conditions dans lesquelles ils vivaient. Il ne sait si la faute lui incombe, celle de ne s'être pas vraiment intéressé à ces gens, n'avoir jamais cherché à en savoir plus sur eux, ou si ce sont eux qui ne désiraient pas attirer l'attention. Il se perd une poignée de secondes dans les méandres de ses questions, puis il revient aux problèmes du présent.

— Bon, on le met où ? s'exclame-t-il.

— Quoi ? demande Louis en sortant lui-même de ses pensées.

Raphaël indique le vestibule d'un mouvement de la tête.

— Le corps.

— Tu veux le bouger ? s'étonne Louis.

— On ne va pas le laisser dans le hall d'entrée !

— Pourquoi pas ?

C'est au tour de Raphaël d'être surpris par la question :

— Parce qu'il sera découvert tout de suite, si quelqu'un entre ici, répond-il sur le ton de l'évidence.

— Et alors ?

Raphaël tente de justifier son point de vue, le risque supplémentaire qu'ils prennent en laissant le corps dans le vestibule, à la vue de n'importe qui.

— Tu m'as dit que les gens qui vivaient ici étaient morts, argumente Louis. Qui d'autre pourrait venir ?

— Je n'en sais rien, des amis, des parents… Des gens qui veulent avoir de leurs nouvelles…

— Et qu'est-ce que ça change, qu'ils le découvrent dans le hall ou dans le salon ?

Raphaël ouvre la bouche, prêt à répondre, mais la logique de la question le muselle. Il cherche des arguments, n'en trouve pas, se résout à l'admettre : la place du corps importe peu.

— OK.

Louis hoche la tête d'un air entendu. Puis il reporte son attention sur l'ameublement.

— Ça craint, murmure-t-il.

— Je vais en profiter pour voir si je ne trouve rien sur leur famille, décide Raphaël, sans trop savoir par où commencer.

— Tu cherches quoi ?

— Une info sur des grands-parents, des oncles ou des tantes. Il faut qu'on leur ramène le bébé.

— Bonne chance, soupire Louis en portant sur la pièce un regard circulaire.

— Il suffirait de trouver un ordinateur.

Louis ne peut s'empêcher de ricaner.

— Il suffirait...

Les deux hommes fouillent rapidement le salon, puis Raphaël se dirige vers les chambres. Celle des parents est tout aussi encombrée que les autres pièces : des cartons encerclent un lit, dont deux servent même de table de nuit.

Rien ici.

Il passe ensuite à la deuxième chambre, juste à côté. En ouvrant la porte, il pousse un cri de triomphe : sur un bureau, parmi nombre de prospectus et de courriers, un ordinateur portable.

— Bingo !

Il l'allume aussitôt, espère que la batterie est pleine et qu'aucun mot de passe ne lui sera réclamé.

Rebingo !

Cette fois, la chance lui sourit.

C'est l'ordinateur de Constance. Raphaël passe différents fichiers en revue, dont les plus volumineux contiennent des photos, qu'il fait rapidement défiler.

Visages souriants, la vie du couple s'exhibe, beaucoup de souvenirs de vacances, quelques réunions de famille, une ou deux fêtes, des paysages. La grossesse de Constance.

Il sélectionne la boîte mail et examine les courriels.

En même temps que les messages, d'autres pans de vie s'ouvrent à lui.

Constance était brocanteuse, du moins c'est ce que révèlent les échanges de mails, des demandes d'informations sur toutes sortes de meubles, des devis de réparation, des estimations de prix, des négociations, des notifications en ligne, des mails de participation à des ventes aux enchères.

En déroulant la boîte de réception, Raphaël délaisse les messages professionnels pour se concentrer sur les plus personnels.

Parmi eux, ceux d'un certain Quentin Mertens attirent son attention, qu'il ouvre.

C'est un mail étrange, daté de la semaine précédente, d'une intimité qui interpelle. Le Quentin en question décrit son émoi en apercevant Constance dans la rue l'autre jour, par hasard, avenue Jean-Volders. Il s'attarde sur la force avec laquelle ses sentiments ont ressurgi à sa seule vision. Puis il évoque le landau qu'elle poussait. Et s'interroge : elle a eu un bébé ? Quand exactement ? Le ton est fébrile, les phrases transpirent le tumulte, rythme décousu, ponctuation chaotique.

Poussé par la curiosité, Raphaël tape le nom de Quentin Mertens dans la barre de recherche de la boîte de réception. Un échange continu s'affiche aussitôt, des dizaines de mails envoyés par cet homme. Il descend le curseur jusqu'en bas : les premiers messages datent d'il y a deux ans.

Des mots se découvrent, dont la tendresse saute aux yeux, et même plus que ça, des mots d'amour, des formules passionnées, sans ambiguïté possible. Constance y répond sur le même ton, elle l'assure de son amour et de son désir, elle pense à lui, elle le veut, elle rêve de son corps. Des rendez-vous se prennent, chez lui le plus souvent. Parfois même, ils commentent l'amour qu'ils ont fait plus tôt dans la journée.

Raphaël écarquille les yeux.

Au fil des messages, le ton change : les sentiments se transforment en remarques, puis en plaintes, de la part de Quentin le plus souvent. Il reproche à Constance le temps qu'elle met à prendre sa décision, la supplie de quitter son mari, la menace ensuite de rompre. Parfois, Constance promet. D'autres fois, elle l'implore d'attendre encore un peu.

Puis c'est la rupture. Constance en est à l'origine. Quentin est d'abord désespéré. Ses messages se font agressifs, contre elle mais aussi contre lui-même. Il l'avertit qu'il songe à se suicider. La violence est palpable, dérangeante. L'homme se montre inquiétant, la menace de tout révéler à Bruno, de s'en prendre à lui. Constance prend peur. Elle durcit le ton, l'accuse de harcèlement et lui ordonne de la laisser tranquille.

Soudain, tout s'arrête.

Quelques mois passent, sans autres messages. Enfin, c'est le dernier mail, datant de la semaine précédente, que Raphaël a lu en premier, dont les questions abruptes de Quentin jettent une ombre mystérieuse sur cette liaison.

Raphaël reste songeur un instant devant l'écran.

Depuis quand es-tu maman ?

Il refait défiler les mails jusqu'à la rupture, le message dans lequel Constance annonce à Quentin son désir de mettre fin à leur relation. La date s'affiche : ça fait onze mois. Il calcule dans sa tête, cela correspond plus ou moins au moment où Constance a dû découvrir qu'elle était enceinte.

Durant quelques secondes, Raphaël pense à ces couples illégitimes, à ces passions illégales qui secouent la routine d'un mariage sur le déclin. Il doit y en avoir, des amants séparés, que les récents événements ont désunis pour longtemps, sans plus pouvoir se joindre, sans même savoir si l'autre est toujours en vie. Il se remémore le jeune couple dans la cave, Constance et Bruno, l'attention que celui-ci portait à sa compagne, les gestes de tendresse, la douceur envers Pauline. Les réactions de Constance, aussi, prévenante et à l'écoute de son bébé, ainsi que de son homme. Le couple parfait. À l'instar de cet étrange appartement, de l'extérieur, on ne sait jamais ce que cachent les gens, ce qu'ils enfouissent dans leurs désirs les plus secrets, comme dans les désordres de leur âme.

Raphaël referme les mails de Quentin Mertens, et poursuit sa recherche. Il tente de déceler la nature des échanges à travers les seuls noms qui s'affichent, l'intitulé des sujets et les premiers mots des messages. C'est ainsi qu'il relève un courriel provenant du SPF Justice, faisant état d'une infraction de la route : il semble que, le mois passé, Constance ait fait un excès de vitesse dans une rue de Bruxelles, au volant de son véhicule. Songeur, Raphaël fixe le message durant un bref instant. Puis il regarde autour de lui, ouvre les tiroirs, dégote un stylo, prend un livre sur une pile, déchire un bout de page sur laquelle il recopie la plaque d'immatriculation de la voiture.

Il revient ensuite à la liste des mails et continue de fouiller la boîte de réception.

Au bout de longues minutes, il remarque le message d'une certaine Victoire Loriot. Il reconnaît le nom de jeune fille de Constance, qui s'affiche sur leur boîte aux lettres, Parmentier – Loriot. Il ouvre le message et découvre qu'il s'agit de sa sœur. De nouveau, il tape le nom dans la barre de recherche : en une fraction de seconde, tous ses mails s'affichent, qu'il passe en revue. Les deux sœurs se donnent des nouvelles dans la plupart, surtout Constance, elle raconte sa grossesse, envoie les échographies, le faire-part de naissance, ce genre de choses. Raphaël s'impatiente, il ne trouve rien d'intéressant, rien qui puisse lui indiquer un lieu où se rendre pour annoncer à Victoire la triste nouvelle du décès de sa sœur, et lui remettre sa nièce.

Les messages défilent.

Enfin, l'un d'eux attire son attention : Victoire y évoque sa récente installation à Paris, où elle invite Bruno et Constance à passer le week-end avec eux (elle cite un certain Samuel, son mari de toute évidence). Et là, miracle, elle leur communique leur adresse.

Passage Rochebrune, dans le onzième. Au numéro six.

Raphaël vérifie la date d'envoi : le message remonte à deux années, mais il y a de fortes chances que l'adresse soit toujours d'actualité. D'une main fébrile, il note l'information sur son bout de papier.

— C'est bon, on peut y aller, annonce-t-il à Louis en sortant de la chambre.

Ils retournent vers le vestibule. Le corps du garçon encombre le sol, les obligeant à l'enjamber pour rejoindre la porte d'entrée. Juste avant de sortir, Raphaël s'arrête devant le portemanteau. Celui-ci croule sous les vestes, les imperméables et autres pardessus, dont il entreprend de fouiller chaque poche.

— Tu cherches quoi ? lui demande Louis, intrigué par son manège.

Sans répondre, Raphaël passe d'un manteau à l'autre, sondant leur contenu, mouchoir, chewing-gums, quelques pièces de monnaie.

— Ça ! s'exclame-t-il soudain, le regard illuminé.

D'un geste lent, il exhibe à Louis sa trouvaille : deux trousseaux de clés. L'un comporte des clés en tout genre, parmi lesquelles, très certainement, celles de l'appartement.

L'autre, plus intéressant, arrache un cri de victoire à Raphaël.

Ce sont des clés de voiture.

Chapitre 20

Le regard sombre, Félix fixe un point imaginaire sur la porte, face à lui. Il se tient recroquevillé sur le lit, blotti contre le mur, absorbé par d'intenses pensées. En vérité, c'est le chaos dans sa tête. Il vient de se disputer avec Marius, et pas qu'un peu.

En retournant avec lui dans la chambre, il l'a noyé de questions, cherchant à savoir qui était ce gros garçon que leurs deux pères transportaient hors de l'appartement, pourquoi il était mort, et qui l'avait tué.

— C'est ton père qui l'a tué ! lui a révélé Marius.

Au début, il n'y a pas cru. Il a émis un son étrange, une sorte de rire mêlé de spasmes, comme si son esprit dérapait : son père n'avait pas pu faire une chose pareille. Marius n'a eu de cesse de lui promettre de dire la vérité, la chose s'est faite avec un marteau : un coup bien senti derrière le crâne, et l'affaire était réglée. Félix s'est mis à secouer la tête, refusant la suite du récit. Il a accusé Marius de mensonges et lui a ordonné de se taire. Le ton est monté, les gestes ont suivi, bousculades de part et d'autre, des insultes aussi. Hélène a dû intervenir, elle a surgi de la salle de bains, leur a demandé ce qui leur prenait, ce n'était pas le moment de se disputer, la violence était déjà suffisamment présente tout autour d'eux. Puis elle leur a ordonné d'aller dans leur chambre et de n'en plus bouger. Marius s'est rebellé, c'est pas sa chambre, c'est la mienne !, sa mère a durci le ton. Il s'est écrasé, tête basse, le pas traînant et le murmure bougon.

À présent, Félix attend, à l'affût des bruits en provenance du corridor. Il y a cinq minutes, Pauline s'est manifestée, quelques pleurs vite apaisés : Hélène s'est rendue dans sa chambre, elle a pris le bébé et lui donne en ce moment le biberon préparé à cet effet.

— On joue aux Playmobil ? propose Marius d'une voix morne.

Tentative de réconciliation. Félix secoue la tête, il n'a pas le cœur à jouer. Il attend son papa, guette le bruit de ses pas, le son de sa voix. À l'heure qu'il est, la Mort a dû mettre les voiles, Dieu seul sait où elle se trouve. Avec un peu de chance, elle a pris une autre direction et s'éloigne de sa mère. Mais l'urgence reste de mise, il a hâte que son père revienne afin de rentrer au plus vite à la maison.

— T'es toujours fâché ? lui demande Marius en forçant la nonchalance.

Félix s'apprête à répondre quand il entend son père et Raphaël en provenance du vestibule. Ils sont rentrés ! L'enfant saute sur ses pieds et se hâte de quitter la chambre. Marius s'exclame, rappelle son camarade à l'ordre, il n'a pas le droit de sortir, ils doivent rester là… Félix est déjà dans le corridor.

Dans le salon, il y a Hélène. Comme le petit garçon l'avait supposé, elle donne le biberon à Pauline, qui tète avec fureur. Son père et Raphaël sont également présents, ainsi que Laura, pelotonnée sur le canapé aux côtés de sa belle-mère. Elle affiche un air encore plus éteint que d'habitude, ses yeux sont marqués de cernes, on dirait qu'elle cherche à disparaître tant elle est pâle, indifférente à l'agitation qui règne autour d'elle. Dans la pièce, la discussion est en effet animée : il est question de la tante de Pauline, dont Raphaël a trouvé l'adresse. Il raconte la façon dont il a procédé, la chance qui lui a souri, il parle avec entrain, décrit les différents états d'esprit par lesquels il est passé, l'espoir, le découragement, puis la victoire, la fierté aussi. Hélène l'écoute, elle suit le périple de ses émois, attentive. De temps à autre, elle se penche sur le bébé lové au creux de son bras, et ses yeux lui adressent quelques gazouillis. Mais lorsque Raphaël évoque Paris, elle redresse la tête, soudain nettement moins disposée.

— Paris ? Comment veux-tu aller jusque-là ?

— Avec ceci !

Le geste triomphant, Raphaël sort de sa poche la clé d'une voiture, qu'il présente à Hélène. Celle-ci fronce les sourcils sans comprendre.

— C'est la voiture de Constance et Bruno, explique Raphaël. Elle doit être garée dans le quartier. Il suffit de la trouver, et on peut quitter la ville.

Sa voix trahit une exaltation triomphante : dans sa main se trouve la solution à tous leurs problèmes.

— Paris est à l'opposé de Gand, fait remarquer Hélène, soucieuse.

Raphaël hoche aussitôt la tête.

— Bien sûr, on passera d'abord par Gand pour prendre Soline.

Hélène acquiesce à son tour, puis elle lui sourit.

— On a une voiture, alors, dit-elle sans cacher son soulagement.

— Théoriquement oui. Ou plutôt... elle a une voiture, précise-t-il en indiquant Pauline d'un mouvement de menton. Une voiture qui va nous permettre de la ramener à sa famille.

Courte pause.

— Il faut d'abord la retrouver, ajoute-t-il, plus grave. J'ai son numéro de plaque, je vais sillonner le quartier, elle ne doit pas être loin. J'espère juste qu'elle n'a pas été détruite par une bombe.

— Je suis sûre que non, dit Hélène, confiante.

L'avenir semble s'éclaircir un peu, du moins ont-ils à présent la possibilité de quitter Bruxelles et de retrouver Soline. Hélène revient sur Pauline qui tète dans ses bras avec rage, les yeux mi-clos. L'espace d'un instant, les traits du nourrisson se confondent avec ceux de Soline bébé, lorsqu'elle lui donnait le sein. La force du souvenir fait chavirer son cœur. Désir. Besoin. Soline. Quelques notes émergent dans sa tête, une mélodie qu'elle fredonnait à l'époque à son bébé, des tendresses qu'elle faisait rimer avec Soline, des mots comme « câline », « coquine » ou « praline », des mots doux, des mots sucrés. Ce bébé-là n'existe plus, disparu à jamais. Seuls restent le souvenir, le timbre d'une voix et l'écho d'un rire.

Tandis qu'Hélène et Raphaël parlent, Félix rejoint son père, qui se tient un peu en retrait. Il glisse sa main dans la sienne, le faisant réagir à sa présence. Celui-ci baisse les yeux sur lui.

— On va aller chercher maman ? lui demande l'enfant en levant vers lui un regard inquiet.

Mais la réponse de son père le met au désespoir.

— Pas tout de suite, mon grand. Je dois encore régler un truc.

— Elle va mourir, sinon, tente-t-il encore.

— Je fais au plus vite, je te promets. Va m'attendre dans la chambre.

— Mais…

— Ne discute pas ! lui intime son père de ce ton sec et brutal qui effraie Félix.

À regret, l'enfant obtempère.

Sitôt a-t-il quitté la pièce que Louis intervient dans la discussion d'Hélène et de Raphaël :

— Écoutez : je vous aide à retrouver la voiture, et vous nous emmenez, Félix et moi.

Surpris par la requête, le couple s'interrompt.

— Vous emmener où ? demande Raphaël.

— Où vous irez. N'importe où en dehors de Bruxelles.

— Et Amandine ? le questionne à son tour Hélène. Si tu prends Félix sur tes genoux, ça peut marcher. Mais avec Amandine en plus, ça risque d'être compliqué.

Elle hésite une courte seconde avant d'ajouter en baissant la voix :

— Sans compter qu'elle est dans un sale état, si tu vois ce que je veux dire.

— Justement, acquiesce Louis. Je ne suis pas sûr qu'elle puisse voyager.

— Tu comptes faire quoi ?

Louis ne répond rien. Il se contente de fixer Hélène. Dans ses yeux, une détermination sans faille, pas la moindre trace de doute.

— Tu… Tu vas la laisser là ? s'étonne-t-elle sans cacher sa stupéfaction.

— Je ne prendrai pas le risque de rester ici avec Félix. Et je ne veux pas m'encombrer d'Amandine. Elle va nous mettre en danger.

— Félix le sait ?

— Non.

Hélène le dévisage, cherchant à deviner ses intentions : elle refuse de croire qu'il est prêt à abandonner la mère de son fils.

— Tu ne peux pas faire ça, murmure-t-elle, déconcertée.

— Je n'ai pas le choix, rétorque-t-il d'un ton résolu.

Il s'adresse ensuite à Raphaël :

— Je crois que vous me devez un retour d'ascenseur, non ?

Il soutient son regard.

— Alors ?

— C'est bon, décide Raphaël.

— Non ! s'exclame Hélène. On parle de la mère de Félix ! Comment tu comptes expliquer à ton fils qu'on a décidé de la laisser ici ?

— Il comprendra, s'impatiente Louis.

— Je n'en suis pas si sûre. Il est persuadé qu'on va l'emmener. Si vous venez avec nous, je veux qu'il sache exactement de quoi il retourne.

Louis commence à perdre son calme. Ses mâchoires se crispent à intervalles réguliers, il dévisage Hélène d'un œil sec, de moins en moins aimable. Il cogite, ça se voit, pèse le pour et le contre.

— OK, finit-il par dire. Je vais le lui dire.

Puis, se tournant vers le corridor, il appelle son fils, Félix, viens ici ! Des petits pas se font entendre, et l'enfant apparaît. Hélène s'attend à ce qu'il s'agenouille à sa hauteur et qu'il prenne le temps de lui parler. Au lieu de cela, il regarde Félix et lui dit ces mots étranges :

— Fraise au chocolat !

Plus insolite encore, le petit garçon se raidit à ces mots, son visage se fige, il fixe son père avec des yeux ronds, frappés de stupeur. La seconde suivante, ses traits se durcissent et quelque chose s'éteint dans son regard.

Au même moment, Louis se tourne vers Raphaël dont il se rapproche :

— Je suis désolé, mais dans ce cas, je vais devoir te demander de me donner cette clé.

Son timbre de voix s'est métamorphosé à son tour, glacial et dur, de l'acier.

— Pardon ?

— Et le papier avec le numéro de plaque, ajoute-t-il sur le même ton.

— Qu'est-ce qui te prend ? lui rétorque Raphaël en fronçant les sourcils.

La réponse est d'une violence inattendue : Louis lui assène un coup sur le nez d'un mouvement de tête, sec, précis, puissant. La douleur explose dans le crâne de Raphaël, corrosive, elle l'aveugle durant de longs instants, elle lui fait perdre ses repères, elle l'assomme. Il sent la clé lui échapper des mains, Louis la lui arrache en même temps que le bout de papier. Hélène et Laura poussent un cri d'effroi. Hélène s'est redressée d'un bloc, le bébé toujours dans ses bras, auquel elle vient d'enlever la tétine de la bouche. Privé de son lait, Pauline se remet à pleurer.

Louis se tourne et pointe sur elle un doigt menaçant.

— Ne tente rien, je t'en supplie, l'implore-t-il. Je n'ai vraiment pas envie de te faire du mal. Ni à toi ni à tes enfants.

La menace est efficace : Hélène ravale son cri, il s'étrangle dans sa gorge tandis que ses yeux s'agrandissent d'épouvante.

— Ça va pas, tu deviens fou ? glapit-elle.

— Je suis désolé, mais vous ne me laissez pas le choix.

Marius apparaît et découvre, éberlué, son père à terre, recroquevillé sur sa douleur, la tête dans les mains.

— Va près de ta mère ! lui ordonne le père de Félix. Tout de suite !

Marius s'exécute, sans comprendre ce qui se joue, que s'est-il passé, qu'est-ce qui a changé, depuis tout à l'heure ? En contournant Félix, il cherche son regard, mais celui-ci se dérobe, désormais inaccessible. Il rejoint Hélène qui le happe et l'attire contre lui dans un geste protecteur.

— Pardon, vraiment ! ajoute Louis en marchant à reculons vers le corridor. Tout se passera bien si vous ne tentez rien.

Il fait encore quelques pas, parvient au niveau de Félix qu'il consulte d'un bref coup d'œil. Ensuite, tous deux quittent précipitamment la pièce. Leurs pas résonnent dans le corridor, ils traversent le vestibule, puis on entend la porte d'entrée claquer.

À terre, Raphaël pousse un long gémissement qui se mêle aux pleurs de Pauline.

Chapitre 21

Félix dévale l'escalier aussi vite que ses jambes le lui permettent. En vérité, il ne contrôle rien, complètement déconfit, son cerveau est vide, mais à présent que son corps a pris le contrôle des opérations, son esprit emprunte ses propres détours. Parmi eux, un serment qu'il s'est fait il y a quelques heures à peine.

Ne plus faire de bêtises.

Sans ralentir la cadence, Félix éprouve le vertige de la faute. Il a trahi sa parole. Il vient de faire une énorme bêtise. Même s'il n'a fait qu'obéir à son père, il a rompu sa promesse.

Au bas de l'escalier, père et fils débouchent dans la rue. Louis marque un bref arrêt. Dans sa main, la clé de voiture qu'il actionne vers la droite, puis vers la gauche : aucun véhicule ne réagit. Il saisit son fils par les épaules et le guide vers la chaussée de Waterloo. Coup d'œil sur le bout de papier qu'il tient à la main.

— Regarde les plaques de voiture, lui intime-t-il. On cherche la 1-VED 897.

Félix tente d'intégrer l'information, mais ses pensées s'échappent, impossible de les maîtriser. Il ne peut s'empêcher de penser à Hélène, son visage ahuri d'abord, son expression d'horreur ensuite. Le coup de tête de son père se décompose dans son souvenir. Il revoit l'impact, le moment où Raphaël encaisse le choc, la douleur qui explose en même temps que le son, ce bruit à la fois sec et spongieux. Dégueulasse. Que s'est-il passé ? Pourquoi son père a-t-il réagi de la sorte ? Félix se sent moche, il est dans le camp des méchants, du mauvais côté de l'histoire. La honte s'installe, elle enflamme sa conscience.

À l'intersection de la rue d'Espagne, Louis réitère la tentative, la clé tendue vers les voitures garées le long du trottoir, du moins celles qui restent, à droite puis à gauche. Pas plus de réaction. Il étouffe un juron, hésite un instant, quelle direction prendre ? Regards inquiets, mouvements nerveux, il se retourne à intervalles réguliers, s'assure qu'ils ne sont pas suivis. Décide de prendre la rue d'Espagne vers la gauche et de faire le tour du pâté de maisons : s'il ne trouve pas la voiture, il élargira ses recherches. D'autant que, il le constate, là-bas, plus loin, la chaussée de Waterloo est encombrée par la cohorte de gens qui migrent en direction de la sortie sud de Bruxelles. La Barrière doit être complètement engorgée, inutile d'essayer de passer par là. Louis formule tout haut ses réflexions, seule façon pour lui de mettre de l'ordre dans le chaos de ses décisions.

À ses côtés, Félix trottine, le pas fébrile.

Ils remontent jusqu'à la rue Maurice-Wilmotte, tournent à gauche une seconde fois. De nouveau, la clé brandie de chaque côté, espérant le signal sonore et lumineux qui indiquera l'emplacement de la voiture.

— Elle est où, bordel ? s'impatiente son père.

Il marche vite, Félix a de plus en plus de mal à le suivre.

— Tu regardes les plaques, hein ? demande encore Louis.

Le petit garçon fait surtout attention à ne pas trébucher sur les gravats et autres décombres en s'efforçant de suivre le rythme.

— Oui, oui, répond-il, la gorge serrée.

En vérité, il ne se souvient même plus de la combinaison de lettres et de chiffres qu'il doit trouver. Plus inquiétant, les bombes ont détruit des tronçons de rue, ainsi que tout ce qu'il y avait dessus : plusieurs véhicules sont carbonisés, on ne peut même plus lire leur plaque d'immatriculation. Si la voiture qu'ils cherchent est parmi celles-là, ils perdent leur temps. Et Félix sait qu'ils n'en ont pas, du temps. Mieux vaudrait rentrer à la maison à pied.

Mais son père ne semble pas disposé à abandonner les recherches. Sans ralentir, Louis poursuit sa route jusqu'à la rue d'Irlande et tourne une nouvelle fois à gauche. Félix commence à fatiguer. Depuis la veille, il a très peu dormi, n'a pas mangé beaucoup plus, son ventre crie famine, il a déjà énormément marché... L'épuisement le guette. Surtout, la violence de son père lui glace le sang. Le récit de Marius vient amplifier le choc : et si ce que son camarade lui a raconté était vrai ?

Son père est-il capable de tuer ?

Ce qui lui était impensable il y a quelques instants encore lui paraît à présent plus crédible : Louis ne vient-il pas d'agresser les gens qui ont accueilli son fils tout un week-end, avant de leur voler la clé qui allait leur permettre de...

Un signal sonore interrompt ses pensées. À côté de lui, son père laisse échapper un cri de victoire, aussitôt interrompu, comme fauché en pleine euphorie.

Devant eux, quelques mètres plus loin, une camionnette blanche répond au signal de la clé.

Ils s'en approchent.

— Merde, comment je vais faire pour conduire ça ? murmure Louis en faisant le tour du véhicule.

Il réfléchit avant d'ajouter :

— En même temps, c'est peut-être pas plus mal : on pourra dormir dedans. De toute façon, on n'a pas le choix.

Il ouvre la double portière à l'arrière afin de sonder l'intérieur. Des meubles de toutes tailles se découvrent, mobilier d'un autre temps, une commode, un vaisselier, des étagères en bois, deux coffres, ainsi qu'une série d'objets anciens, tels que des boîtes en métal, des caissettes, des pieds de lampe, des chaises… De quoi meubler une petite maison.

Louis laisse échapper un juron.

— Aide-moi à bazarder tout ça ! intime-t-il ensuite à Félix.

Sans attendre, il soulève le garçon et le pose sur la plateforme, avant de grimper à son tour à l'arrière de la camionnette.

— Tu te débarrasses de tout ce que tu peux porter, lui dit-il en s'emparant d'une chaise qu'il projette hors du véhicule, afin de lui montrer l'exemple.

La chaise se fracasse au sol. Louis saisit les coins de la commode qu'il traîne jusqu'au bord. Puis, après l'avoir contournée, il la pousse dans le vide.

— Tu bouges, oui ? s'énerve-t-il, tandis que Félix reste sans rien faire, observant son père comme s'il était devenu fou.

Le garçon se tourne vers le bric-à-brac, choisit un petit carton et le jette dehors. Il poursuit avec d'autres cartons, un pied de lampe, une valise. De son côté, Louis ne ménage pas sa peine.

L'opération leur prend une dizaine de minutes. La rue est peu fréquentée, bordée de maisons en lambeaux, d'autres intactes. De l'une d'entre elles, un homme passe la tête par la fenêtre d'un deuxième étage, alpague Louis, le ton agressif, ça va pas la tête, foutre le bordel comme ça sur le trottoir ?

Louis indique l'ensemble de la rue, déjà passablement encombrée.

— Ça change quelque chose ?

L'homme continue de vitupérer, accroché comme un pou à son ordinaire pourtant réduit à néant. Certaines défenses prennent des chemins étranges. Parmi elles, le déni est un processus mystérieux auquel certains se cramponnent pour ne pas s'effondrer.

— Si tout le monde faisait comme vous, on ne s'en sortirait pas ! s'énerve-t-il.

Louis s'apprête à répliquer : s'en sortir ? Se sortir de quoi ? De ça ?

Tout autour d'eux, le chaos, les ruines, l'hébétude, la souffrance, la mort.

Il décide de lâcher l'affaire, pas de temps à perdre. Il aide Félix à descendre de la camionnette pour y remonter à l'avant, sur le siège passager. Puis il va s'installer à son tour, côté conducteur.

Au moment de s'asseoir, Félix sent un objet dans la poche de son pantalon, qui le gêne.

Il y plonge la main.
En sort l'inhalateur d'Hélène.
Se rappelle qu'elle le lui a confié pendant qu'elle aidait la femme et ses enfants à traverser la foule, place Stéphanie.

Son cœur manque un battement.

Il fixe l'objet pendant que, dans son esprit, les conséquences de la situation déroulent son ruban de catastrophes. Le souvenir de la crise d'asthme dans la cave s'impose. Hélène ne pouvait plus respirer. Il l'a vue se débattre, tant d'efforts pour happer si peu d'air. L'affolement général lui revient en mémoire. Il se rappelle aussi Raphaël, qui n'a pas hésité à remonter au péril de sa vie pour lui apporter sa Ventoline, celle-là même qu'il détient en ce moment. D'autres images malmènent sa conscience : Hélène se tord sous la souffrance, son teint est livide, ses yeux affolés, ses forces la quittent. Félix doit se rendre à l'évidence : sans cet objet, sa vie est en danger.
Le claquement de la portière le fait sursauter. À côté de lui, son père attache sa ceinture avant d'introduire la clé dans le démarreur.
— En route ! s'exclame Louis en mettant le contact.
Son regard est attiré par la paume ouverte de son fils, juste à côté de lui.
— C'est quoi, ce truc ? lui demande-t-il en indiquant l'inhalateur.
— C'est à Hélène, balbutie le petit garçon. Je dois lui rendre.
Un éclat de sarcasme accueille cette annonce.
— Tu parles, qu'on va lui rendre !

— Elle peut mourir, sinon, insiste l'enfant.

Déjà Louis tente de sortir la camionnette de son emplacement. Toute son attention est focalisée sur la manœuvre, indifférent aux arguments du gamin.

Celui-ci s'obstine :

— Il faut qu'on retourne là-bas ! Je ne veux pas qu'elle meure.

— Elle ne va pas mourir ! s'agace Louis.

Félix s'apprête à renchérir, mais son père lui intime le silence.

— Jette-moi ça ! le tance-t-il vertement. Tu crois quoi ? Qu'on va revenir la bouche en cœur et que tout va bien se passer ? Ah ça, c'est sûr qu'on va être bien reçus ! Redescends sur terre, bonhomme, on ne va rien rendre à personne, ça vaut beaucoup mieux !

Enfin, il parvient à s'extraire de sa place de stationnement, contourne des tas de briques et de pierres, rejoint la rue Saint-Bernard. Il avance avec prudence, évite divers obstacles, doit s'habituer au maniement de l'engin dont les dimensions ne lui sont pas familières. Cela fait cinq ans qu'il n'a plus de voiture ; il ne conduit qu'occasionnellement, des véhicules de location pendant les vacances, le plus souvent à la campagne où il a toute la place pour manœuvrer. La conduite en ville le stresse. Celle d'une camionnette en temps de guerre l'oppresse plus encore.

À côté de lui, Félix se perd dans un combat déchirant, entre le rôle qu'il doit tenir, fidélité à son père, priorité aux liens du sang, et son désir brûlant de rapporter le précieux inhalateur à Hélène. Sa promesse revient le narguer, celle qu'il a rompue à peine formulée, ne plus faire de bêtises. Son cœur bat à tout rompre, ses jambes le démangent, sensation de fourmillement, impression que des milliers d'insectes lui courent dessus. Boule dans la gorge, il déglutit à plusieurs reprises, tente d'avaler une salive inexistante à mesure que se révèle l'ampleur de son dilemme.

Il n'est rien de pire qu'une conscience en feu.

Chaque fois que sa mère a eu besoin d'aide, il s'est senti démuni, cherchant à lui prêter assistance sans savoir quoi faire. Ses pauvres gestes ne servaient pas à grand-chose, il perdait beaucoup de temps à tergiverser pour, au final, ne rien résoudre du tout : il ne parvenait pas à la guérir, pas même à l'apaiser. Il était inutile.

Aujourd'hui, au contraire, il sait exactement ce qu'il doit faire pour sauver Hélène. La solution est là, dans sa main. Pire, il est responsable de sa mise en danger. Si elle meurt, ce sera sa faute.

Sa faute.

Ce constat creuse en lui un gouffre tapissé de remords et de contrition.

Au croisement de la rue d'Irlande et de la rue Saint-Bernard, la camionnette s'immobilise. Son père hésite : rejoindre la cohorte de la chaussée de Waterloo, itinéraire logique pour sortir de Bruxelles ? Ou tenter les petites rues, avec le risque d'être bloqué par tout ce qui encombre les voies ?

Louis observe les deux directions.

Opte pour la chaussée de Waterloo et tourne à gauche.

— Où tu vas ? s'exclame Félix.

S'il ne connaît pas l'itinéraire exact pour rentrer chez lui, il sait au moins qu'il faut prendre la direction opposée.

— C'est pas par là, chez maman ! ajoute-t-il avec véhémence.

Louis regarde droit devant lui, focalisé sur la conduite de la camionnette au milieu des obstacles qui jonchent le sol.

— Papa ! s'impatiente Félix.

— Je sais que ce n'est pas par là ! éclate son père sans quitter la route des yeux. On va prendre un autre chemin, Félix. Mais là, tu dois me laisser me concentrer, sans quoi on n'arrivera nulle part ! Alors ferme-la !

L'enfant serre les dents. Son père l'effraie, il peut se montrer dur, parfois même violent, mieux vaut ne pas le mettre en colère. Pour témoin, les disputes entre ses parents, âpres, brutales, dont sa mère ressortait souvent blessée. Cris et coups rythmaient certaines soirées, forçant l'enfant à se pelotonner dans son lit en se bouchant les oreilles. La solitude l'accablait alors, il passait de longs moments à sangloter, cherchant à rassembler les morceaux épars de son être qui s'éparpillaient dans l'éclat d'une insulte ou celui d'une accusation. La plupart du temps, il était au centre des débats, son prénom fusait, escorté de reproches. Les récriminations pleuvaient ensuite, ses parents se blâmaient mutuellement, condamnant l'attitude de l'autre, sa présence ou son absence, sa méthode d'éducation, les divers manquements dont ils s'étaient chacun rendus coupables.

La progression chaotique de la camionnette sur la route accidentée ramène Félix auprès de son père, dont il observe le profil anguleux. Cet homme-là a déjà tué quelqu'un. Cet homme dont il provient. Le fil de l'idée qu'il suit l'effraie, il n'aime pas les questions qui germent dans son esprit. D'autant qu'il est dans l'urgence, il le sait. Malgré tout, la pensée qu'il puisse ressembler à son père le perturbe : serait-il, lui aussi, capable de tuer quelqu'un ?

Il baisse les yeux vers sa main.

Dans sa paume, l'inhalateur d'Hélène.

Ne pas le lui rendre équivaut à la tuer.

Pas de ses propres mains, mais le résultat sera le même.

Il s'est promis de ne plus faire de bêtises. Et tuer, c'est une énorme bêtise. Il doit rendre la Ventoline, quel qu'en soit le prix.

Freinée dans sa course par les multiples décombres, la camionnette avance lentement, c'est une chance. Félix repère la poignée à côté de lui, range l'inhalateur dans sa poche, avant d'ouvrir brutalement la portière et de sauter hors du véhicule. Il se reçoit maladroitement sur le sol, mais parvient à se redresser et détale en direction de la maison de Marius. Il entend la voix de son père qui hurle son prénom, Félix ! puis qui vitupère, lui ordonnant de revenir tout de suite. Il perçoit le coup de freins de la camionnette, mais sa course occupe bientôt toutes ses pensées.

Une centaine de mètres le sépare de la maison, il court à toute vitesse. Tout ce qu'il veut, c'est retourner chez Marius, rendre l'inhalateur à Hélène et repartir. Par-delà son souffle, il entend son père se lancer à sa poursuite en le sommant de s'arrêter. La perspective d'être rattrapé avant qu'il atteigne la maison le fait accélérer.

Le voilà enfin dans la cage d'escalier, qu'il gravit à la hâte, s'aidant de la rampe pour avancer plus vite. Deux étages, en haut desquels il parvient hors d'haleine. La porte de l'appartement. Qu'il ouvre. Les pas de son père résonnent derrière lui.

— Reviens ici, bordel, qu'est-ce que tu fous ? gueule Louis encore en bas.

Félix se dépêche de refermer la porte, histoire de gagner quelques secondes. Puis il se précipite dans le corridor et débouche dans le salon.

Au centre de la pièce, Hélène est penchée sur Raphaël, lui-même assis sur une chaise, la tête renversée en arrière. Elle s'applique à soigner son nez, dont le volume a doublé, qu'elle éponge avec précaution sous les plaintes retenues de son homme, aïe, doucement, attention. Marius et Laura patientent sur le canapé, sur lequel dort Pauline, coincée entre deux coussins.

L'apparition de Félix provoque la stupeur. Quatre paires d'yeux se tournent vers lui, effarés. Tremblant, le petit garçon extrait de sa poche l'inhalateur, qu'il tend à Hélène.

— Je voulais te rapporter ça, dit-il d'une voix pleine de sanglots.

Abasourdie, la jeune femme abandonne quelques instants le visage tuméfié de Raphaël et s'approche de l'enfant. Mais avant qu'elle ait eu le temps de le rejoindre, Louis apparaît à son tour.

Cette fois, la réaction est impérieuse. Hélène s'arrête net, Laura et Marius se reculent jusqu'au mur, Raphaël se lève d'un bond, directement sur le qui-vive. Il regarde autour de lui, avise le marteau encore maculé de sang posé sur la table, et s'en saisit.

Ensuite, tout va très vite. Il brandit son arme et fonce droit sur Louis. Son mouvement provoque des cris, ceux d'Hélène qui le supplie de s'arrêter, ceux de Félix qui hurle « Papa ! », ceux de Louis également, qui lui enjoint de se calmer. Celui-ci tend les mains devant lui, piètre bouclier face à la menace du marteau. Sans effet du côté de Raphaël qui fond sur lui et l'attrape par le col avant de le plaquer contre le mur.

— Saleté ! éructe-t-il dans un murmure haineux. Je vais te démolir la face !

— Raphaël, non ! crie Hélène.

Félix est pétrifié. Il ne quitte pas le marteau des yeux, prêt à s'abattre sur son père.

— Écoute-moi ! beugle Louis dans l'urgence de neutraliser le geste meurtrier. J'ai trouvé la voiture, j'ai trouvé la voiture !

L'information parvient au cerveau furibond de Raphaël, figeant son bras en plein mouvement.

— Et ce n'est pas une voiture ! poursuit Louis, pantelant.

— Qu'est-ce que tu veux que ça me foute ! hurle Raphaël, bouillonnant de colère.

Il reprend sa posture agressive, lève le bras plus haut, plus menaçant, plus dangereux.

— C'est une camionnette ! s'écrie Louis, cette fois en proie à une panique viscérale. Une camionnette, Raphaël ! On va pouvoir tous aller dedans !

La proposition immobilise Raphaël, tant elle le surprend.

Louis en profite pour ajouter :

— C'est pour ça que je suis revenu ! halète-t-il, mort de trouille. Je m'en suis voulu, tu comprends ? Quand j'ai vu que c'était une camionnette et qu'il y avait de la place pour tout le monde, je...

Il bégaie de pauvres explications, se justifie comme il peut, sans quitter le marteau des yeux. Voix aiguë, mots fébriles, ton suppliant, il conjure Raphaël de l'écouter. Hélène s'associe à lui, elle rejoint son homme et l'implore de ne rien faire d'irréparable.

Peu à peu, celui-ci recouvre son sang-froid. Il finit par lâcher le père de Félix.

Louis met cinq à dix secondes à reprendre ses esprits. Il se masse le cou, que Raphaël a maltraité, tousse un peu, inspire profondément.

— La voiture de ta voisine, c'est une camionnette, explique-t-il en s'éloignant. Elle était pleine de bordel, mais j'ai tout vidé. Alors je me suis dit qu'il y avait de la place pour nous tous et... on est revenus.

Rapide coup d'œil à son fils qui le dévisage, pantois.

— Félix était d'accord, c'est même lui qui l'a proposé, ajoute-t-il en se raclant la gorge.

Cette précision, aussi fausse que le reste, n'adoucit en rien l'ahurissement du petit garçon. Il fixe son père avec tant de stupéfaction que celui-ci ne peut soutenir son regard.

Au moment où Louis détourne les yeux, une explosion se fait entendre à quelques pâtés de maisons de là.

À la colère succède la stupeur. Les bombardements reprennent. Tous reconnaissent le son caractéristique des bombes quand elles frappent. Des cris jaillissent depuis l'extérieur, des hurlements de terreur, sans doute même de douleur. Si la bombe est tombée au milieu de la foule, les dégâts doivent être colossaux. Presque aussitôt, une deuxième déflagration éclate, puis une troisième. La tension monte d'un cran car, chacun le sait, elles vont maintenant se succéder à un rythme soutenu.

Plus angoissant encore, elles se rapprochent.

Chapitre 22

Retour à la cave.

La lumière du jour se faufile à travers le soupirail, elle bataille pour éclairer les alentours immédiats, laissant le reste du corridor dans une obscurité maussade.

Félix tressaille en retrouvant ces lieux sinistres, cet endroit associé à l'angoisse.

Frissons.

De froid autant que de peur.

Sans compter la saleté, l'humidité, la poussière qui s'accumule dans chaque recoin, les toiles d'araignées qui tapissent le plafond.

Pour ne rien arranger, les piles de la dernière lampe de poche ont rendu l'âme.

— Il va falloir trouver des bougies, murmure Hélène.

— Il va surtout falloir partir d'ici, rétorque Raphaël.

Comme pour lui donner raison, l'endroit est maintenant désert : ni Valentin ni Alice ne sont là. Sans doute ont-ils eux aussi quitté la ville. Félix se tourne vers Marius, il attend de voir où son camarade va s'installer. Mais celui-ci demeure auprès de sa mère et ne semble pas vouloir le rejoindre. Félix éprouve le malaise de l'intrus, conscient de l'embarras que provoque leur présence. Désormais, il n'est plus le sympathique camarade, l'enfant sans défense qu'il faut protéger. À ses côtés, son père l'encombre. Ce sentiment est conforté par Raphaël qui récupère le marteau dans le sac d'affaires et se plante devant Louis.

— Tu ne peux pas rester ici, dit-il en exhibant l'outil d'un geste dissuasif.

Son visage porte la marque de l'agression qu'il vient de subir, le nez enflé, les cernes bouffis, des traces de sang bordant l'arête de ses narines. Ses traits accidentés justifient à eux seuls son attitude offensive.

La gorge de Félix s'assèche en une fraction de seconde. Il lève sur Raphaël un regard affolé tandis que, à sa droite, son père se raidit.

— Où veux-tu qu'on aille ? demande celui-ci.

— Ce n'est pas mon problème.

Hélène intervient, Pauline dans les bras. Le bébé, repu, se laisse bercer sans rechigner.

— On ne peut pas les mettre dehors, s'insurge-t-elle. Pas maintenant en tout cas, pas pendant les bombardements.

— On ne peut pas non plus prendre le risque de le laisser nous trucider à la première occasion, rétorque sèchement Raphaël. Et je n'ai pas envie de passer les prochaines heures sur le qui-vive, sans le quitter des yeux sous peine de me faire agresser.

— Raph, s'il te plaît, intercède encore Hélène. S'ils remontent tous les deux, ils...

Raphaël la coupe en se tournant vers elle.

— Je ne parle pas de Félix. Félix peut rester ici avec nous. Lui, en revanche...

Il revient sur Louis qu'il pointe du bout de son marteau.

— Je ne veux pas de lui ici.

Louis s'avance d'un pas, prêt à plaider sa cause. Mais Raphaël l'en dissuade, brandissant le marteau dans un mouvement violent.

— Un pas de plus, et je te fracasse le crâne.

— Raph ! s'exclame Hélène en se plaçant entre les deux hommes.

Félix observe l'affrontement, de plus en plus anxieux, d'autant que Raphaël semble ne rien vouloir entendre. Celui-ci fustige sa femme d'un regard dépourvu de toute concession.

— S'il te plaît, Hélène, ne rends pas les choses plus compliquées. On ne peut pas se permettre de le garder. Ce mec est dangereux.

— OK, stop, intervient Louis de cette voix que Félix connaît bien, celle qui fait croire qu'il va tout arranger. Je comprends. À ta place, je ferais pareil. Et je m'en excuse. J'ai eu un moment de panique. Je ne me voyais pas tout seul avec Félix, sans véhicule, et quand…

— J'en ai rien à foutre, le coupe Raphaël. Dégage.

Dans sa main, le marteau frémit, comme s'il s'ébrouait, impatient de se ruer sur quelque chose.

Ou sur quelqu'un.

À l'extérieur, les explosions se succèdent à intervalles réguliers, on dirait le cœur d'un monstre, ses battements sourds qui pulsent et vomissent leurs jets de sang. À l'idée de sortir dans la rue, Félix pose sur Raphaël un œil suppliant, mais celui-ci ne le regarde pas.

— Si on sort dans la rue maintenant, on risque de mourir, tente encore son père.

— Je sais, c'est con, réplique Raphaël.

Son attitude ne trahit aucune émotion. Il porte sur Louis un œil sec, indifférent.

Une nouvelle fois, Hélène tente d'intercéder en leur faveur. Elle lui rappelle qu'ils sont revenus de leur propre chef, avant que les bombardements ne reprennent, gage de leur bonne foi. Félix ne lui a-t-il pas rendu son inhalateur, témoignant ainsi du souci qu'il se fait pour elle et de son désir de lui porter secours ?

— Tu parles d'une preuve ! réplique Raphaël en haussant les épaules. Des inhalateurs, tu en as au moins quatre en haut et deux dans ton sac.

Cette révélation foudroie le petit garçon. Il tourne vers Hélène des yeux ahuris. Il se souvient parfaitement de l'instant où elle lui a confié sa Ventoline, cet objet si précieux dont sa vie dépendait. Il se rappelle ses mots sur fond de promesse : sans l'inhalateur, elle était en danger de mort.

En vérité, elle en avait d'autres.

Elle lui a menti.

Sans doute ses intentions étaient-elles louables puisqu'elle est revenue, elle l'a fait pour le rassurer, mais elle lui a menti tout de même, les yeux dans les yeux.

— Et pour ma maman aussi, tu m'as menti ? l'alpague-t-il de sa voix d'enfant.

Les trois adultes tournent vers lui un regard étonné, comme s'ils découvraient seulement sa présence. C'est Hélène qui lui répond :

— Ta maman ? l'interroge-t-elle sans comprendre.

— Tu m'as dit qu'on reviendrait la chercher !

Hélène jette un bref coup d'œil embarrassé en direction de Louis.

— Non, je ne t'ai pas menti, répond-elle en se raclant la gorge. Je comptais vraiment revenir chercher ta maman.

Sa voix flotte à la surface de ses mots, ses yeux se dérobent.

— En tout cas, je voulais réellement trouver une solution pour la mettre à l'abri, corrige-t-elle ensuite. Mais ce n'est plus à moi d'en décider.

Puis elle se tourne vers Louis, ostensiblement cette fois, et le dévisage, l'œil accusateur.

Suivant son regard, Félix scrute lui aussi son père.

Acculé par tant d'attention, celui-ci garde un silence obstiné. Au bout d'un instant, il baisse la tête.

— Vous êtes tous que des sales menteurs ! crache Félix d'un ton saturé de dégoût.

Le rejet est viscéral. Quelque chose se brise en lui, ça se voit, dans ses yeux et dans son corps, la façon dont il recule, comme pour les tenir à distance. Puis il se retourne et file vers l'escalier dont il monte les marches à toute vitesse.

— Félix ! crie son père. Où tu vas ?

— Je vais chercher maman ! répond l'enfant sans ralentir sa progression.

Déjà Louis se lance à sa poursuite.

— Pas maintenant ! hurle-t-il en grimpant l'escalier à son tour. Redescends tout de suite ! On ira après, je te le promets !

— Non ! Tu mens ! T'as toujours menti !

Louis le rattrape en quelques pas. Sa main s'abat sur son épaule, une poigne de fer qui l'immobilise de force. Furieux, l'enfant se débat, il cherche à s'échapper, mais son père parvient à le ceinturer de ses deux bras avant de le ramener vers le bas. Les cris de Félix emplissent les lieux, ils débordent de rage, ils malmènent les consciences. Louis tente de maîtriser la fureur de son fils, sans succès, il lui enjoint de se calmer, ton sec, mots crus, bientôt suivis de menaces, tu vas t'en prendre une, c'est moi qui te le dis ! Rien à faire, l'enfant n'est qu'un brasier de colère, inextinguible. La patience de Louis est mise à mal, ça se sent, dans ses yeux surtout, un regard hostile, un rictus tendu, mâchoires crispées sur un terrible effort de sang-froid. Parvenu au bas des marches, le père referme sa prise plus vigoureusement, brutale étreinte à la limite de l'agression. Félix redouble de violence mais ses forces s'épuisent, et bientôt sa rage se mue en larmes.

Alors seulement, Louis desserre la pression.

Dans ses bras ne reste qu'un petit garçon en pleurs.

Moments hébétés, seuls les sanglots de Félix troublent le calme revenu.

— OK, soupire Louis au bout de quelques instants. Voilà ce qu'on va faire pour contenter tout le monde.

Il tourne son fils vers lui et se baisse à son niveau.

— Tu vas rester ici, avec Hélène et Raphaël. Et moi, je vais aller chercher maman.

Ensuite il se redresse et fait face à Raphaël.

— Laisse-moi deux heures et je te ramène la camionnette.

Un éclat d'ironie lui répond, escorté d'un sursaut du marteau.

— Tu crois vraiment que je vais te laisser partir avec la camionnette ?

— Ça va, c'est bon ! réagit aussitôt Louis d'un ton agacé. Je te laisse mon fils, que veux-tu de plus comme garantie ?

La proposition les laisse interdits.

— Tu veux y aller maintenant ? demande Hélène sans cacher sa stupeur.

— Ça arrange tout le monde, non ? Je quitte la cave, mon fils reste en sécurité avec vous, et je vais chercher Amandine.

Personne ne répond.

— Et après ? questionne à son tour Raphaël, méfiant.

— Après… je vous rends la camionnette et je reprends mon gosse. Vous comptez aller où ?

— À Gand, répond Hélène.

— Si vous acceptez de nous embarquer, ça peut bien se passer. Il y a assez de places pour tout le monde dans la camionnette. Je promets de ne rien tenter contre vous. Vous nous déposez à Gand, et à partir de là, chacun reprend sa route.

Raphaël et Hélène se consultent du regard.

Chapitre 23

Genoux sous le menton. Les bras autour des jambes. Prendre le moins de place possible. Conserver la chaleur de son cœur. Qui bat. Qui bat. La vie.

Laura fixe le soupirail dans lequel s'engouffre la lumière du jour.

Une explosion plus proche que les autres la fait sursauter. Marius pousse un cri de terreur, tout le monde lève les yeux au plafond, inquiet. Hélène bafouille quelques paroles de réconfort, sans grand effet. Dans ses bras, Pauline pour une fois se tait.

Une bombe a dû tomber pas loin car des volutes de lumière en provenance du soupirail s'agitent, elles projettent des ombres sur les murs de la cave, qui happent l'adolescente, spectacle mouvant dans lequel elle s'abîme. Ses pensées la prennent en otage, presque hypnotiques, elles l'entraînent vers le souvenir de madame Pol, sa prof de latin-grec. Ne restent que les bribes d'une leçon, Laura ne se rappelle plus avec précision, Platon, si ses souvenirs sont bons, des ombres et des lumières. L'ignorance et la connaissance, facile. Du moins, c'est ce qui demeure, ils ont vu ça l'année passée. Elle avait eu seize sur vingt à son contrôle.

Les méandres de clarté jouent avec ses peurs. L'adolescente tente d'y lire l'avenir, la promesse d'un salut. Se creuse la cervelle à la recherche d'un sens à tout ça. Elle s'en souvient à présent, les ombres projetées sur le mur de la caverne figurent une illusion, le vrai monde est dehors, là où, hier encore, régnaient les couleurs, les formes, l'immensité du ciel et l'éclat du soleil. Là où, aujourd'hui, rugissent la peur et la mort. Rivés à leur ignorance, les prisonniers de la caverne de Platon se contentaient de mirages, une vie d'apparences. De façon plutôt sournoise, madame Pol avait fait le parallèle avec les temps actuels, l'emprise des réseaux sociaux, les fake news, les vies superficielles et les mensonges ordinaires. La comparaison était facile et la critique aisée, avait songé Laura : pour les adultes, ceux qui ont grandi sans Internet, les échanges virtuels sont toujours factices. Ils s'accrochent comme des poux à leur monde, époque révolue qu'ils évoquent avec nostalgie, le bon vieux temps, comme ils disent. Les choses ont bien changé, soupirent-ils. C'est sûr qu'aujourd'hui, on n'envoie plus de lettres par la poste.

Madame Pol avait ensuite raconté la libération d'un des prisonniers de la caverne : celui-ci s'était aventuré au-dehors et avait découvert le monde tel qu'il est en réalité. Alors oui, c'est sûr, le choc avait été rude, parce que la vérité dérange, la lumière éblouit et détruit les illusions.

— C'est un peu comme si vous enleviez les filtres sur les photos que vous postez sur Instagram, avait ajouté madame Pol avec une pointe de perfidie.

La classe avait ricané dans un brouhaha de commentaires horrifiés : s'afficher sans filtre ? Inconcevable !

— Parlez pas de malheur ! avait raillé Solenne, une élève très active sur les réseaux sociaux. Ce serait monstrueux !

— Ce serait surtout la vérité, avait répliqué la professeure. Et la vérité, c'est comme la lumière à l'aube : elle trouble d'abord les yeux, puis elle éclaire tout le reste.

Quelques railleries avaient fusé, wouah c'est beau, vous parlez bien, m'dame ! Puis le mythe de la caverne avait repris sa juste place, sans comparaison douteuse ni réflexion critique.

Soupir.

Au fond de sa cave, Laura ramène plus encore ses jambes contre elle avant d'enfouir son visage dans le creux entre ses genoux. Dehors est un champ de bataille, s'évader aujourd'hui serait pure folie. Elle n'a aucune envie de voir la laideur du monde. Son corps en porte la trace, la terreur éprouvée lors de son agression l'a marquée à jamais. L'écho de sa peur résonne encore, jusque dans sa gorge, une alarme qui vibre sans discontinuer et ne la laisse pas en paix. Depuis, elle sursaute au moindre courant d'air. Le visage des garçons la hante, son assaillant surtout, elle le voit penché sur elle, le regard avide, le geste impérieux. La réalité de sa condition la dévaste, sa fragilité, son impuissance à se défendre. Elle n'est qu'une victime, un oiseau pour le chat. Son seul contact intime avec un garçon aura été empreint de menaces et de violence. Elle s'est cru perdue.

Sortir de la caverne pour se confronter à la réalité du monde ?

Sûrement pas !

Pour survivre, mieux vaut rester là, à l'abri d'une cave sombre et humide.

Est-ce à dire qu'ils sont condamnés à vivre dans l'illusion d'un passé moribond, désormais prisonniers d'un refuge, là où la réalité du monde ne peut plus les atteindre ?

Et si, aujourd'hui, vivre se résumait à faire le chemin en sens inverse : retourner dans la caverne et passer le reste de ses jours à contempler des ombres qui dansent sur les murs ?

Laura ferme les yeux.

Platon est bel et bien mort.

Plus tard, elle redresse la tête et observe ceux qui l'entourent. Marius et Félix jouent à « pierre, papier, ciseaux », leurs mains cadencent la rengaine, cinq syllabes scandées avant de proposer une figure. La pierre casse les ciseaux qui coupent le papier qui enveloppe la pierre. La boucle est bouclée. Les parties sont courtes, quelques secondes à peine, elles se succèdent à un rythme effréné, ponctuées par le compte des victoires et des défaites. Pour l'instant, Félix mène douze à neuf.

Juste à côté, son père. Laura fronce les sourcils. Elle l'observe plus attentivement, son visage a changé. Outre son nez blessé, la fatigue et le stress marquent ses traits, quelque chose s'est éteint dans son regard pour faire place à une autre lueur, moins brillante, plus sèche. Elle s'attarde sur lui, songe qu'il n'est toujours pas au courant de l'épisode des fluos à l'hypermarché.

Dire qu'il y a quelques heures à peine, elle était terrorisée à l'idée qu'il apprenne qu'elle volait.

Ne reste à présent qu'un relent de honte.

Du dégoût aussi.

Comme chaque fois.

Malgré tout, ça la reprend toujours. Le geste est viscéral, il guide son esprit, il commande à son corps. Irrésistible. Elle a besoin de prendre ce qui ne lui appartient pas, sous peine de crampes, une insupportable pression. Ça la tourmente jusqu'à ce qu'elle enfouisse quelque chose dans sa poche.

Ça a commencé il y a un an environ. Dans un magasin de bonbons, elle a volé de la réglisse. Elle qui déteste ça ! Entre deux rayons, devant les paquets de friandises, une tension incontrôlable l'a prise de court. Une sensation de manque. Il lui fallait un de ces sachets aux couleurs acidulées. Sa raison l'a suppliée de partir, mais elle en était incapable. Pas sans emporter quelque chose, n'importe quoi. Sa volonté n'a pas fait le poids. La réglisse se trouvait devant elle, elle n'a pas choisi. Elle a tendu le bras, a saisi un paquet, l'a caché sous son pull. Puis elle est sortie du magasin.

Une euphorie piquante s'est imposée, réduisant la tension à néant comme un vulgaire insecte. Magique. Dans la rue, elle s'est mise à courir, à la fois folle de peur et de joie. Le sang pulsait dans ses veines, depuis le bas de son corps jusque dans ses tempes, son souffle rugissait, elle avait l'impression de cracher du feu. En tournant le coin, quelques mètres plus loin, elle s'est arrêtée devant une poubelle dans laquelle elle a jeté le sachet de réglisse. Alors seulement, elle a repris sa route, délestée d'un énorme poids.

Depuis, elle vole. Pour rien la plupart du temps car elle ne conserve pas son larcin. Ça lui prend n'importe où, n'importe quand. Dans les magasins, mais aussi chez ses amies, à l'école, parfois même dans des endroits incongrus, chez le médecin ou chcz le coiffeur. Ses yeux se posent sur un objet, une crampe se manifeste, il est déjà trop tard. Elle devient nerveuse, boule dans la gorge, picotement au bout des doigts. Il faut qu'elle prenne, qu'elle saisisse, qu'elle possède. Bientôt, la fébrilité devient douloureuse. La fuite n'arrange rien, au contraire, elle accroît la pression, la rend insupportable. Alors Laura dérobe. Ensuite seulement, elle déguerpit. Une ivresse euphorique l'inonde, c'est délicieux, sensations fortes, elle vit, elle existe. Enfin.

Puis c'est la honte. Le dégoût aussi, souvent. La culpabilité, toujours.

Tout cela paraît tellement dérisoire, à présent.

Temps suspendu, vidé de ses aiguilles. Au-dehors, les bombes estropient les minutes et mutilent les heures. Ça dérape dans le cœur de l'adolescente, comme un disque rayé qui se répète à l'infini. À force, elle n'entend plus rien, ni les explosions, ni les « pierre, papier, ciseaux » des deux garçons.

Le silence s'installe dans sa tête.

Avec lui, la peur s'éteint peu à peu.

Puis c'est au tour de sa respiration, de plus en plus lente.

Est-ce cela, la mort ? Plus de bruit, plus de crainte, presque plus de souffle. Un repos, une absence.

Son âme glisse entre les questions, rebondit sur les doutes, flotte parmi les pensées. C'est chaud, c'est doux. Délestée de toute conscience. Libérée. Le néant l'accueille, d'une étonnante hospitalité. Sans contrepartie. Laura s'abandonne, la tête rejetée vers l'arrière. Déjà les frissons s'estompent, elle ne sent plus le froid. Même l'odeur disparaît, ces relents humides, un peu écœurants. Et si elle ferme les paupières…

Mourir.

Est-ce si terrible ?

Soudain, un petit cri la tire de sa torpeur, une exclamation ravie, un émerveillement. Laura sursaute, de nouveau lucide. Aussitôt, le froid ressurgit et lui mordille les bras. L'odeur revient aussi, elle lui soulève le cœur. Et puis l'inconfort, son corps meurtri, ses muscles douloureux. L'adolescente bataille quelques secondes pour retourner vers le néant, mais les voix autour d'elle sont plus fortes.

— Viens voir, Laura !

Contrainte et forcée, elle ouvre les paupières.

Un peu plus loin, Hélène est adossée au mur de la cave, assise par terre, et tient Pauline allongée sur ses cuisses, qu'elle sollicite de sourires et de borborygmes suaves, d'une voix haut perchée. Son visage exprime des émotions à outrance, la surprise ou la joie. Elle lui tient les mains qu'elle manipule au rythme de ses grimaces. Ses yeux sont des soleils, ses expressions cabriolent de l'une à l'autre, cherchant à provoquer une réaction chez le nourrisson. Tout dans son être dégage un entrain pourtant complètement déplacé.

Laura découvre son père et les deux garçons rassemblés autour d'Hélène, face au bébé. Tous le regardent. Leurs traits sont transformés, ouverts, lumineux, un miracle : Raphaël sourit, Marius aussi. Félix observe le nourrisson avec curiosité, mais quelque chose dans ses yeux a changé, une lueur nouvelle, une tendresse inédite.

— Tu viens ? insiste Hélène en l'invitant à les rejoindre.

Laura doit rassembler ses forces pour se mouvoir, mais elle obtempère, car c'est ce qu'elle fait de mieux : obéir. Elle déplie ses longues jambes, prend appui sur ses bras et se redresse tant bien que mal. Puis elle parcourt les quelques mètres qui les séparent. Alors seulement elle découvre ce qui provoque tant d'émoi.

Sur les cuisses d'Hélène, Pauline gazouille, l'œil grand ouvert, tous les sens aux aguets. Elle contemple les visages qui lui font face. Ses traits expriment une excitation encore inconnue. Mais surtout, ce qui change tout, c'est cet incroyable sourire qui l'allume tout entière. Sa bouche remonte vers ses oreilles, dévoilant deux gencives tendres et rose. Ses petits bras se trémoussent en même temps que ses jambes, on dirait que son corps rigole. Même son souffle s'agite, comme des trilles de soupirs.

À son tour, Laura scrute le bébé, surprise et fascinée. Hélène poursuit ses babillages, Raphaël laisse échapper quelques rires, Marius s'extasie. Félix sourit. Autour d'eux, la cave disparaît l'espace d'un instant, secondes suspendues aux lèvres du nourrisson.

Dans le cœur de l'adolescente, un peu d'espoir renaît.

Chapitre 24

L'écho des explosions se fait entendre au loin, inlassablement. Elles semblent épargner le quartier, mais elles mettent les nerfs à rude épreuve. On guette les bruits du dehors, tête levée vers le plafond, à l'affût des faiblesses du bâtiment. Jusqu'à présent, la maison tient le coup.

Le temps aussi résiste envers et contre tout : aux portes de l'automne, le jour s'attarde jusqu'à des heures encore tardives.

— J'ai faim.

D'une simple phrase, Marius rappelle les priorités.

— Moi aussi, ajoute Laura.

Raphaël fouille le sac, en ressort des boîtes de conserve, lentilles, raviolis, maïs, ananas, ainsi que des couverts. Il tente une plaisanterie sur la qualité du menu, qui tombe à plat. Sans se démonter, il étale une serviette par terre, en guise de nappe. Puis il ouvre chacune des conserves, les place sur la serviette et dit :

— À table.

On fait cercle autour du repas. Et même si l'on se nourrit par nécessité, juste pour faire taire le ventre, cet instant se pare d'un certain réconfort, étrange repas familial durant lequel quelques mots anodins s'échangent, je peux avoir des ananas, tu me passes le maïs, il reste des lentilles ? On mange à même les conserves, chacun armé de sa fourchette. Comme pour se joindre à la famille, Pauline regimbe à son tour. Hélène lui prépare un biberon, froid malheureusement, mais le bébé s'en contente.

C'est pendant ce pique-nique improvisé que des pas se font entendre dans l'escalier, une course précipitée qui se rapproche. En un éclair, Raphaël est sur ses gardes, debout et armé du marteau.

— Papa ? demande Félix, plein d'espoir.

Mais l'homme qui apparaît soudain leur est inconnu. Il déboule dans la cave en nage, le souffle court. Il est jeune, la petite trentaine, large carrure, dégaine négligée, cheveux et barbe en bataille. Ce qui frappe surtout, c'est son odeur, il sent fort, entre transpiration et manque d'hygiène. À la vision de Raphaël armé de son marteau, il pile et lève les mains en signe de paix.

— Doucement ! Je…

— N'avancez plus ! lui intime Raphaël en brandissant le marteau, prêt à frapper.

— OK, OK ! s'empresse-t-il de dire. Je ne vous veux pas de mal, je suis juste à la recherche de…

Il se dévisse le cou et sonde les profondeurs de la cave avant d'ajouter :

— Je suis un ami de Bruno et Constance Parmentier… Ils sont là ?

La question les prend tous de court ; un silence ahuri lui succède. Ils regardent l'homme sans rien dire, incapables de prononcer les paroles fatidiques, et puis quelles paroles ? Comment annoncer la mort d'un couple, le décès de deux jeunes gens qui venaient tout juste de fonder une famille ? Comment traduire cette réalité-là ? D'autant qu'il se dégage de cet homme une fragilité latente, une inquiétude instinctive. Il peine à maîtriser sa nervosité. Personne ne dit mot. Même les garçons observent la scène, passant de l'inconnu à Raphaël et Hélène, curieux d'entendre ce qu'ils vont répondre. Pauline est installée sur l'épaule d'Hélène, qui lui tapote machinalement le dos pour l'aider à faire son rot. Au moment où Raphaël ouvre la bouche pour expliquer la situation, l'inconnu continue :

— Je viens du troisième étage, leur porte est fermée à clé. J'ai frappé, mais personne ne répond. Vous savez où ils sont ?

Pendant une fraction de seconde, Raphaël se félicite d'avoir verrouillé la porte de ses voisins, précaution qu'il a prise en quittant l'appartement pour éviter que l'on ne trouve trop rapidement le cadavre du garçon. Ensuite, tout va très vite dans sa tête, son instinct lui hurle de ne rien dire au sujet du décès du couple, pas comme ça en tout cas, pas tout de suite. Même s'il n'a pas le temps d'analyser les choses, une alarme vrille dans sa tête, lui intimant de feindre l'ignorance.

— Ils sont morts, lâche soudain Félix dans le silence revenu.

Les yeux de l'inconnu se fixent sur l'enfant, et déjà ils vibrent d'horreur.

— Tous les deux ? murmure-t-il.

Sa voix n'est plus qu'un souffle, on dirait qu'il se vide de son oxygène, tant son teint vire au pâle.

Raphaël se tourne vivement vers les garçons et, l'index posé sur ses lèvres, il leur fait signe de se taire.

Puis il revient sur l'inconnu.

— Tous les deux, oui. Ils… Ils ont eu un accident, ajoute-t-il avec gravité.

Le temps n'est plus au mensonge, il ne trouve rien d'autre à dire.

— Quel accident ? s'affole-t-il d'une voix exsangue.

— Une maison s'est effondrée… Ils étaient au mauvais endroit, au mauvais moment…

À ces mots, l'inconnu se décompose.

— Ce n'est pas possible…, bégaie-t-il dans un souffle.

Il tend le bras pour se retenir à quelque chose, mais sa main ne rencontre que le vide. Vertige. Lâchant le marteau, Raphaël a tout juste le temps de bondir pour le rattraper afin d'amortir sa chute. Il parvient à le retenir et, accompagnant son mouvement, le dépose sur le sol sans douleur. L'odeur âcre de celui-ci le prend à la gorge, l'obligeant à respirer par la bouche.

Hélène réagit à son tour : elle ramasse une bouteille d'eau et l'apporte à Raphaël qui en verse quelques gouttes dans la bouche de l'inconnu.

Celui-ci reprend très vite ses esprits.

En ouvrant les yeux, il dévisage Raphaël, se rappelle l'horrible réalité, vacille une nouvelle fois sous la puissance du choc. Il éclate en sanglots et laisse échapper une longue plainte déchirante en se recroquevillant.

Il faut quelque temps pour que s'apaisent les pleurs et les lamentations. Raphaël parvient à se dégager et à s'éloigner, l'odeur de l'homme l'écœure. Celui-ci reste un long moment ramassé sur lui-même, manifestant la plus grande peine du monde. Il n'est qu'une épave.

Quand il se reprend, il demande des précisions. Raphaël résume la façon dont les choses se sont déroulées, l'opération de secours dans laquelle Constance et

Bruno se sont impliqués, la chute du mur, Bruno enseveli sous les pierres, Constance également, quelques instants plus tard. Pendant son récit, l'homme reste prostré, le regard perdu, inondé d'effroi.

— Ça pue ! se plaint Marius en se bouchant le nez.

Hélène et Raphaël se tournent vers lui de concert et le sermonnent d'un regard furieux. Indifférent à la remarque de l'enfant, l'inconnu est maintenant assis par terre, adossé au mur, la tête dans les mains.

— Où sont-ils ? demande-t-il en relevant les yeux.

— Dans les restes d'une maison, un peu plus loin dans la rue.

L'homme hoche la tête en signe de compréhension. Puis il se perd de nouveau, aspiré par de sombres pensées. Hélène, Raphaël et les enfants se tiennent à distance et l'observent, à la fois intrigués par la puissance de son chagrin et dérangés par son absence d'hygiène. S'il ne représente pas de menace directe, sa présence jette néanmoins un malaise palpable. Les enfants peinent à cacher leur dégoût : Laura dissimule ostensiblement son nez dans le col de son pull, très vite imitée par les garçons. Démuni, Raphaël consulte Hélène, qui exprime son ignorance sur ce qu'il faut dire ou faire, sourcils et épaules levés dans un mouvement d'impuissance.

— Vous étiez qui, pour eux ? demande alors Raphaël en revenant à l'inconnu.

La question ramène celui-ci parmi eux. Il les dévisage, surpris, ouvre la bouche, semble hésiter sur la réponse à fournir.

— Je suis un ami de Constance, finit-il par répondre. Un ami très proche.

Raphaël hoche la tête comme s'il s'était attendu à cette réponse.

— Vous vous appelez comment ? s'enquiert-il encore.

— Quentin. Quentin Mertens.

Le nom que Raphaël redoutait.

L'amant de Constance, dont il a lu les échanges par mails.

La situation prend soudain une autre tournure. L'identité de l'homme jette Raphaël dans une confusion larvée, qu'il domine comme il peut. Il se tourne vers Hélène, toujours occupée à tapoter le dos de Pauline. Le bébé se laisse aller sur son épaule, repu. Raphaël les observe un bref instant toutes les deux, et dans son esprit se déploie les possibles conséquences de la présence de cet homme, la fragilité de son état psychique, son implication émotionnelle. Il se remémore la nature des derniers échanges entre Constance et son amant, cette violence dont il a fait preuve, ses menaces, ses insultes. L'urgence s'impose vite à lui : il doit trouver le moyen de mettre Hélène au courant du lien qui unissait cet homme à leur voisine.

Et lui faire comprendre qu'il ne faut rien dire sur l'identité de Pauline.

D'ailleurs, Quentin semble suivre les mêmes pensées que lui. Toujours assis par terre, il considère à présent Hélène et le bébé d'un œil trop fixe. Sa peine semble se transformer en intérêt, quelque chose de nouveau s'allume dans ses traits, il épie le nourrisson avec une insistance dangereuse.

— C'est votre bébé ? demande-t-il soudain à Hélène.

— Oui ! répond précipitamment Raphaël.

Hélène tourne vers lui un regard surpris, auquel Raphaël répond par une prière muette, celle de lui faire confiance et de se taire. Elle comprend le message car elle revient sur Quentin et confirme :

— Oui, c'est notre fille.

Raphaël pivote ensuite vers les enfants, tous trois réunis dans le couloir à la limite de l'obscurité, le nez toujours enfoui dans leur col, et leur adresse un coup d'œil péremptoire. Pas un mot. Son mouvement attire leur attention, ils comprennent le message. En tout cas, ils gardent le silence.

— Elle a quel âge ? s'enquiert encore Quentin, l'air de rien.

— Six mois, affirme Raphaël sans sourciller.

Nouvel échange entre Hélène et lui : l'âge qu'il vient d'avancer ne correspond pas du tout à Pauline, ou alors elle aurait un sérieux problème de croissance. Mais Raphaël part du principe que Quentin n'a aucune idée de l'apparence d'un bébé de six mois. Et ça marche.

— Constance et Bruno, reprend ce dernier à voix lente… ils avaient aussi un bébé, non ?

De nouveau, Hélène se tourne vers Raphaël, prise de court cette fois, sans savoir quoi dire. Il vole à son secours.

— Oui, un petit garçon, répond-il de ce ton trop naturel qui sonne faux.

Hélène reste rivée sur lui, elle ne comprend rien à ce qui se passe.

— Et il est où, ce bébé ? demande encore Quentin sans quitter Pauline des yeux.

— On n'en sait rien. Il n'était pas là ces derniers jours. Peut-être l'ont-ils confié à ses grands-parents ?

— C'est où, chez ses grands-parents ?

— Aucune idée, répond Raphaël. Constance et Bruno, on ne les connaissait pas bien, on n'a jamais vraiment eu de contacts avec eux.

Puis il ajoute en s'approchant d'un pas, la tête penchée comme pour mieux observer la réaction de l'homme :

— Mais vous devez savoir où habitent les grands-parents, puisque vous étiez proche de Constance.

— Si le bébé est chez ses grands-parents, ce sont ceux du côté de Bruno, rétorque Quentin sans se démonter. Les parents de Constance sont morts quand elle était ado. Et les parents de Bruno, je ne les connais pas.

Raphaël encaisse l'information. Les pensées défilent à toute vitesse dans sa tête, il cherche une histoire plausible pour éloigner l'homme de Pauline.

— Il faut que je le retrouve, s'agite soudain Quentin en se redressant. Le bébé. Je dois le retrouver.

Le voilà debout. Il s'approche à son tour d'Hélène et de Raphaël. Son odeur le précède, forçant le couple à retenir leur respiration.

— Vous n'avez aucune idée de l'endroit où il peut être ?

— Désolé, répond Raphaël en secouant la tête.

Quentin l'épie, méfiant.

— Comment vous savez qu'il est chez ses grands-parents ?

— Je n'en sais rien, précise Raphaël en haussant les épaules. C'est juste une supposition.

— Donc il peut être n'importe où, poursuit Quentin.

— En effet.

Raphaël attend la prochaine question, qui ne vient pas. Alors, il ajoute :

— Ce qui est sûr, c'est qu'il n'est pas ici.

Quentin hoche la tête, songeur.

— Vous savez comment il s'appelle ?

Silence. Qui dure. Raphaël cherche un prénom masculin dans l'air du temps. Comment s'appellent les petits garçons, aujourd'hui ?

— Ulysse, répond Hélène. Je crois que c'est Ulysse.

L'homme répète le prénom dans un murmure étonné.

— Pourquoi vous devez absolument le retrouver, ce bébé ? lui demande Raphaël.

Quentin le dévisage, surpris d'être questionné à son tour. Il reste un instant silencieux. Raphaël attend, curieux de voir ce que l'amant de Constance va dire.

— Je crois… Je crois que c'est mon fils, révèle alors Quentin avec toute la gravité que cette affirmation requiert.

Chapitre 25

L'aveu est clair, direct, sans détour. Hélène tombe des nues, les traits froncés sur son incompréhension. D'instinct, elle serre Pauline un peu plus fort contre elle.

— Votre fils ? demande-t-elle, intriguée. C'est… C'est l'enfant de Bruno, non ?

— Pas sûr, rétorque Quentin, et une fièvre nouvelle éclaire son visage.

Hélène attend la suite. Elle garde le silence sans le quitter des yeux, le forçant à plus de précisions. L'homme se racle la gorge. À plusieurs reprises, il s'apprête à dire quelque chose, se ravise, cherche ses mots.

— Constance et moi, nous… nous avons eu une relation, finit-il par raconter. C'était très fort entre nous. Elle était tout pour moi, la plus incroyable rencontre de ma vie. Nous étions faits l'un pour l'autre, jamais je n'ai connu d'amour si puissant, c'était la symbiose absolue. Nous étions fous amoureux.

Les larmes reviennent, elles inondent ses yeux et coulent sur ses joues. Il se tait, le temps de maîtriser son émoi.

— Je sais ce que vous pensez, reprend-il ensuite, la voix fêlée par les sanglots. Vous pensez qu'elle trompait Bruno, et que c'est dégueulasse ! Mais je peux vous jurer qu'elle n'avait rien d'une fille facile ! Au contraire ! C'est juste que notre histoire nous a complètement dépassés. Elle comptait quitter Bruno, car nous voulions vivre ensemble. Elle me le promettait, mais ce n'était pas si simple. Bruno était...

Il marque un temps d'arrêt avant de poursuivre d'un air grave :

— Bruno était très violent, il la menaçait et l'agressait régulièrement. Je l'ai retrouvée plusieurs fois avec des marques de coups sur le corps. Elle avait très peur de lui.

Raphaël ne peut s'empêcher de tiquer à l'évocation de la « brutalité » de Bruno, mais il se tait et laisse Quentin poursuivre son récit.

— Alors oui, je sais, on n'aurait pas dit, comme ça ! De l'extérieur, c'était le gendre idéal, gentil, poli, bien élevé, jamais un mot plus haut que l'autre... Mais en vérité, c'était une ordure !

Ses traits se crispent sur le mot « ordure », ils se parent de haine, ses yeux se ferment sous la charge d'une rancœur brûlante, on dirait qu'il se remémore de terribles images, des scènes douloureuses, des souvenirs pénibles.

Quand il les rouvre, sa peine reprend le dessus.

— Il y a onze mois environ, elle m'a annoncé qu'elle me quittait. Ça a été le jour le plus affreux de mon existence. J'ai cru que j'allais mourir. Je ne comprenais pas pourquoi elle me quittait, moi plutôt que lui, alors que, je le sais, elle ne l'aimait pas. Elle ne l'aimait plus. En fait, il la terrorisait. J'ai voulu la sortir de là, mais elle était sous son emprise. Elle m'a fait promettre de ne rien tenter, j'ai dû respecter son choix. Les semaines qui ont suivi ont été…

Les yeux perdus dans son tourment, il cherche le terme qui pourrait le mieux décrire les affres par lesquels il est passé. Aucun mot n'est assez fort pour raconter son supplice.

— … un calvaire, décide-t-il enfin.

Ensuite, il évoque le choc qu'il a éprouvé la semaine précédente, lorsqu'il l'a vue par hasard dans la rue, de dos, quelques mètres devant lui. Il a tout de suite reconnu sa silhouette parmi les gens, sa façon de marcher, ses cheveux bouclés relevés en chignon, à la hâte. Cette vision l'a mis en émoi, il a dû se faire violence pour ne pas crier son nom et se précipiter vers elle. Il se rappelle néanmoins avoir accéléré le pas pour la rattraper. Il ne lui voulait aucun mal, juste avoir de ses nouvelles, s'assurer qu'elle allait bien. Lorsqu'il est parvenu à son niveau, il a vu le landau qu'elle poussait, que son corps lui cachait jusqu'alors. La surprise lui a fait ralentir le pas. Juste après, il a aperçu Bruno qui venait en sens inverse et se dirigeait vers Constance. Celui-ci a fait signe à sa compagne et, ensemble, ils ont poursuivi leur route, un couple ordinaire qui pousse un landau.

Puis Quentin décrit le marasme dans lequel il a sombré, l'incompréhension, la stupeur. Il s'est arrêté dans la rue, au milieu du trottoir, trop occupé à tenter de mettre de l'ordre dans ses pensées, cherchant une explication logique à ce qu'il venait de voir. Il relate avoir passé plusieurs minutes à tout envisager, refusant l'évidence. Les gens autour de lui le bousculaient, agacés de le trouver sur leur route, et voilà qu'il était chahuté de toutes parts, dans sa tête et dans son corps. Enfin, il a dû admettre l'incontestable vérité : Constance et Bruno venaient d'avoir un bébé. Alors il a fait le compte dans sa tête et…

Il s'arrête de nouveau, détaille Raphaël, puis Hélène, puis les enfants, les uns après les autres. Son regard est noyé d'amertume.

— Franchement, il pourrait être de moi ! conclut-il d'une voix saturée par l'émotion. Ça fait onze mois qu'elle a mis fin à notre amour. Je ne sais pas quel âge avait le bébé dans le landau, mais ça ressemblait à un couffin de nouveau-né, le genre qui a quelques semaines seulement. Vous savez, ces espèces de petits fauteuils pour les nourrissons, un…

— Un Maxi-Cosi, l'informe Hélène.

— Oui, ce doit être ça. Alors je me suis dit qu'en retirant les neuf mois de grossesse, ça faisait deux mois environ, et que ça collait plus ou moins avec le moment où elle a dû réaliser qu'elle était enceinte. Et que donc, ce bébé, il pouvait tout aussi bien être de moi.

Hélène et Raphaël le fixent pendant qu'il raconte, ils ne peuvent s'empêcher de scruter ses traits. En vérité, à mesure qu'il parle, l'évidence leur saute aux yeux, tant la ressemblance avec Pauline est flagrante : la forme des sourcils, celle des yeux, le bas du visage, on ne peut nier les similitudes entre les traits du bébé et ceux de Quentin.

— Et alors ? Qu'est-ce que ça changerait ? demande nerveusement Raphaël.

Il jette un rapide coup d'œil à Hélène, remarque l'expression de son visage, lit le trouble qui la traverse. Elle détaille Quentin, et dans son esprit se déploient les conséquences tentaculaires de sa présence et du lien qui, possiblement, l'unit à Pauline, comme des cartes redistribuées qui changent le jeu. Raphaël le voit, déjà les questions déferlent dans son esprit, a-t-elle le droit de garder cc bébé dont le père se tient peut-être devant elle ? En même temps, son allure n'incite pas à la confiance : il semble ne pas savoir s'occuper de lui-même, comment espérer qu'il puisse s'occuper d'un nourrisson ? Elle bataille avec sa conscience, il le sait, il la connaît bien, tant elle a le souci d'être juste, de ne pas juger, d'appliquer le droit à tous sans discrimination. C'est la base de son métier, être équitable, défendre les plus démunis, les guider. L'homme qui se tient devant eux est l'exemple même des individus qu'elle aide chaque jour à retrouver une vie décente, ceux qu'elle défend devant les organismes d'aides sociales, ceux à qui elle veut rendre leur place dans la société.

— Ça changerait tout ! s'exclame Quentin, plein d'espoir. Ça voudrait dire que quelque chose a survécu à notre histoire. Et puis, vous imaginez ce que ça veut dire ? C'est peut-être mon enfant ! Mon… Mon fils ! C'est énorme !

Raphaël ne quitte pas Hélène des yeux. Les espoirs de l'homme la touchent, déjà elle hésite, lui taire l'identité du bébé qu'elle tient dans ses bras ou lui remettre la destinée de Pauline entre les mains. Sauf qu'elle ignore tout des échanges de mails entre Constance et son amant, les menaces et les insultes, une violence qui, à coup sûr, lui ferait revoir son jugement. Elle ne voit devant elle qu'un pauvre bougre dont le seul délit est d'être tombé amoureux d'une femme mariée. Alors oui, il n'est pas très propre, il sent mauvais mais,

Raphaël le sait, selon les critères d'Hélène, ça ne suffit pas à lui enlever le droit de connaître son enfant.

— Je veux les voir, annonce soudain Quentin.

— Les voir ?

— Constance et Bruno. Vous pouvez me mener à eux ?

— Pour quoi faire ? demande Raphaël sur le coup de la surprise.

— S'il vous plaît, l'implore Quentin sans répondre à sa question.

Raphaël échange un rapide coup d'œil avec Hélène : discret haussement d'épaules, elle ne sait pas quoi répondre.

— Ça risque d'être dur, objecte-t-il.

— Ça m'est égal.

— Comme vous voulez. On attend la fin de l'alerte et je vous montre où ils sont.

Quentin acquiesce d'un hochement de tête, énergique et reconnaissant. Ses yeux transpirent la gratitude. Raphaël s'en détourne, sans plus insister : tout ce qui compte, dans l'immédiat, c'est éloigner l'homme de Pauline, le temps d'en parler avec Hélène et de prendre une décision concertée.

Attente.

Chacun a trouvé une nouvelle place, le plus loin possible de l'étranger. Son odeur a pris possession des lieux, infecte et entêtante. Les enfants se sont réfugiés tout au fond du corridor, on les entend chuchoter, parfois même rigoler, les garçons du moins. Laura s'est retranchée dans son silence, comme à son habitude. Hélène berce Pauline de gestes tendres, le bébé sommeille dans ses bras. Raphaël s'est installé à côté d'elle, un conciliabule se tient à présent, il lui chuchote à l'oreille ce qu'il sait, les mails qu'il a lus, la violence de Quentin surtout, les messages saturés de brutalité, dans les mots comme dans ce qu'ils racontent. Cet homme n'est pas le pauvre amant éconduit qu'il prétend être, forcé de s'effacer au profit du méchant mari. C'est même tout le contraire.

Hélène maîtrise sa stupeur pour ne pas attirer l'attention, tous deux parlent à voix basse. De son côté, elle n'en démord pas : de quel droit prennent-ils la décision de priver un père de son enfant ?

— On n'est même pas sûrs qu'il soit vraiment le père de Pauline, objecte Raphaël.

— Tu les as bien regardés tous les deux ? ricane Hélène dans un murmure.

Raphaël en convient, la ressemblance est frappante.

Il lui oppose alors une logique sans concession, celle du bon sens, leur devoir n'est-il pas de mettre Pauline à l'abri ? Est-elle certaine qu'en confiant Pauline à Quentin, elle la sauve ?

— Qui sommes-nous pour juger des aptitudes d'un homme à s'occuper de son bébé ? argue-t-elle en chuchotant. C'est peut-être sa chance à lui, celle de prendre ses responsabilités, celle de donner un sens à sa vie. C'est peut-être ce qui le sauvera, lui !

Mais l'argument révolte Raphaël.

— C'est à nous de sauver Pauline, pas à Pauline de sauver ce gars !

— Les choses ne fonctionnent pas à sens unique, Raph. Tu te souviens de Madeline, la junkie dont je m'occupais, qui est tombée enceinte alors qu'elle était accro à l'héro ? Sa grossesse l'a complètement transformée, elle a décidé de se battre pour son bébé. Elle a arrêté l'héroïne. Qui a sauvé qui, selon toi ?

— Ça n'a rien à voir.

— Si cet homme décide de se ressaisir pour s'occuper de son bébé, on n'a pas le droit de lui enlever cette chance !

— Tu es prête à courir le risque ?

Hélène ne répond pas. Elle prend le temps de réfléchir, baisse les yeux sur Pauline, si petite, endormie dans ses bras.

— Regarde comme on a galéré pour trouver du lait, insiste Raphaël, percevant que les convictions d'Hélène se lézardent à la seule vue du nourrisson, si fragile. C'est un miracle, si j'ai pu en avoir. Et encore, on n'en a que pour quelques biberons, le problème va très vite se reposer. Tu crois vraiment que cet homme serait capable de se procurer du lait ?

— Pas plus ni moins que nous, se défend-elle sans cesser de chuchoter.

Raphaël maîtrise mal son agacement.

— OK ! Alors vas-y. Si tu penses que c'est ce qu'il faut faire, dis-lui que Pauline est sa fille et confie-la-lui. Après tout, je ne vois pas pourquoi on se prend tellement la tête. Franchement, file-la-lui, ça nous fera un problème en moins.

Il attend, l'indifférence ostensible, il s'en lave les mains, ce n'est plus son problème.

— Ce n'est pas notre fille, en fin de compte, ajoute-t-il, maussade.

Hélène ne bouge pas. Elle reste rivée à Pauline, détaille son visage, ses traits encore patauds habillés de sommeil. Elle sonde sa conscience, perçoit des motivations personnelles plus complexes que le seul destin du bébé. La confier à son père serait en effet une façon de régler le problème. Cela effacerait Paris de l'équation. Soline s'impose à ses pensées, Hélène éprouve le manque de sa fille, son enfant à elle, dont l'absence l'écorche, la gorge serrée, le cœur en berne.

Deux heures passent.

Il fait nuit, à présent.

Au-dehors, les explosions commencent enfin à s'espacer.

Du côté des enfants, on somnole.

Raphaël a pris le relais avec Pauline, le bébé est agité. Il la tient contre lui, cherche à l'apaiser, comptine chantonnée à mi-voix, il la promène d'un bout à l'autre du corridor.

Quentin, lui, ne bouge pas. Abîmé dans son chagrin, sans doute perdu quelque part dans le passé.

— Je crois qu'on va pouvoir remonter, dit Hélène, tandis qu'au-dehors le silence se prolonge.

Raphaël acquiesce. Il lui rend le bébé, puis se charge de réveiller les enfants. Ceux-ci se lèvent péniblement, ankylosés par l'inconfort de leur couche. Ils titubent en direction de l'escalier qu'ils commencent à gravir.

L'agitation attire l'attention de Quentin. À son tour, il se redresse.

— Vous me montrez où ils sont ? rappelle-t-il à Raphaël.

— Demain, si vous le voulez bien. Là, il fait nuit, on n'y verra rien.

L'homme semble soudain perdu. Il s'attache aux pas de Raphaël qui, déjà, remonte vers le rez-de-chaussée en compagnie d'Hélène et des enfants.

— Je vais m'installer chez Constance et Bruno jusqu'à demain, annonce-t-il alors. Vous m'aidez à forcer leur porte ?

Raphaël pile net, au milieu des marches. Le cadavre du garçon s'impose à lui, au centre du vestibule.

Il se tourne vers l'étranger.

— Ça va être compliqué, leur porte est solide. Si elle est fermée à clé, on n'arrivera pas à l'ouvrir, croyez-moi.

— Je fais quoi, moi, alors ?

Quentin le dévisage, à l'évidence il attend l'invitation à les suivre jusque chez eux.

Pris de court, Raphaël ne sait que répondre : il n'a vraiment pas envie de l'accueillir compte tenu de son état psychologique. Et puis son odeur.

— Venez chez nous, décide Hélène sans le consulter. On va vous installer dans le salon pour cette nuit.

Chapitre 26

— Il faut vous laver, Quentin, vous ne sentez pas très bon.

Voilà, c'est dit, trêve de politesse. Hélène remplit le lavabo de la salle de bains, eau froide, désolée. Ensuite, elle lui remet un gant de toilette, lui indique le savon et le somme de se décrasser. Sans attendre de controverse, elle le laisse seul avec sa honte, elle a d'autres chats à fouetter.

En rejoignant le salon, les pensées se bousculent dans sa tête.

La décision à prendre concernant Pauline n'est pas anodine. Porter la responsabilité du destin d'un être évoque en elle le souvenir d'une période de sa vie dont, à l'époque, elle n'a pas pris la mesure. On pense faire au mieux dans des circonstances imposées, puis on réalise que d'autres ne les ont pas vécues de la même façon. On tombe des nues, mais le mal est fait. En vérité, on fait comme on peut avec ce qu'on a.

Hélène et Raphaël se sont rencontrés très vite après leurs séparations respectives. Traversant la même épreuve, ayant tous les deux une fillette du même âge ou presque, ils ont trouvé chez l'autre un tendre soutien dans lequel ils ont puisé la force nécessaire pour traverser cette période compliquée. Alors qu'ils devaient réorganiser leur existence, le vide laissé par leur ancienne vie leur a accordé la liberté de faire connaissance. Ils se voyaient de temps à autre, le plus souvent à l'improviste, un message envoyé, une réponse claire, non, oui, où ça, quelle heure ? Ils passaient alors un moment ensemble, un déjeuner, un apéritif ou une soirée, parfois une nuit. Ils étaient dans le même état d'esprit : pas de promesse, pas d'attente, pas de prise de tête. Aucun des deux ne se projetait dans une histoire sérieuse. Les choses étaient simples. Ils trouvaient chez l'autre une écoute et une douceur sans conséquence. La légèreté de leur relation leur convenait, ils n'en demandaient pas plus.

À force de se raconter, ils se sont mis à s'apprécier. Ils se rejoignaient sur nombre de sujets, à commencer par leurs visions de l'existence, l'importance qu'ils accordaient à certaines choses, l'éducation des enfants ou la manière de mener leur barque en général. Et puis surtout, ils s'amusaient bien. Ils partageaient pas mal de plaisirs communs, la lecture, le théâtre et le cinéma pour ne citer que cela, autant d'occasions de se retrouver ensemble.

Ensemble.

« Ensemble » est devenu réel, au moins autant que le rêve qui prenait forme, presque à leur insu. À mesure que passaient les semaines, leur désir s'est réveillé, leurs étreintes sont devenues plus intenses. Leur cœur, qui jusqu'ici battait par défaut, s'est remis à battre par bonheur. Les petits déjeuners se sont multipliés, les journées ont pulsé au rythme des messages, les mots que l'on attend, le ventre en papillote et les yeux dans les nuages. Chaque souffle est devenu un battement d'ailes. Délice. Le temps s'est paré de douceur, heures liquides, minutes de velours. De la lumière dans la gorge. Envie de se voir, tout le temps, sans cesse. Sourires béats. Cette force de sentir que l'on compte pour quelqu'un. La poitrine en feu, les pensées qui s'affolent.

Cinq mois plus tard, Hélène est tombée enceinte.

Brusquement, leur histoire les a pris de court.

Au début, ils étaient d'accord : hors de question de garder ce bébé. Pas la tête à ça, pas de place pour un nouveau-né, pas envie de tout recommencer, les couches, les nuits trop courtes, les pleurs, pitié, non ! Hélène a pris rendez-vous chez sa gynécologue, la procédure a été lancée. Enceinte de huit semaines, le protocole était simple : un entretien préalable avec une psychothérapeute, un délai de six jours, deux médicaments à prendre, affaire réglée.

Le délai de six jours leur a été fatal. Ou plutôt le contraire. Pendant ce laps de temps, les choses ont changé, quelque chose palpitait entre eux, une esquisse, un projet. Ils n'en parlaient pas, ils s'étaient résolus, mais les silences se paraient tout à coup d'indécision, comme une phrase en suspens. Pour ne rien leur épargner, la vie se jouait d'eux, dispersant sur leur route ces signes qui vous narguent, des messages envoyés par le destin : des publicités pour les couches-culottes, des promos sur les poussettes, des panneaux géants avec la photo d'un bébé magnifique disséminés dans la ville. La radio s'y est mise, morceaux choisis, hasard étrange : *God Bless the Child* d'Aretha Franklin, *Beautiful Boy* de John Lennon, ou

Un enfant de Jacques Brel, autant de mots qui interpellent et ne vous laissent pas en paix.

Un enfant, ça vous décroche un rêve, ça le porte à ses lèvres, et ça part en chantant.

Le plus fou, ce fut ce reflet dans la vitrine d'une boulangerie, qu'Hélène surprit tandis qu'elle louchait sur les gâteaux. Juste derrière elle, l'arrondi d'un panneau de signalisation épousa parfaitement le contour de sa silhouette, lui donnant la forme d'un ventre rond. Comme si ça ne suffisait pas, le panneau en question était un pictogramme blanc sur fond bleu, représentant un adulte tenant un enfant par la main, voie réservée aux piétons.

Attention, ralentir !

Hélène et Raphaël ont retenu leur souffle. La veille de l'intervention, de longs silences entre eux, deux âmes dans le vague, une troisième en sursis. Les yeux s'évitaient, eux qui jamais n'avaient perdu une occasion de se happer. Un avortement n'est pas anodin, ils le savaient, ils risquaient de se perdre.

Au milieu de la nuit, Raphaël a murmuré : « Et si on le gardait ? »

Cette simple phrase a eu l'effet d'une bombe.

Une fureur brutale s'est emparée d'Hélène, un tumulte à nul autre pareil.

La voilà soudain debout au milieu de la chambre, elle le pointe du doigt, le traite de lâche, l'accuse de perversité. C'est facile, de lui proposer cela, maintenant, alors qu'elle a fait tout ce chemin dans sa tête et dans son corps ! Il veut la calmer mais c'est tout le contraire qui se passe, elle bouillonne, elle rugit sa colère, le vire de son lit, allez, dégage, je ne veux plus te voir ! Raphaël en reste coi, incapable d'éteindre le brasier qui flambe devant lui. Il veut la raisonner, mais elle n'écoute rien. Elle marche d'un bout à l'autre de la pièce sans cesser de vitupérer, lui dit à quel point elle trouve dégueulasse de tout remettre en question maintenant. S'il voulait le garder, il aurait dû en parler avant ! Elle, elle ne peut plus se permettre de douter, elle doit rassembler ses forces pour affronter l'épreuve qui l'attend, elle refuse de se perdre dans un labyrinthe de questions et d'incertitudes. Il se lève à son tour, cherche à la stopper, il veut la prendre dans ses bras pour la calmer. Pour s'excuser aussi. Mais la réaction d'Hélène est virulente, elle le tient à distance, lui interdit d'approcher. Et quand il passe outre et avance tout de même, elle se déchaîne et menace de le frapper.

Raphaël n'a d'autre choix que de s'en aller, ce qu'il fait, effondré.

Un enfant, ça écoute le merle, qui dépose ses perles, sur la portée du vent.

Le lendemain, Hélène se présente au rendez-vous. Raphaël est là, dans la salle d'attente. Elle s'installe à ses côtés sans un mot.

Alors il lui prend la main.

Dans le cabinet du gynécologue, on confirme l'âge de la grossesse et on vérifie l'absence de contre-indication à une IVG par voie médicamenteuse.

Tout est en ordre.

Le médecin lui tend ensuite un comprimé dans une main, un verre d'eau dans l'autre.

Hélène s'en saisit.

Un enfant, c'est le dernier poète d'un monde qui s'entête à vouloir devenir grand.

Bien entendu, elle n'a pas pris le médicament, sans quoi Marius ne serait pas là. Elle a demandé de pouvoir réfléchir quelques jours de plus. Le médecin s'est montré favorable à cette idée, l'encourageant à prendre tout le temps dont elle avait besoin, tant qu'elle restait dans le délai légal de douze semaines, ce qui était le cas. Raphaël aussi a accueilli cette proposition avec soulagement.

Les jours suivants furent baignés de paroles, de promesses, de projets. Hélène et Raphaël venaient de passer des mois sans serment ni garantie. En quelques heures, ils unissaient leur destinée pour le reste de leurs jours. Une fois leur décision prise, les doutes et les questions firent place aux idées et aux intentions. À commencer par celle de vivre ensemble.

Cet enfant redistribua complètement les cartes de l'avenir. En faisant le choix de le garder, Hélène perçut d'instinct qu'elle relevait un défi, sans pourtant prendre la mesure des bouleversements qu'il allait engendrer. Auprès de Soline, surtout. Âgée de neuf ans, la fillette affrontait le séisme du divorce de ses parents. Elle était très affectée par ce nouveau rythme de vie, supportait mal la garde alternée, épuisée par ces déménagements constants, chaque semaine passer de l'un à l'autre. Les premiers jours étaient chaque fois très éprouvants, mal dans sa peau, pas à sa place. Équilibre précaire. Le monde ne cessait de trembler sous ses pieds. Vers le milieu de la semaine, elle commençait à retrouver ses marques. Et c'est lorsqu'elle se sentait enfin sereine que la fin de la semaine arrivait, la forçant à faire ses paquets pour retourner chez l'autre parent. Insupportable ! D'autant qu'elle n'avait rien demandé, elle payait pour les erreurs des autres, ce qu'elle vivait comme une injustice odieuse. Longtemps, elle s'est cramponnée de toutes ses forces à l'espoir de les voir se remettre ensemble. C'est ce qu'une camarade de classe avait vécu, Adèle, ses parents s'étaient séparés quelques mois avant de se remettre ensemble. Soudain éloignés, ils avaient réalisé à quel point ils tenaient l'un à l'autre.

Si Adèle avait eu cette chance, c'est que la chose était possible.

Avant sa grossesse, Hélène ne lui a rien dit au sujet de sa relation avec Raphaël. Quelle relation, d'ailleurs ? Raphaël et elle prenaient soin de ne rien laisser affleurer, les choses étaient déjà assez compliquées. Il aurait été insensé d'embarquer la fillette dans une histoire sans lendemain.

Pour ne rien arranger, les rapports avec Julien étaient tendus, notamment au sujet de Soline, dont ils se disputaient la garde. Son père préconisait un seul foyer, le sien. Il justifiait ce choix au nom du bien-être psychique de leur fille, argument qu'Hélène ne pouvait pas ignorer. Néanmoins, elle s'y opposait farouchement, sans pour autant proposer d'alternative. Elle arguait que Soline finirait par s'habituer, c'était le propre des enfants, leurs capacités d'adaptation étaient étonnantes. Soline n'était pas la première à partager son temps en deux, cela pouvait très bien se passer pour peu que Julien cesse de lui présenter les choses sous leur angle le plus sombre. Hélène reprochait à son ex de faire porter son propre mal-être à leur fille, ce à quoi Julien ripostait par d'autres critiques. Le ton montait, de vieilles rancœurs refaisaient surface, on s'enlisait dans d'interminables règlements de comptes, ce qui impactait le confort moral de Soline. Hélène en concevait une culpabilité qu'elle traduisait par des reproches supplémentaires, c'était un cercle sans fin.

Le tsunami annoncé par l'arrivée de Marius n'arrangeait rien. Son état la malmenait, son corps suivait les turbulences de ses émotions, parfois doté d'une force débordante, parfois soumis à un épuisement absolu. Son moral leur emboîtait le pas. Et puis les nausées. Éprouvantes. La forçant à courir aux toilettes deux à trois fois par jour. Au milieu de tout cela, son boulot, prenant, accaparant, statuant sur le sort d'individus en situation précaire, pour qui elle était parfois la dernière chance. Tout cela la laissait sur les genoux, vidée de toute patience et parfois même de son optimisme légendaire.

De son côté, Soline n'était pas idiote, elle sentait bien que les choses ne tournaient pas rond. Alors, pour ne pas être en reste, elle multipliait les exigences et les appels à l'aide, autant par des plaintes que par des colères. Elle réclamait un intérêt total et permanent, exprimant haut et fort sa révolte quand sa mère ne lui accordait pas toute l'attention à laquelle elle estimait avoir droit. Elle pouvait se montrer blessante, insolente, harcelante, autant de comportements qui poussaient Hélène à bout et ajoutaient à sa culpabilité. Plus inquiétant, elle sentait bien que Soline n'avait pas renoncé à l'espoir de voir ses parents de nouveau réunis. La fillette évoquait parfois un avenir commun, se définissant comme appartenant à une famille unie. Et lorsque sa mère lui faisait remarquer que son père et elle étaient divorcés, l'enfant qualifiait cette séparation de passagère, une période temporaire, une pause, en quelque sorte.

Toutes ces tensions étaient générées par l'ignorance dans laquelle se trouvait la fillette, ainsi que les nombreuses questions qui en découlaient, Hélène en était consciente. Dès que Soline comprendrait ce qui se jouait, il lui serait plus facile d'aller de l'avant. Toutes deux pourraient dès lors envisager l'avenir de manière plus sereine.

Il devenait urgent de la mettre au courant de la situation.

Mais comment annoncer à une petite fille déjà bien malmenée par la vie que sa mère était en train de refaire la sienne ?

Après réflexion, le mieux était encore de faire les choses simplement, dire la vérité avec franchise et simplicité. Un après-midi, pendant l'heure du goûter, elle révéla à Soline l'existence de Raphaël, ainsi que la présence d'un bébé dans son ventre.

Les choses se passèrent plutôt bien. Soline encaissa les deux nouvelles, coup sur coup. D'abord surprise, elle se montra ensuite curieuse, posant de nombreuses questions auxquelles sa mère répondit sans détour. Hélène avait à cœur de rassurer sa fille. Celle-ci versa quelques larmes en prenant conscience que ses parents étaient bel et bien séparés, mais la réaction fut moins violente que ce qu'Hélène avait craint.

Pendant toute cette période, Raphaël fut très présent, cherchant toujours à l'épauler, à l'écouter, à la conseiller. De jeunes parents solos ils passèrent directement à famille recomposée avec deux fillettes de huit et neuf ans, présentes la moitié du temps, et un nouveau-né à demeure, forcément envahissant. Les premières années déroulèrent leur lot d'épreuves qu'ils surmontèrent ensemble, temps mouvementés, les émotions des uns, les tempéraments des autres, les exigences, les places à se faire, les limites à ne pas dépasser. Pourtant, ce furent des années joyeuses, pleines de vie, d'imprévus et d'amour. Ils fondèrent une famille tant bien que mal, souvent en équilibre précaire, comme deux funambules avancent sur un fil, risquant la chute à chaque pas.

C'est à l'adolescence que Soline révéla l'ampleur de son amertume. Véritable bombe à retardement, la déflagration des dernières années fut meurtrière pour Hélène. Soudain responsable de tout, elle se trouva noyée sous le feu nourri de sa fille, cible principale de ses foudres, des attaques à ne plus savoir qu'en faire, des accusations, du rejet, du mépris aussi. Selon Soline, Hélène était la pire des mères. Elle avait failli à son rôle en la sacrifiant au nom d'un caprice, cette famille en toc qui ne ressemblait à rien. L'adolescente s'opposa à tout ce qui passait à portée de dispute, qu'elle nourrissait à satiété, reproches pimentés d'insultes, des kilos d'insolence. Chaque jour apportait son quota de confrontations. Au début, Hélène mit cela sur le compte de l'adolescence, ce monstre terrible qui prenait les enfants en otage pour mieux les manipuler. C'était la créature qui parlait à travers Soline et contrôlait son comportement. Sa fille n'était pas comme cela, pas vraiment, elle le répétait à qui voulait l'entendre, Raphaël, ses amis, ses collègues, et surtout à elle-même. Il fallait prendre son mal en patience. Elle tenta à peu près toutes les réactions possibles, la colère, la diplomatie, l'indifférence, la compréhension, l'agressivité, le dialogue, le rejet.

Loin de s'apaiser, les tensions ne firent que s'amplifier au fil des mois, puis des années. Au point que, sans oser se l'avouer, Hélène voyait arriver Soline en début de semaine avec appréhension. Sept jours plus tard en revanche, c'est un sentiment de soulagement qui accompagnait le départ de l'adolescente, cercle vicieux au centre duquel rancœur et culpabilité se faisaient face. De querelles en mises au point, les traumatismes de sa fille se révélèrent, lui faisant réaliser avec quelle violence son enfant avait vécu la désintégration du cocon familial d'abord, la formation de cette autre famille ensuite, un foyer qui n'en avait que le nom et dans lequel elle ne s'était jamais sentie à sa place. À force de cris, de révoltes et de reproches, Soline parvint à faire admettre à sa mère la souffrance qui fut la sienne. Le poids de la faute vint s'ajouter au fardeau de la guerre.

Jusqu'au couperet final.

« Je veux aller vivre chez mon père. »

Par quel philtre maléfique pleure-t-on le bourreau qui nous persécute ?

L'absence de Soline fut un cataclysme dans le cœur d'Hélène. Elle en avait croisé, dans sa carrière, des mères et des pères dont les enfants s'étaient éloignés, désormais seuls avec leur vieillesse. Leur solitude la touchait, bien sûr, mais elle ne pouvait pas s'empêcher de penser que les choses n'arrivaient pas par hasard. Un enfant aimé et compris n'avait aucune raison de délaisser son parent une fois parvenu à l'âge adulte. S'il avait décidé de se désintéresser de son sort, il y avait forcément une explication. Pas de fumée sans feu, le parent était toujours responsable. Et voilà qu'elle était en passe de devenir comme l'un d'eux. Sa fille se détachait d'elle. Pire, elle la rejetait, sans cesser de lui reprocher ce qu'elles étaient devenues, une famille morcelée, un échec. Soline refusait d'appartenir au nouveau clan, elle portait haut et fier les bannières de son père, elle était issue du camp adverse. Hélène était déchirée, entre son attachement sans faille à sa fille et celui qu'elle devait à son homme et son petit garçon.

Et puis, au milieu de tout cela, il y avait Laura. Une gamine tellement sage qu'elle en devenait irréelle. Discrète, gentille, serviable, elle avait élevé l'art de passer inaperçue au rang de perfection. Jamais un mot plus haut que l'autre, jamais une plainte, à peine quelquefois une objection. Deux années auparavant, sa mère s'était installée en France avec son nouveau mari, contraintes professionnelles, forçant l'adolescente à vivre avec son père et Hélène à temps plein. Elle en aurait eu, elle, des raisons d'en vouloir à sa mère, regretter son absence, l'accuser d'abandon. Pourtant, elle ne l'a pas jugée, ni critiquée ou rejetée. Au contraire : depuis son départ, Nathalie est devenue aux yeux de sa fille une icône, une déesse, un culte que la gamine vénère avec passion, sans pour autant déprécier son père. Alors oui, il y a eu l'épisode des fluos à l'hypermarché, ce vol qu'elle a commis sans aucune raison. Et sans doute la chose aurait-elle été inquiétante si la vie avait poursuivi son bonhomme de chemin. Aujourd'hui pourtant, l'incident paraît dérisoire au regard de la gravité des événements.

Même lorsqu'elle fait une grosse bêtise, Laura a l'élégance de passer inaperçue.

Dans le salon, Raphaël achève de préparer un lit de fortune sur le divan, à l'intention de Quentin. Les enfants sont dans leurs chambres, ils dorment, du moins l'espère-t-il. Pauline sommeille également dans celle des parents. À l'arrivée d'Hélène, il remet sur le tapis la nécessité urgente de partir, quelles que soient les circonstances, avec ou sans voiture. Avec ou sans Louis, si celui-ci devait ne pas revenir. Il y va de leur survie. Il propose de prendre la route dès le lendemain matin, et de se déplacer à vélo, un enfant sur chaque porte-bagages, Laura sur son propre vélo. Lui-même se chargera d'un sac contenant quelques affaires de survie. Hélène portera Pauline sur son dos et…

À l'évocation du bébé, Hélène déroule son chapelet de remords. Qui est-elle, pour décider du sort d'un enfant ? N'a-t-elle pas déjà fait assez de dégâts comme ça ? Elle use de mots forts, parle de rapt d'enfant, interroge leur droit à décider du sort du nourrisson en même temps que de celui de son père. Elle compare leur mensonge à un volcan qui somnole sous mots, mais dont l'éruption ne manquera pas de faire d'infinis dégâts lorsqu'elle explosera au grand jour. Elle martèle que, au milieu du chaos, ils ont le devoir de maintenir le flambeau de la vérité, comme une lumière dans les ténèbres.

Raphaël lui donne raison. Il ne nie ni la gravité de cette décision ni l'importance de ses conséquences. Il lui oppose pourtant les risques qu'ils prennent à laisser ce bébé entre les mains d'un inconnu dont, à l'évidence, la santé psychique vacille, fût-il son père. Dès lors, ont-ils réellement le choix ? Ils ne peuvent pas partir sans elle. Ils doivent pourtant partir. La seule solution est de l'emmener.

Perdue dans son dilemme, Hélène le considère sans répondre. Quelle que soit sa décision, une guirlande de scrupules clignote dans son esprit et ne la laisse pas en paix.

— OK, finit-elle par murmurer. On l'emmène.

Raphaël la contemple à son tour, démuni. Tous deux sont à bout de forces, égarés dans le marasme des dernières heures. Ils n'ont plus d'énergie, ni pour défendre leur point de vue ni pour prendre la bonne décision. Ils ont besoin de repos, urgemment.

Raphaël s'approche d'elle et l'attire contre lui.

Hélène se laisse aller dans les bras de son homme.

Elle s'abandonne, étreinte salvatrice, baume apaisant.

Un onguent.

Chapitre 27

Sursaut.

Un réveil sur le qui-vive.

Dans la pénombre, Hélène retient son souffle, guettant les bruits, dedans, dehors. Son ventre se noue à la seconde où elle ouvre les yeux. Elle tente de reprendre pied dans la réalité, sans y parvenir, interminables secondes durant lesquelles elle ne sait plus où elle est, quel jour, ni la raison pour laquelle elle s'affole. Son esprit passe d'une hypothèse à une autre, cortège de conjectures, comme on fait défiler des clichés sans même les regarder.

Au pied du lit, dans son cosy, Pauline gémit.

Alors seulement, Hélène se souvient, les bombes, la guerre, les ruines, la mort. Elle se rappelle la nécessité de fuir, ainsi que le dilemme qui la tenaille. Les traits de Quentin se confondent avec ceux de Pauline, enflammant ses remords. Elle se répète qu'ils n'ont pas le choix, impossible de laisser le bébé aux mains de cet homme dont elle ne sait rien. Soline en profite pour accaparer ses pensées, creusant dans son cœur la douleur du manque, attisée par une culpabilité sauvage, cette salope qui vous crache dans l'âme comme d'autres pissent sur une tombe.

Dans la chambre, Pauline s'agite de plus en plus. Bientôt, des pleurs percent le silence, détournant Hélène de ses affres. Celle-ci se redresse, rejoint le pied du lit puis ramène le nourrisson contre elle. Elle s'adosse au mur, trouve le biberon qu'elle a préparé avant de se coucher, et place la tétine dans la bouche du bébé.

Les moments qui suivent sont empreints d'une douceur imprévue. La pièce est plongée dans l'obscurité, Hélène n'en distingue que les contours imprécis, cette chambre familière et pourtant si différente aujourd'hui. À peine discerne-t-elle la silhouette du bébé lové dans ses bras. Celui-ci tète avec avidité, Hélène sent son petit corps vibrer sous la charge du plaisir, elle entend les bruits de succion et les murmures de bien-être. Dehors, les rues sont étrangement calmes, elle le réalise soudain. Ni plaintes ni cris. Pas de grondement non plus, rien dans le ciel, rien sur terre. Véhicules et humains semblent au repos. À ses côtés, Raphaël dort d'un sommeil profond. Elle perçoit sa respiration régulière, devine son corps abandonné. Ça la rassure, il en a tant besoin. Reprendre des forces pour affronter les jours suivants.

Que vont-ils devenir ?

La question se matérialise dans ses tripes plus que dans sa tête, charriant une angoisse compacte. Au même moment, Pauline achève le biberon. Elle aspire la tétine à présent vide, furieuse de ne trouver que de l'air. Ses bras gesticulent, ses jambes aussi. Des cris révoltés s'élèvent, qu'Hélène cherche à calmer afin de ne pas réveiller Raphaël. Elle berce le bébé, lui tapote le dos, murmure des paroles rassurantes. Sans succès. Pauline s'énerve de plus en plus, elle n'est pas rassasiée. Alors, dans l'urgence, Hélène soulève son T-shirt et met le nourrisson à son sein.

Aussitôt, Pauline happe le téton qu'elle suce avec voracité. Bien sûr, il n'en sort rien, mais ce contact l'apaise. Elle se détend sur-le-champ et s'abîme dans la succion du sein d'Hélène. Celle-ci passe par différentes émotions, la surprise d'abord, puis le soulagement, énorme. Alors, naturellement, elle fredonne de nouveau la mélodie de Soline, en faisant désormais rimer « câline », « coquine » et « praline » avec Pauline.

— Ils sont là.

L'aube.

La pâleur du jour se répand avec paresse sur les décombres. Dans un halo mesquin, lumières et ombres se battent en duel. L'avantage est à la nuit, on peine encore à distinguer tous les détails du champ de bataille.

Raphaël et Quentin se tiennent au milieu des ruines d'une maison effondrée. Devant eux, un relief plus marqué que les autres, la forme de deux corps allongés dans leur ultime étreinte.

Constance et Bruno.

Recouverts de gravats et de poussière, les membres figés, ce qui dépasse, immobiles.

Juste à côté, les débris du canapé, celui qui s'est écrasé sur Constance. Elle, elle est allongée sur le ventre, on ne distingue pas son visage, tourné vers le sol. Parmi les pierres, seules quelques mèches de sa chevelure bouclée s'agitent au gré des courants d'air. Sous elle, on devine Bruno.

Raphaël s'étonne : il ne se souvient pas de tant d'éboulis sur les corps.

Sur la gauche de ce qui reste du hall, au fond, la porte de la cave a été dégagée, à présent ouverte. Il semble que les voisins aient réussi à délivrer les personnes qui y étaient enfermées. Sans doute les déblais qui recouvrent à présent Constance et Bruno proviennent-ils de là, ceux qui bloquaient la porte de la cave, que l'on a déplacés pour en libérer l'accès. Au mépris des corps des jeunes parents.

La vieille dame diabétique a-t-elle survécu ?

Quentin tombe à genoux devant le couple. Il les contemple quelques instants, hébété. Puis ses mains avancent vers le corps de Constance. Elles saisissent les décombres qu'elles rejettent un peu plus loin. Quentin sanglote des mots désolés, il prononce son prénom, Constance, ma chérie, ma chérie. Lorsqu'elle est débarrassée de sa couche de gravats, il l'attire à lui et la serre dans une étreinte funèbre.

Raphaël s'impatiente. Il n'a dormi que deux heures, Hélène et lui ont passé le reste de la nuit à préparer leur départ, rassembler le nécessaire pour survivre pendant le voyage. Ils attendent que le soleil soit tout à fait levé pour réveiller les enfants et prendre la route. Ils ne sont plus revenus sur le sort de Pauline, s'attachant aux mots de la veille, s'en remettre au bon sens. Hélène a embarqué le lait infantile dans un sac à part, ainsi que des couches, le biberon et quelques effets du bébé que Bruno a rapportés de chez Constance et Bruno. Raphaël n'a rien dit, parce qu'il n'y avait plus rien à dire. Malgré tout, il le sent, elle agit contre sa conviction, elle capitule, sans être vraiment certaine de faire le bon choix.

Quentin s'est levé tôt également, il ne parvenait pas à dormir. Il a demandé qu'on le conduise au corps de Constance et Bruno, ce que Raphaël a fait pendant qu'Hélène achève de remplir les sacs. Elle l'attend à la maison, il a hâte de la rejoindre.

— Je vais vous laisser, dit-il en se dirigeant déjà vers la rue.

— Attendez !

Quentin le supplie de l'aider à dégager Bruno.

Raphaël s'étonne :

— Pourquoi ?

— Je voudrais le fouiller, voir si je trouve une information, n'importe quoi qui me mette sur la trace du bébé. Peut-être que dans son téléphone, il y a l'adresse de ses parents…

Raphaël retient un geste d'impatience.

— Je ne pense pas que ce soit une bonne idée. Les grands-parents, c'est moi qui ai avancé cette hypothèse, mais rien ne dit qu'ils soient avec le bébé.

— C'est possible, mais je n'ai aucune autre piste à suivre pour l'instant. Si au moins je pouvais entrer chez eux. Mais j'ai essayé de défoncer leur porte, elle n'a pas bougé d'un iota. J'ai failli me déboîter l'épaule.

L'appartement des Parmentier. Le vestibule. Le cadavre du garçon. Raphaël se dit qu'il vaut mieux que Quentin cherche ailleurs. Il soupire, mais revient sur ses pas et entreprend de l'aider à dégager Bruno.

Extraire le corps de sous d'autres gravats, le traîner ensuite pour en faciliter l'accès, l'opération est pénible. Raphaël maîtrise son dégoût, il essaie d'être le moins possible en contact avec la peau de Bruno.

Depuis hier, la mort est partout, il la touche, il la porte, il la supporte. Il n'en peut plus, de transporter des cadavres. Jusqu'ici, la mort était pour lui un concept, une absence. Un corps caché dans un cercueil, des fleurs, un discours. Des larmes. Elle était pareille au vol d'un oiseau, une ombre qui plane dans le ciel, lointaine et silencieuse. À présent, l'oiseau a fondu sur lui et le griffe de l'intérieur. Coups de bec. Volatile hideux, il n'a rien de l'élégante silhouette qui ondoyait au gré du vent. Il est sale, c'est un amas de plumes grasses et pelées, dépareillées aussi. Il suinte, il pue, il croasse, le cri lugubre. Il blesse l'âme autant que le corps. Il fait peur.

Une fois le corps de Bruno déposé à même le sol, Raphaël répète son intention de s'en aller. Cette fois, Quentin ne réagit pas, il plonge la main dans les poches du cadavre, celles de son pantalon, devant, puis derrière. En ressort un portefeuille.

Aussitôt, il l'ouvre et le sonde.

En extrait des papiers et des cartes. Les examine. Les jette quand ça ne l'intéresse pas.

Raphaël l'observe. Le tableau que lui offre Quentin, penché sur son rival, a quelque chose d'effrayant. Même si l'un vit et l'autre non, il y voit deux êtres perdus, réduits à l'état de corps, égarés aux portes du néant. Comme un retour aux formes primitives de l'existence. On dirait un prédateur qui dévore sa proie, fébrile et affamé. Pourtant. Voir Quentin ainsi agité, poussé par le besoin de retrouver son enfant, cela fait résonner l'écho d'un espoir dans l'obscurité, un accord parfait au milieu des fausses notes. La cause même de ce qui le meut est si juste, si cohérente, qu'elle n'a besoin d'aucune justification.

Un homme cherche son enfant.

Cette phrase se suffit à elle-même. Il ne viendrait à l'esprit de personne de demander les raisons pour lesquelles cet homme cherche son enfant.

Il le cherche, c'est tout.

— Vous seriez prêt à aller jusqu'où, pour retrouver ce bébé ? lui demande Raphaël.

— Jusqu'au bout du monde, répond Quentin sans réfléchir, sans même lever la tête, rivé au contenu du portefeuille.

Raphaël se dit que c'est le propre de l'homme, courir loin pour trouver ce qui est juste sous son nez.

— Et après ? s'informe-t-il encore.

— Quoi, après ?

— Vous retrouvez le bébé… Vous en faites quoi ?

Dérouté par la question, Quentin lève les yeux sur Raphaël, qu'il observe avec curiosité.

— Je m'en occupe, répond-il avec tant d'évidence dans le ton qu'il semble le traiter d'imbécile. Vous faites quoi, vous, avec vos enfants ?

Raphaël reçoit cette assurance de plein fouet. Quentin ne doute pas un seul instant : ses mots, sa voix, son regard, tout chez lui exprime une confiance absolue en ses capacités.

— Et si ce n'est pas le vôtre ? objecte encore Raphaël. Si c'est l'enfant de Bruno ?

— Je m'en fous. C'est l'enfant de Constance.

Raphaël hoche lentement la tête. Cette réponse achève de faire vaciller ses certitudes. Hélène a raison : de quel droit scellent-ils le sort de deux personnes, un père et sa fille ? Qui sont-ils, pour juger des compétences de Quentin à s'occuper de son enfant ? Qui dit que cet homme ferait un mauvais père ?

Raphaël mesure l'ampleur de leur prétention, s'attribuer l'autorité de décider, sans donner la moindre chance à cet homme de faire ses propres choix en toute connaissance de cause. Le malaise de l'iniquité le prend soudain, il se sent malhonnête et improbe, mis au pied du mur. Il ne peut plus se contenter de se taire, mentir par omission, s'en remettre au hasard. Il a un rôle à jouer dans cette affaire, il l'a endossé au moment où il a arraché Pauline des bras de sa mère. Au moment où il lui a sauvé la vie. Il ne peut pas se contenter de lui trouver du lait pour la nourrir. Il doit aussi lui donner une chance de rejoindre les siens. Et les siens, c'est Quentin.

Restent les menaces et les insultes, la violence dont cet homme a fait preuve envers Constance. Raphaël se remémore les échanges par mails et le dégoût qu'il en avait éprouvé. Rivé à Quentin, il l'observe plus attentivement. C'est terrible, mais il ne parvient pas à l'associer à l'auteur de ces mails. Certes, l'homme qui se tient devant lui n'a rien du prince charmant ni même du père idéal, mais il est à des années-lumière d'un homme agressif. Il dégage plutôt une certaine fragilité, une sensibilité à fleur de peau et, en tout cas, un réel amour pour Constance.

— Il n'y a rien, là-dedans, s'agace justement Quentin en jetant le portefeuille à terre.

Il se penche de nouveau sur le corps de Bruno et le palpe, à la recherche d'autre chose. Ses mains ralentissent au niveau de sa poitrine.

— Bingo ! murmure-t-il, triomphant.

Sous le chandail, une chemise, de la poche de laquelle il extrait un téléphone. Il tente aussitôt de l'allumer, constate que le code demandé est l'empreinte digitale du pouce de Bruno. Il s'agenouille à côté du corps, saisit la main, puis le pouce qu'il colle contre l'écran…

— Attendez ! l'apostrophe Raphaël.

Il doit lui dire. Sans plus attendre. Inutile de le laisser fouiller un mort. Les pensées se télescopent dans son esprit, il veut tout lui avouer : ce qu'il cherche est là, à quelques mètres, dans les bras d'Hélène. Pauline est sa fille, sans doute. Elle lui ressemble, en tout cas. Orpheline, elle n'a plus que lui. Il est maintenant responsable d'elle.

C'est simple, et pourtant les mots se bloquent dans sa gorge, il ne sait pas par où commencer.

En face de lui, Quentin s'évertue à plaquer le pouce de Bruno sur le téléphone.

— Je dois vous dire quelque chose, bredouille Raphaël pour attirer son attention.

Quentin s'interrompt et lève vers lui un regard interrogateur.

Raphaël s'apprête à parler…

Un gémissement.

Faible mais parfaitement audible.

Juste après, la seconde qui suit, un mouvement.

Bruno.

Quentin pousse un cri d'effroi et se relève précipitamment. Dans sa hâte, il laisse le corps s'affaler sur le sol. S'ensuit un moment d'apnée, les deux hommes frappés de stupeur, leurs yeux ronds figés sur Bruno.

Pendant quelques secondes, il ne se passe rien. Le corps gît à terre, inerte. Quentin et Raphaël attendent, sans savoir très bien quoi. Ils retiennent leur respiration, comme pour mieux entendre celle de…

Une plainte, à présent !

Faible et rêche, elle s'élève des lèvres de Bruno. Au même instant, celui-ci remue le bras, très légèrement, la tête aussi, qu'il tourne vers eux.

Puis ses yeux s'ouvrent.

Incapable de faire le plus petit geste ou de prononcer le moindre son, Raphaël reste sans réaction, frappé de stupeur. À côté de lui, Quentin n'en mène pas large non plus, complètement ahuri.

Quelques secondes figées, qui semblent durer une éternité.

Quand Bruno émet une autre plainte, Raphaël s'arrache à sa contemplation ahurie. Il tressaille puis se précipite vers le corps. Il se penche vers lui, s'approche tout près de son visage, de sa bouche…

Un souffle ténu s'en échappe, à peine un soupir.

Bruno est vivant.

Mal en point, mais vivant.

Chapitre 28

Pour la première fois depuis le début des événements, Raphaël perd pied : il se tient devant le corps de Bruno qu'il contemple, hébété.

À côté de lui, Quentin reste lui aussi frappé de stupeur, immobile. Puis, comme s'il avait reçu une décharge électrique, il se précipite vers Constance, s'agenouille devant elle et s'approche de ses lèvres, tout près, en quête d'un souffle, si faible soit-il. Il retient le sien, l'oreille contre la bouche de la jeune femme. Il saisit ensuite son poignet, à l'affût d'un pouls.

Raphaël l'observe comme on scrute un être singulier. Il met plusieurs secondes avant de comprendre ce que guette le pauvre homme.

— Elle vit ? demande-t-il.

Quentin maîtrise un geste d'impatience, lui intimant de se taire. Il se concentre sur les réactions de Constance, tous les sens aux aguets. Puis, sans perdre plus de temps, il entreprend un massage cardiaque, les mains positionnées l'une sur l'autre, qu'il presse sur la cage thoracique en un rythme régulier, un, deux, trois, quatre, avant de lui pincer le nez et d'insuffler de l'air dans la trachée.

Bouche à bouche.

Ses gestes sont nets, méthodiques, efficaces. Il agit avec une précision qui contraste avec son apparence confuse et négligée.

Il s'active, vérifie les battements de cœur, reprend le massage, un, deux, trois, quatre, colle sa bouche contre celle de Constance.

Raphaël le regarde faire, comme désincarné.

Un nouveau gémissement en provenance de Bruno le ramène à la réalité. Délaissant Quentin, il s'agenouille à côté de lui, le contemple, cherche à identifier ses blessures. Une couche de poussière grise le recouvre de la tête aux pieds, difficile de distinguer les plaies et autres lésions. Déconcerté, Raphaël se penche à son oreille.

— Vous avez mal quelque part ?

Tandis qu'il prononce ces mots, il réalise l'absurdité de sa question, vu l'état de l'homme. Bruno bouge à peine, chaque frisson l'éprouve, ça se voit, il endure un véritable calvaire. Revenu d'entre les morts, il demeure pourtant à leur porte. Peut-être même est-il sur le point de basculer dans l'autre monde, pour de bon cette fois.

D'ailleurs, il ne bouge plus.

Raphaël n'attend pas précisément de réponse. Néanmoins, l'inertie de l'homme l'alerte. Il le touche du bout du doigt, guette un mouvement.

— Bruno ?

Celui-ci reste immobile, silhouette abandonnée.

Juste à côté, Quentin s'agite sur le corps de Constance.

Contraste.

Raphaël est perdu, il réagit à l'instinct, se penche sur Bruno et entreprend lui aussi un massage cardiaque. Il se calque sur les gestes de Quentin qu'il imite, parce qu'il ne sait pas quoi faire d'autre. Il superpose ses mains, les positionne sur le torse du jeune homme, entame une ou deux pressions…

— Stop ! lui intime Quentin. Vous risquez de le blesser plus qu'il ne l'est déjà. Donnez-lui plutôt à boire !

L'ordre claque dans l'air comme un coup de fouet. Il tétanise Raphaël qui se fige, fauché en pleine intention, soudain réduit à sa vacuité.

— Qu'est-ce que vous en savez ? s'agace-t-il tandis que Quentin poursuit son massage sur Constance.

— Je suis médecin, répond celui-ci entre deux pressions.

L'espoir est un mensonge poli qu'on s'inflige pour retarder la chute.

Pour la seconde fois, Quentin pleure Constance. Elle gît dans ses bras, absente. Son corps a éjecté son âme vers d'autres contrées. Elle n'est plus. Cette fois, sa mort est concrète, elle prend toute la place, si lourde à porter. Ce corps tant aimé. À présent déserté.

À côté, Bruno cherche l'air à tâtons. Raphaël a filé jusque chez lui, il rapporte de l'eau, il a promis de faire vite.

Le voilà d'ailleurs qui revient.

Il s'agenouille devant le corps et entreprend de verser quelques gouttes sur les lèvres du jeune homme. Le liquide pénètre dans la bouche du blessé, celui-ci frémit, chaque geste, chaque mouvement de Raphaël le meurtrit, il peine à déglutir et souffre le martyre. Ses plaintes se traînent entre deux gorgées. Raphaël poursuit sa tâche, il s'y accroche, ça lui laisse le temps de reprendre pied dans cette réalité qu'il ne maîtrise plus.

L'eau s'écoule en même temps que les secondes.

À côté, Quentin pleure la femme qu'il aime. Ses larmes tracent des sillons le long de ses joues, avant de s'écraser sur celles de Constance. On pourrait presque croire qu'elle pleure, elle aussi.

— On ne peut pas le laisser là.

Le couperet tombe de la bouche d'Hélène. Alertée de l'état de Bruno lorsque Raphaël est venu chercher l'eau, elle l'a rejoint après s'être assurée que les enfants dormaient. Les bagages sont terminés, un sac pour chacun dans lequel elle a fourré le minimum vital, boissons, nourriture, vêtements. Tout est prêt pour le départ malgré l'absence de Louis. Le temps n'est plus à l'attente, il faut bouger. Ils lui laisseront un mot l'informant de leur destination ainsi que de l'itinéraire qu'ils comptent emprunter. Bien sûr, ils emmènent Félix.

— On ne peut pas le bouger non plus, affirme Quentin d'une voix éteinte.

— Qu'est-ce que vous en savez ? l'interroge Hélène, sceptique.

— Il est médecin, murmure Raphaël.

Tête d'Hélène. Elle dévisage les deux hommes l'un après l'autre. Leur mine sombre la détrompe : ils ne plaisantent pas.

Délaissant le corps de Constance, Quentin rejoint celui de Bruno. Rapide état des lieux. Il vérifie le pouls, soulève les paupières, palpe différents endroits. Le jeune homme gémit et tressaille, il est en mauvais état mais toujours vivant. Hélène et Raphaël observent la scène, suspendus aux gestes de Quentin.

— Il est en hypothermie, diagnostique celui-ci en se tournant vers le couple. Il faut le réchauffer. Vous avez des couvertures ?

Rapide coup d'œil, Hélène et Raphaël se consultent, puis reviennent sur Quentin.

— Oui, affirme Hélène en même temps que Raphaël répond par un « Non ! » déterminé.

Ils se dévisagent de nouveau. Les traits d'Hélène se durcissent et, sans quitter son homme des yeux, elle réitère son « Oui » avec fermeté.

Raphaël se raidit à son tour.

— OK, on a des couvertures, admet-il à contrecœur. On vous les donne, et puis on s'en va.

Mais Hélène ne l'entend pas de cette oreille.

— Avec « notre » fille ? lui demande-t-elle d'un ton lourd de sous-entendus.

Cette question résume à elle seule sa position : elle ne veut plus partir, du moins plus avec Pauline en abandonnant son père. Ses pères. Bruno vivant, ils n'ont plus le droit d'emmener le bébé.

Raphaël serre les dents. Il s'apprête à répondre, cherche les mots pour la convaincre : la nécessité de fuir s'impose, échapper à la guerre, il en va de leur vie à eux, celle de leurs enfants surtout. Ils doivent faire des choix, ils ne peuvent pas sauver tout le monde. Ils sont responsables de leur clan, ils doivent le protéger, avant les autres.

Pourtant les mots se dérobent. Chacun d'eux traduit l'innommable, abandonner un homme grièvement blessé, prendre la fuite avec son bébé. Lui voler tout ce qui lui reste ici-bas, son enfant et la maigre chance de survivre à ses blessures.

— Je vais chercher les couvertures, annonce Hélène en filant déjà vers la rue, marquant là la fin d'un débat avorté.

Raphaël lui emboîte aussitôt le pas.

— On ne peut pas rester, affirme-t-il dès qu'ils sont suffisamment éloignés.

— On ne peut plus partir non plus, rétorque-t-elle sans ralentir.

— Je croyais que tu voulais aller chercher Soline !

— Comment pourrais-je exiger que ma fille me suive alors que j'ai délibérément séparé un enfant de son parent ?

— C'est de la folie, Hélène ! Pense à nos enfants ! On risque tous de mourir, si on reste !

— Et Bruno, on en fait quoi ? l'interroge-t-elle en se hâtant plus encore, tandis qu'elle traverse la rue en direction de leur maison. On lui prend sa fille et on le laisse crever ?

— Il est déjà à moitié mort !

— Il ne l'est pas encore !

Hélène pile net.

— On n'a pas le choix, en fait, ajoute-t-elle en lui faisant face. On ne peut pas le laisser là et partir avec son bébé.

— Tu te trompes, s'exclame Raphaël en l'affrontant à son tour. On peut ! Bruno n'est rien, pour nous ! Juste un voisin ! On doit veiller à la sécurité des nôtres avant tout !

— C'est monstrueux !

— C'est comme ça ! C'est la guerre ! C'est chacun pour soi ! Nous, notre rôle, c'est de protéger nos enfants. C'est pour ça qu'on doit partir. Laisser Pauline à un moribond, ce n'est pas possible. Et si on dit la vérité à Quentin, on n'est pas sûrs qu'il ne se débarrasse pas de Bruno pour régler le problème. Alors on emmène le bébé. C'est tout.

— Ah oui ? rugit-elle, toutes griffes dehors. Et c'est quoi, l'étape suivante ? Le prochain sur la liste, c'est qui ?

— Quel prochain ? Quelle liste ? demande Raphaël en fronçant les sourcils. De quoi tu parles ?

— La liste par ordre croissant d'importance ! Ceux qui comptent pour nous ! On sacrifie Bruno pour sauver Pauline, Laura, Marius et Félix. Et après ? Lequel des quatre on élimine pour épargner les trois autres ?

— Ça n'a rien à voir ! se braque Raphaël, à bout de patience.

Mais Hélène poursuit sur sa lancée :

— Moi, je propose de sacrifier Félix, puisqu'il n'est pas notre fils. Et ensuite, ce sera au tour de Pauline. Elle n'est que la fille des voisins, après tout ! Elle n'est rien, pour nous. Seulement, après, on risque d'avoir un gros problème : entre Marius et Laura, tu choisis qui ?

— Tu compares l'incomparable ! s'énerve Raphaël.

— Réponds-moi ! crie-t-elle sans l'écouter. Entre Marius et Laura, tu choisis qui ? Parce que, si on suit ta logique, moi je peux te dire qui je choisis : je sacrifie Laura, sans l'ombre d'une hésitation, puisque ce n'est pas *ma* fille !

Crachant sa révolte, elle souligne le « ma » avec dégoût.

Raphaël se fige, tétanisé par ses paroles.

— Alors tu vois, on n'a pas le choix, ajoute-t-elle d'une voix maintenant saturée de colère. Si on commence à classer la vie des gens par ordre d'importance, on finira par tuer nos propres enfants.

Chapitre 29

Deux pour cent.

Le halo numérique nimbe le visage de Laura d'un éclat artificiel, éclairant la chambre plongée dans l'obscurité. L'adolescente ne quitte pas l'écran des yeux. Elle passe d'une application à l'autre, geste machinal, TikTok, Insta, Snapchat, YouTube, désormais désincarnées. Néant virtuel. Ne reste que la réalité. Qu'elle refuse. Trop brutale. Dehors.

Le jour se lève et, avec lui, la rumeur d'une ville mutilée. Les rideaux opaques font barrage, ils protègent l'adolescente d'une nouvelle journée dans un monde terrifiant. Plus terrifiant encore que ceux d'avant qui, déjà, lui faisaient peur. Laura ouvre Spotify, passe sa playlist en revue. Dans deux pour cent, elle n'aura plus de téléphone, peut-être pour longtemps. Peut-être pour toujours. Elle veut écouter un son, le dernier sans doute. Avant que son téléphone ne s'éteigne. Ou avant que ce ne soit elle qui s'éteigne, qui sait ? Elle fait défiler les titres, certains chargés de souvenirs, parfois bons, souvent mauvais, ou bien non, pas tant que ça, elle ne sait plus. Tout lui semble à présent instable, ses pensées tanguent, elle vacille, elle a peur.

Se demande soudain ce que ça change.

Que risque-t-elle ?

Elle a toujours eu peur, elle le réalise seulement.

Du plus loin qu'elle se souvienne, la crainte est sa compagne et la méfiance son chaperon. Sans cesse regarder par-dessus son épaule, évaluer un possible danger, les autres souvent. Les groupes d'enfants qui, autrefois, la raillaient d'elle ne sait quelle audace, parce qu'elle restait en retrait, ou parce que sa tenue dénotait, pas à la mode, moche, quoi. Plus tard, ce furent les sarcasmes d'adolescents féroces, sans doute pour les mêmes raisons. Petite, elle craignait que ses parents ne la disputent pour une faute, un mot ou une pensée. Elle avait peur du noir, des animaux en général et des insectes en particulier, du bruit, du silence, de la souffrance, de la maladie, de la solitude et de la compagnie, des fantômes aussi, et pas seulement ceux qui n'existent pas. Vivre lui faisait peur.

Alors, maintenant que le danger est réel et la peur légitime, elle s'interroge : qu'est-ce que ça change ? Que risque-t-elle de plus qu'avant ? Mourir ?

Elle ne peut pas avoir peur d'une chose et de son contraire ! Elle doit choisir ! Entre la vie et la mort, laquelle est la plus terrifiante ?

Un pour cent.

Laura se concentre sur sa playlist, elle n'a plus beaucoup de temps pour se décider. La dernière musique qu'elle écoutera, le choix est d'envergure. Elle passe sur les rappeurs, Damso et compagnie, les musiques de film, celles des trends, quelques vieilleries revenues à la mode. Elle n'arrive pas à jeter son dévolu sur un son, ça l'énerve, bientôt il sera trop tard. Alors elle scrolle à toute vitesse, sans regarder les titres, avant d'arrêter l'écran au hasard, du bout de l'index.

The Passenger, d'Iggy Pop.

Un morceau sur lequel, petite, elle a dansé avec sa mère. Laura appuie sur *play*. Riff de guitare, reconnaissable entre tous dès les premières notes, qui donne envie de se lever et de bouger en rythme. On suit Iggy sur la route, derrière sa fenêtre, chant de l'errance, un regard solitaire. Le rythme est répétitif, presque tribal, obsédant, un voyage sans fin, il tourne en boucle comme un train lancé à toute vitesse, il roule, et roule, et roule. Pas de rupture, on avance droit devant. *La la la la la la la*. Iggy Pop parle autant qu'il chante, grave et désinvolte, il roule, il roule, il roule, il regarde le monde qui s'illumine derrière sa fenêtre.

La la la la la la la.

Zéro pour cent.

Le téléphone s'éteint, le son s'interrompt brutalement.

Silence.

Entre les mains de Laura ne reste qu'un appareil désormais inutile. Une coque vide. La carcasse d'un monde perdu.

La porte s'ouvre. Sursaut. Raphaël pénètre dans la chambre et rejoint sa fille, s'installe d'une fesse sur son lit.

— On part bientôt ? lui demande-t-elle sans quitter l'écran des yeux.

— Pas encore. Il s'est passé un truc complètement fou.

Laura décroche de l'écran et attend la suite. Son père se frotte le menton d'un geste soucieux.

— Bruno est vivant.

L'adolescente laisse échapper un « Oh » de surprise, elle ne s'y attendait pas, la nouvelle est de taille en effet. Son père hoche la tête et enchaîne sur tout ce que cette résurrection entraîne, principalement pour Pauline à laquelle Hélène s'est attachée plus que de raison en vingt-quatre heures à peine. Il enchaîne ensuite sur la nécessité de taire l'identité du bébé à Quentin, il a déjà prévenu les garçons, inutile d'entrer dans les détails, ça ne ferait que compliquer la situation.

— On part quand, du coup ? s'informe Laura en revenant sur ce qui l'intéresse vraiment.

— Je n'en sais rien, avoue Raphaël. On attend de voir l'évolution de l'état de Bruno.

— Il est où ?

— Pour l'instant, il est toujours dans la maison effondrée. On le réchauffe avec des couvertures pour lui redonner des forces. Ensuite, on va essayer de le ramener ici.

Laura intègre les paroles de son père.

— Pourquoi on n'arrive pas à partir ? demande-t-elle ensuite, perdue dans ses pensées.

Surpris par la question, Raphaël réfléchit.

— Parce qu'on a des tas de choses à régler avant.

— Mais c'est la guerre ! objecte Laura. C'est pas comme si on partait en vacances et qu'on attendait d'être prêts ! Je veux dire : on risque de mourir, si on reste ici !

— Je sais, chérie.

Ils demeurent un moment sans rien dire. Raphaël contemple sa fille, soudain conscient de la charge émotionnelle qu'elle traverse, du traumatisme qu'elle endure. Tentative de viol, meurtre, rien ne lui a été épargné. Si fragile. Et pourtant encore debout.

— Ça va, toi ?

Elle se contente de hocher la tête.

— Ce qui s'est passé hier, avec les garçons... précise-t-il.

Cette fois, l'adolescente baisse les yeux.

— C'est pas normal, qu'on n'arrive pas à partir, se contente-t-elle de répondre.

Déconcerté, Raphaël lui saisit le menton qu'il redresse avec douceur, cherchant son regard.

— Laura, ma chérie. Je te promets qu'on va réussir. On règle le problème de Bruno, et puis on s'en va.

— On n'arrive pas à partir parce qu'on n'est pas une famille, murmure-t-elle alors.

Son père la considère d'un œil soucieux.

— Pourquoi tu dis ça ? lui demande-t-il avec douceur.

— Si on était une famille, on serait déjà partis, affirme-t-elle gravement.

Troisième partie

Chapitre 30

Un drap tendu sur lequel on installe Bruno. Raphaël saisit les coins inférieurs, Quentin et Hélène se chargent chacun d'un coin supérieur. Civière de fortune, à trois, on soulève : un, deux, trois ! Bruno gémit, il expulse une longue plainte dans laquelle sa douleur se contorsionne, et chaque mouvement prolonge son calvaire, chaque pas, sortir de la maison, traverser la rue, rejoindre l'immeuble d'Hélène et de Raphaël.

Devant la porte, on dépose le corps à terre, bref répit pour reprendre des forces. Bruno se lamente. Le contact avec le sol est un supplice, la souffrance pulse. Ils le reprennent puis ils entrent dans le bâtiment.

Ensuite, c'est l'escalier.

L'ascension se révèle éprouvante. La charge est lourde, les trois porteurs ne ménagent pas leur peine, ils tractent et tirent, le dos courbé sous le poids du blessé. De son côté, Bruno plonge dans un tourment ininterrompu. Marche après marche, il scande la progression de cris déchirants qui finissent par bouleverser Hélène.

— On continue ! ordonne Raphaël en la voyant hésiter, sur le point de s'arrêter.

— Il souffre trop ! objecte-t-elle, ébranlée par le calvaire de son voisin.

— Tant pis ! On n'a pas le choix !

Hélène serre les dents et redouble d'efforts, ses forces décuplées par l'émoi.

Enfin ils parviennent au deuxième étage et achèvent le trajet à bout de souffle. Ils déposent Bruno dans la chambre parentale, à l'abri des regards des enfants. Dans son cosy, Pauline dort à poings fermés.

Aussitôt, Quentin prend le contrôle des opérations. Il demande de l'eau, des linges propres, des antidouleur, du désinfectant, des pansements, qu'Hélène lui fournit sans attendre. Il administre un antalgique au blessé, le déshabille et s'attelle à le laver. Il ausculte chaque partie du corps, méthodique. Pas de fracture visible, c'est un miracle. Des écorchures, beaucoup, des plaies ouvertes, des hématomes, des contusions. Quentin parle de syndrome de compression et de choc vagal, raison pour laquelle Bruno est resté inconscient pendant vingt-quatre heures malgré des blessures superficielles.

— Dans certains cas d'écrasement, le poids des gravats peut provoquer un stress métabolique extrême. Le corps met au point une stratégie de survie et entre dans un état proche du coma. Quand il est enfin dégagé, le sang recommence à circuler vers les zones comprimées, et les signaux physiologiques réactivent le cerveau. Si c'est en effet le cas, le vrai danger peut survenir maintenant. Le retour de la circulation du sang dans les muscles libère du potassium, de l'acide lactique et de la myoglobine qui peut entraîner une insuffisance rénale, une arythmie cardiaque ou un choc métabolique.

Importunée par les voix et les gémissements de Bruno, Pauline s'agite dans son sommeil avant de se mettre à pleurer. Raphaël la prend dans ses bras.

— Je vais lui préparer un biberon, dit-il en sortant de la pièce.

Son regard croise celui d'Hélène, elle le remercie d'un hochement de tête. Puis elle revient sur Quentin.

— Et alors ? Comment on fait pour savoir s'il va bien ?

— Il faut garder les signes vitaux à l'œil, sa respiration, son pouls, s'il a des sueurs froides, s'il est très pâle. L'absence d'urine ou une urine trop foncée peuvent être problématiques.

— Et si c'est le cas, on fait quoi ?

Quentin garde le silence pendant quelques secondes, indécis.

— L'important, c'est de l'hydrater régulièrement par petites quantités, le couvrir pour éviter l'hypothermie, et…

Il s'interrompt puis soupire.

— Sans assistance médicale, ça risque d'être délicat. Il a besoin de sérum salé isotonique en intraveineuse, d'une surveillance cardiaque continue, de diurétiques pour forcer les reins à éliminer les déchets et d'un bilan sanguin rapide. Et ça, c'est compter sans les possibles complications.

— Mais il peut s'en sortir, non ? insiste Hélène.

Haussement d'épaules, Quentin ne cache pas son scepticisme.

— Les miracles existent, oui.

Une phrase inaudible suspend leur échange. Sous l'effet des calmants, Bruno retrouve peu à peu ses esprits. Il prend conscience de l'endroit où il se trouve, des gens qui l'entourent. La première personne qu'il distingue, c'est Hélène. Il s'étonne de sa présence, ébauche un mouvement vers elle. En cherchant à se redresser, il déplace sa jambe mais se fige soudain, terrassé par une douleur fulgurante.

— Ne bougez pas, lui intime Quentin.

Bruno tourne la tête vers lui et le dévisage, intrigué.

— Qui êtes-vous ? murmure-t-il.

Cette interrogation, courte et simple, révèle tout l'embarras de la situation. Quentin jette un rapide coup d'œil à Hélène. Celle-ci mesure le dilemme : comment expliquer au blessé que celui qui le soigne est l'amant de sa femme ?

— Un médecin, répond-elle. Il s'occupe de vous.

La question suivante les met plus mal à l'aise encore.

— Où est Constance ?

Hélène ouvre la bouche, s'apprête à lui révéler l'affreuse réalité, ne trouve pas les mots.

— Elle est morte, balance Quentin sans indulgence.

Bruno fronce les sourcils sur ces impossibles paroles, fixant l'inconnu, hébété. Il se tourne ensuite vers Hélène et cherche le démenti. Fuyant le contact, celle-ci est rivée à Quentin, qu'elle accuse d'une mine sévère. Puis, à regret, elle s'adresse à Bruno.

— Je suis désolée, murmure-t-elle en affrontant la vague de chagrin qui déferle dans le regard du jeune homme.

Figé.

Bruno ne bouge plus. Si son cœur bat encore, il le fait par défaut. Faible. Depuis qu'il a appris la mort de sa femme, il s'est réfugié dans un silence hagard.

De son côté, Quentin ne perd pas de vue son objectif. Il évoque le bébé, demande à Bruno où il se trouve, qui s'en occupe. Hélène retient son souffle, elle guette la réaction du blessé.

Celui-ci n'écoute pas. Déjà il erre dans les méandres de sa souffrance.

— Bruno ?

Pas de réaction.

Hélène vérifie sa respiration, chaotique mais bien présente.

Il vit toujours.

— Je vous interdis de lui soutirer des informations sans qu'il sache exactement qui vous êtes ! chuchote-t-elle, furieuse, à l'adresse de Quentin.

— Vous êtes qui, pour m'interdire quoi que ce soit ?

— Pourquoi vous lui avez dit que Constance était morte ?

— J'aurais dû lui dire qu'elle allait bien et qu'elle préparait le petit déjeuner ? rétorque-t-il, mordant.

— Ce n'était pas la peine d'être si brutal !

— Il n'y a pas de bonne manière pour annoncer la mort d'un proche. Quels que soient les mots que vous utilisez, le choc sera toujours violent.

— Il n'y avait pas que ça, l'accuse-t-elle.

Quentin hausse les sourcils, entre surprise et indignation.

— Ah bon ? Il y avait quoi d'autre ?

— Une certaine satisfaction !

— C'est faux.

— Ça vous a fait plaisir, de le lui annoncer de cette manière !

Refusant le débat, Quentin se détourne. Il revient vers le blessé, lui saisit le poignet entre le pouce et l'index, surveille son pouls. Soudain attentif. Il lui prend ensuite la main, qu'il tâte en divers endroits.

— Que se passe-t-il ? demande Hélène.

— Son pouls est faible et ses mains sont moites, se contente-t-il d'expliquer.

— Et ?

Il secoue la tête.

— Pas bon signe.

L'heure suivante passe sous les gémissements de Bruno. Celui-ci grelotte malgré les couvertures, il se perd dans des propos incohérents, entrecoupés par une respiration de plus en plus difficile. Bientôt il halète, se plaint d'une lumière trop forte alors que la pièce est plongée dans la pénombre. Sa jambe le fait souffrir, il décrit une sensation de brûlure. En soulevant la couverture pour l'ausculter, Quentin découvre un spectacle inquiétant : le membre enfle, presque à vue d'œil, il se gâte comme un fruit trop mûr sur le point d'éclater. Le médecin tente de le palper, mais le moindre contact arrache des cris au blessé, rendant difficile un diagnostic précis. À la vue de la jambe, Hélène réprime un hoquet affolé.

— Qu'est-ce qu'il a ?

— Œdème massif, répond Quentin d'une voix sombre. Avec un risque de défaillance multi-organique.

— Ça veut dire ?

— Il est dans un *crush syndrome*. Ce n'est plus local, c'est systémique. Pendant qu'il était sous les décombres, le muscle de sa jambe s'est nécrosé. En le dégageant des gravats, les toxines emprisonnées ont commencé à se libérer dans le sang. C'est comme si la jambe morte vidait son poison dans son corps.

— Il risque quoi ?

La réponse de Quentin est sans appel.

— Ses reins peuvent lâcher, son cœur aussi, à cause du potassium. Il aurait besoin de perfusion, de dialyse, d'un service de réanimation. Sans ça, il n'a aucune chance.

Hélène le dévisage, cherchant des arguments pour le contredire, envisager une autre issue.

Elle ne trouve rien à dire.

Que peut-elle opposer à la science du médecin ?

— Qu'est-ce qu'on fait, alors ?

— Rien.

— On ne peut pas le regarder mourir sans rien faire ! s'affole-t-elle.

Quentin soupire.

— On peut abréger ses souffrances…

Les traits d'Hélène se figent, elle tourne vers Quentin un regard saisi d'épouvante.

— Vous voulez dire…

Un hochement de tête lui permet de ne pas achever sa phrase. La mort de Bruno flotte dans la pièce, elle ressemble à une pieuvre dont les tentacules s'enroulent autour de ses pensées et les tordent, les compriment, pour ne plus laisser que des ombres dans son crâne.

— Ça vous arrangerait bien, murmure-t-elle, pleine de dépit.

À son tour, Quentin se tend, sa mâchoire se crispe, ses yeux se glacent.

— Je ne sais pas pour qui vous me prenez, mais je vais vous expliquer ce qui va se passer : pour l'instant, la douleur est localisée dans la jambe. C'est comme si elle brûlait de l'intérieur, c'est un mal atroce que seuls les antalgiques peuvent apaiser.

— Je vous en ai donné, des antalgiques ! le coupe Hélène.

— En effet, concède le médecin. Et ils sont parfaits pour soulager les maux de tête. Chaque fois que je lui donne un comprimé, il éprouve un vague répit qui dure au mieux quelques minutes. En vérité, ce sont des bombes à retardement. L'ibuprofène aggrave le risque d'insuffisance rénale, déjà très élevé dans un *crush syndrome*, sans compter qu'ils peuvent provoquer des troubles digestifs et des hémorragies. Franchement, ça lui fait plus de mal que de bien. Quand je dis « antalgique », je parle de morphine, pas d'ibuprofène ou de paracétamol.

Il marque un bref arrêt et il la considère froidement.

— Vous pouvez tourner le problème dans tous les sens, il est condamné. Bientôt, son cœur va s'emballer. Il va éprouver une oppression thoracique de plus en plus intense, qui peut s'accompagner de vertiges. Sa bouche va s'assécher à tel point qu'il ne pourra plus rien avaler, malgré la soif. Puis viendront les nausées qui le feront vomir un liquide acide. À partir de là, ses reins vont commencer à lâcher : il n'urinera plus, ou alors une urine brunâtre, très foncée, due à la myoglobinurie. Ensuite, ce sera au tour de ses muscles de le faire souffrir : il aura la sensation que ses bras et sa mâchoire se crispent, il peut faire des crises de tétanie, il aura des fourmis dans tout le corps, des spasmes, des douleurs thoraciques. Tout ça peut prendre des heures, sans rien pour le soulager. En ce moment, la douleur est physique et localisée, mais elle va devenir organique et globale, jusqu'à ce que le corps lâche.

C'est une mort lente, atrocement silencieuse, où la conscience se battra jusqu'au bout contre l'inéluctable.

— Et si les secours arrivent ?

Quentin ne peut s'empêcher d'émettre un ricanement sceptique.

— S'il est rapidement pris en charge avec une assistance médicale adaptée, oui, il peut s'en sortir. Mais franchement, à votre place, je n'y compterais pas trop.

Nouvelle pause, durant laquelle il toise Hélène avec une pointe de dédain.

— C'est à vous de voir, ajoute-t-il. On peut attendre les secours et le laisser mourir à petit feu, assister à son agonie, en pleine conscience. Moi, ça me va.

Chapitre 31

— Le bébé ! Où est le bébé ?

Seul avec Bruno, Quentin le presse de questions. Hélène s'est absentée quelques instants, besoin pressant, a-t-elle précisé, certainement un prétexte pour s'entretenir avec Raphaël et décider du sort du blessé. S'ils décident d'abréger ses souffrances, il lui reste peu de temps pour savoir où se trouve son fils.

— Il est chez vos parents ? insiste Quentin.

Le médecin attend, il guette un mot, une réaction, un regard. Mais Bruno s'abîme dans son agonie, il n'offre pour seule réponse qu'une longue plainte.

Quentin s'impatiente.

— Dites-moi où se trouve votre fils ! s'obstine-t-il. Ulysse ! Où est Ulysse ?

Pas plus de réaction.

— Si vous me dites où il se trouve, j'irai le chercher et je vous le ramènerai. Vous n'avez pas envie de revoir votre enfant ?

Enfin quelque chose s'allume dans les yeux de Bruno. Quentin saisit une lueur, un bref éclat de conscience. Le mourant accroche le regard du médecin, plisse les paupières dans un effort de discernement, l'observe par-delà sa douleur. Puis il se détourne, vaincu par l'épuisement.

— Parlez, mon vieux ! s'énerve Quentin.

— Au... Pau... Ine..., murmure Bruno dans un soupir éreinté.

— Quoi ?

Il attend, suspendu à son souffle. Rapproche son oreille du visage exsangue. Le presse de répéter.

— Pau... Line, expire le mourant dans un effort ultime.

Quentin l'observe sans bien comprendre.

— Pauline ? Qui est Pauline ?

Toute la misère du monde.

Un fardeau.

Raphaël s'impatiente. Il le dit et le répète, Hélène ne peut pas prendre sur elle toute la misère du monde, ils doivent partir, ils n'ont plus le choix.

Elle en convient, ils vont partir, elle le promet, mais ils doivent prendre une décision au sujet de Bruno.

— Quentin dit qu'il n'a aucune chance de s'en sortir sans assistance médicale, résume-t-elle à voix basse.

Ils se sont réfugiés dans la cuisine. Hélène tient Pauline dans ses bras, qu'elle berce machinalement tant elle est rivée à son dilemme.

— OK, concède Raphaël. Du coup, ça simplifie les choses.

— Pas tant que ça, objecte-t-elle, soucieuse. Je ne sais pas si on peut lui faire confiance. Je me dis qu'il a tout intérêt à ce que Bruno meure.

— C'est lui qui l'a sauvé, pourtant...

— Il n'a sauvé personne. Pas de manière volontaire, en tout cas. Si tu réfléchis bien, depuis qu'on a ramené Bruno, il se contente de poser un diagnostic. Il n'apporte aucune solution pour améliorer son état.

— Où tu veux en venir ?

— Si je voulais me débarrasser de quelqu'un dans des circonstances similaires, je ne m'y prendrais pas autrement : j'affirme qu'il est perdu d'avance, et je fais passer un meurtre pour un acte de charité.

Raphaël s'agace.

— Écoute, je ne sais pas ce que Quentin a derrière la tête, s'il veut sauver Bruno ou s'il veut qu'il meure, et je m'en fous. Là, on doit s'en aller, Hélène. Avant la prochaine salve de bombardements. On perd un temps précieux.

— Qu'est-ce qu'on fait, alors ? Pour Bruno…

Elle l'observe, prête à déposer les armes. Elle le sait, Raphaël a raison, ils ne peuvent plus ajourner leur départ. Il en va de leur vie. Sauver celle des autres ne sert à rien si c'est au prix des leurs. Elle doit se recentrer sur ses priorités. Depuis deux jours, elle se raccroche désespérément à celle qu'elle était encore avant-hier, dans ce monde plein de défauts mais qui était le leur. Les voilà à présent perdus dans un milieu hostile dont ils ne maîtrisent pas les codes. Les anciennes valeurs n'ont plus cours. Il faut maintenant penser aux siens d'abord, à soi ensuite. Ou plutôt l'inverse. Elle repense à l'avion dépressurisé, et à la mère qui doit appliquer le masque à oxygène sur son propre visage avant de s'occuper de celui de son petit.

— Je vais dire à Quentin d'abréger ses souffrances, murmure-t-elle.

Malgré une voix si faible, la phrase résonne dans la pièce comme si elle l'avait hurlée. Hélène mesure l'ampleur de ses mots, cherche dans les yeux de Raphaël le courage de les mettre à exécution.

Ce sont les termes qui lui viennent à l'esprit.

Mettre à exécution.

Raphaël hoche lentement la tête. Il sait ce que lui coûte cette décision, un choix qui va à l'encontre de toutes ses valeurs. Il sait aussi que c'est la seule issue raisonnable.

— Je vais réveiller les enfants et leur dire de se préparer.

Il s'avance vers elle et la prend dans ses bras. Entre eux, Pauline profite de l'étreinte, quelques gazouillis éclatent comme des bulles d'eau à la surface. Hélène la serre un peu plus contre elle, excuses muettes pour ce qu'elle s'apprête à faire. La brûlure de la culpabilité la consume de l'intérieur, sa conscience se révolte. D'instinct, elle tend Pauline à Raphaël. Celui-ci veut décliner, il a mille choses à faire avant le départ, il ne peut pas s'encombrer d'un bébé. Mais au moment de refuser, il réalise l'énormité de ce qu'elle est sur le point d'accomplir : elle ne peut demander à Quentin de mettre fin aux jours de Bruno avec Pauline dans les bras. Il accueille donc le nourrisson contre lui. Ils échangent un regard grave, puis ils se détournent, chacun vers son objectif.

— Hors de question que je le tue ! Vous me prenez pour qui ?

Quentin s'insurge sans cacher son indignation, Hélène n'y comprend plus rien. Elle pensait qu'il accueillerait sa décision avec reconnaissance et soulagement, il n'en est rien.

— Vous m'avez dit que la seule chose à faire, c'était d'abréger ses souffrances, lui rappelle-t-elle.

— Oui, confirme le médecin. Mais je n'ai jamais dit que je le ferais !

Comprenant ce que cette précision implique, Hélène ouvre de grands yeux ahuris.

— Vous ne pouvez pas me demander de faire ça ! s'exclame-t-elle, affolée.

— Parce qu'à moi, vous pouvez le demander ? s'insurge-t-il.

— C'est votre métier !

— Non ! Mon métier, c'est de sauver les gens, pas de les tuer !

— Mais vous avez l'habitude de ce genre de situation ! Plus que moi, en tout cas !

— Ce n'est pas mon problème. Perso, je m'en fous, qu'il vive, qu'il souffre ou qu'il meure.

Hélène déglutit. Elle qui pensait que Quentin cherchait à se débarrasser de Bruno, elle découvre que c'est tout le contraire. Perdu dans le dédale de ses propres rancœurs, le médecin se raccroche à la douleur de l'autre. Il s'en délecte, en éprouve de l'apaisement, le répit de la vengeance. N'ayant pu obtenir d'information au sujet du bébé, le blessé ne lui est d'aucune aide. Dès lors, son sort l'indiffère, et s'il souffre, c'est tant mieux.

À mesure qu'elle comprend l'état d'esprit de Quentin, Hélène réalise qu'elle est seule face à l'horreur de la situation : Bruno est condamné, son agonie est inutile. C'est à elle de mettre fin à son supplice. Personne d'autre ne le fera.

Comment fait-on pour tuer un homme ?

Le temps presse. Elle regarde autour d'elle, cherche ce qui pourrait l'aider à passer à l'acte. Sa pharmacie ne contient que des médicaments ordinaires, dont l'ingestion aggraverait l'état de Bruno sans le conduire jusqu'au repos éternel. Ce constat la désespère. Elle se demande si elle a pris la bonne décision, prête à rebrousser chemin, puis elle se répète qu'elle n'a pas le choix : elle doit partir, mettre sa famille à l'abri, elle emmène Pauline et, d'une certaine manière, elle la sauve.

Bruno est condamné, sa vie ne tient qu'à un fil. Il va mourir. Elle ne fait qu'abréger son tourment.

Partir sans le soulager serait pire.

Les deux alternatives sont d'une égale cruauté.

Comment fait-on pour tuer un homme ?

Hélène envisage l'oreiller, mais déjà les images s'imposent, elle se voit au-dessus de Bruno, un coussin dans les mains qu'elle presse sur son visage. Elle se le représente en train de se débattre, désespéré, les membres jetés dans tous les sens, et elle qui doit tenir bon…

Impossible.

Elle n'y arrivera pas.

Alors quoi ? Comment ?

Elle s'approche de Bruno et s'agenouille. L'observe. Son teint est jaune, vitreux, peau luisante, sueur glacée. Il a du mal à respirer, cherche de l'oxygène, panique de ne pas en trouver. Mieux que quiconque, Hélène connaît cette sensation de suffocation, une pression odieuse qui vous comprime la poitrine.

Un étau.

Qui s'annonce.

À voir Bruno happer l'air comme un poisson hors de l'eau, son asthme se rappelle à elle. L'angoisse n'arrange rien, elle accélère le processus. D'une main tremblante, Hélène fouille ses poches, trouve la Ventoline que Félix lui a rendue, la secoue, la débouchonne et la porte à sa bouche. Puis elle appuie deux fois sur le tube, libérant son gaz salvateur.

Tandis qu'elle respire profondément, elle sent les effets de la crise s'éloigner. À ses côtés, Bruno gémit, à bout de forces, plaintes épuisées, mots informes hachés par un souffle précaire. Sans perdre de temps, Hélène place l'embout de l'inhalateur dans sa bouche et actionne le pressoir. Mais Bruno ne respire pas en même temps et le produit ne fait que se perdre sur sa langue. Elle fait deux tentatives supplémentaires, doit se rendre à l'évidence : elle ne fait que gaspiller sa Ventoline, ce qui n'est pas une bonne idée compte tenu des circonstances. Elle se doute qu'elle va avoir du mal à trouver son médicament à l'avenir. Elle doit l'économiser.

À regret, elle rebouche l'inhalateur et le range dans sa poche.

Bruno suffoque de plus en plus.

Quentin dit vrai : il ne survivra pas sans l'intervention des secours. L'agonie peut durer longtemps, des heures entières, peut-être même des jours.

Sa gorge s'assèche au fil de son constat, elle peine à déglutir.

— Qu'est-ce que je dois faire ? se lamente-t-elle en tournant vers Quentin un regard suppliant.

Celui-ci hausse les épaules.

— À votre place, je laisserais faire la nature, lance-t-il en passant devant elle, direction la porte.

Qui s'ouvre justement. Raphaël apparaît et l'interroge du regard. Comme elle ne réagit pas, il l'informe :

— Les enfants sont prêts. On t'attend.

Hélène blêmit, submergée par l'urgence, elle doit agir maintenant, tout de suite.

— J'arrive.

Les deux hommes sortent de la pièce.

La voilà seule avec Bruno.

Hélène fait le vide dans sa tête. Elle chasse tous les remords, les peurs, elle étouffe sa culpabilité et muselle sa conscience. Puis elle saisit l'oreiller de Raphaël et se dresse devant Bruno. Se ravise. Échange l'oreiller de Raphaël contre le sien. Elle ne sait pas pourquoi, mais chaque détail lui pose question, elle veut aller jusqu'au bout de sa décision. N'impliquer personne d'autre, fût-ce à travers un oreiller.

Elle revient vers Bruno, tenant fermement le coussin de chaque côté. Elle ne doit plus réfléchir, juste accomplir les gestes nécessaires, avec toute l'énergie et le courage dont elle est capable. Elle s'agenouille à califourchon sur la poitrine du blessé puis, sans plus hésiter, l'applique contre son visage.

Durant les premières secondes, il ne se passe rien. Bruno reste inerte. Enhardie par cette facilité inattendue, Hélène appuie de plus en plus fort, pesant de tout son poids sur l'oreiller. Le corps se tend soudain et s'agite, gagnant en puissance à mesure qu'elle accroît la pression. Elle s'attend à ce qu'il renonce, épuisé par l'effort. C'est tout le contraire. On dirait que le danger lui redonne des forces, il déploie une énergie surprenante qui lui faisait défaut quelques secondes auparavant. Hélène redouble d'efforts. Bruno se cabre davantage, elle n'en revient pas, éprouve la violence des secondes qui passent. À chacune d'elles, elle est sur le point d'abandonner, relâcher la pression, laisser tomber. Tant pis. Elle aura essayé.

Pourtant, elle ne lâche pas. Malgré les soubresauts désespérés du corps, elle tient bon.

Dix autres secondes, lentes, interminables.

Enfin, elle perçoit les premiers signes de faiblesse. Le corps s'agite toujours, mais l'énergie n'y est plus. Hélène s'en félicite, avant de réaliser que cette soudaine apathie n'est autre que la vie qui s'échappe. Un mince filet d'eau sur le point de se tarir. Elle ferme les yeux et s'extrait de toute pensée.

Elle ne veut plus réfléchir.

Elle veut juste partir.

Chapitre 32

Félix ne quitte pas la fenêtre. Ils sont sur le départ, tout le monde attend. Laura et Marius sont assis sur le divan, désœuvrés, ils surveillent Pauline du coin de l'œil, coincée entre deux coussins. Raphaël termine de remplir les sacs, il fait des allers-retours entre les différentes pièces de la maison.

À travers les carreaux brisés, le petit garçon guette les bruits de la rue. Dès qu'un véhicule se manifeste, il tend le cou pour voir s'il s'agit d'une camionnette. Il trépigne à mesure que passent les voitures et les secondes, priant le Ciel de voir son père revenir. Avec sa mère. Dans quelques instants, il sera trop tard. S'il part avec Marius et sa famille, il n'est pas sûr de revoir ses parents. Il tremble à cette idée, mais il tremble plus encore à celle de rester seul ici. Et si son père ne revenait pas ? S'il lui était arrivé quelque chose ?

Même s'il nourrit toujours une vive rancœur envers Hélène, il sait qu'il sera en sécurité avec elle. Elle est forte, juste et bienveillante. Raphaël aussi lui inspire confiance, Marius a de la chance d'avoir des parents si protecteurs. Les siens sont incertains, l'un trop violent, l'autre trop fragile, il ne peut pas compter sur eux. Son père a déclaré la guerre au monde entier, et ce bien avant que les bombes ne commencent à tomber. Quant à sa mère, elle se noie dans ses turbulences, incapable de s'occuper d'elle-même. Comment pourrait-elle s'occuper de quelqu'un d'autre ?

Hélène, elle, réagit avec discernement, attentive aux autres, à l'écoute des problèmes de chacun. Elle est gentille, incapable de faire du mal à une mouche. Pas comme son père à lui, qui a déjà tué. Aveuglé par la colère, Louis a des morts sur la conscience, Félix en est à présent certain. Ce qui n'est pas le cas d'Hélène ! Et ça, c'est rassurant.

Tout est prêt pour le départ. Raphaël s'impatiente, se rend dans la chambre où se trouvent Hélène et l'autre monsieur, dans laquelle ils se tiennent depuis ce matin. Interdiction à eux, les enfants, d'y pénétrer, le garçon en ignore la raison. Il les entend échanger quelques phrases. Le père de Marius réapparaît ensuite, il annonce que c'est bon, ils vont pouvoir partir et leur enjoint de se préparer, Hélène ne va plus tarder à présent.

Le cœur de Félix se serre. Il ne reste que peu de temps à Louis pour revenir. L'enfant ne comprend pas ce qui le retient, il devrait être de retour depuis longtemps. Peut-être que son père lui en veut de s'être sauvé quand ils étaient dans la camionnette ? Peut-être a-t-il décidé d'abandonner celui qu'il considère maintenant comme un traître ? Ou peut-être est-il blessé, coincé quelque part sans pouvoir bouger ? Ou pire encore, peut-être est-il…

À cette pensée, le petit garçon sent son courage s'effriter, tremblant à l'idée d'être désormais seul au monde, sans personne pour veiller sur lui. Faisant part de ses inquiétudes à Raphaël, celui-ci le rassure comme il peut : son père s'en sortira, il ne se tracasse pas pour lui, dit-il en se massant le nez. De toute façon, il lui a laissé un mot sur la table, informant Louis de l'endroit où ils se rendent, à Gand, dans une basilique, a-t-il précisé, où ils resteront pendant quelques jours.

— Pourquoi on ne l'attend pas ici ? demande Félix.

Raphaël prend le temps de lui expliquer l'urgence de quitter la ville et celle de rejoindre la Flandre. Là-bas, ils seront en sécurité, ils auront des nouvelles de Soline, les choses seront plus simples. Et puis, il ne désespère pas que le réseau soit bientôt rétabli, ce qui faciliterait la situation.

Le petit garçon se raccroche à ce maigre espoir.

Malgré tout, l'angoisse lui noue les tripes. Le papier écrit à l'intention de Louis est là, en effet, posé sur la table de la salle à manger, mais rien ne dit qu'il le verra. Félix connaît son père : en constatant qu'il n'y a personne, il ne s'attardera pas et quittera l'appartement sans même chercher un indice pour savoir où se trouve son fils. Parce qu'il agit toujours avant de réfléchir, tout comme il rit avant d'avoir fini de raconter une blague, il accuse avant de savoir, il frappe avant de comprendre. Sans compter qu'il peut arriver n'importe quoi, un courant d'air qui emporte le mot, ou la maison qui s'écroule, mille choses peuvent survenir. Aujourd'hui, tout est possible.

Plus il y réfléchit, plus Félix craint de ne jamais revoir ses parents.

Déjà Marius et Laura se lèvent, prêts à suivre leur père. Au même moment, Quentin apparaît et annonce qu'il s'en va. Il traverse le salon, longe le canapé et s'arrête devant le bébé. Quelques secondes en suspens durant lesquelles il observe Pauline. Celle-ci s'agite et bave, les yeux grands ouverts, le gazouillis humide. Quentin se penche sur elle et lui caresse la joue avec une infinie douceur.

— Il faut partir, maintenant, lui ordonne Raphaël en interrompant sèchement l'échange.

Quentin sursaute et se redresse, ramenant à lui sa main. Il bredouille, mal à l'aise, oui, il s'en va. Il ajoute qu'il est désolé, sans préciser de quoi exactement, qu'importe, les raisons d'être désolé ne manquent pas. Raphaël est tendu, ça se sent. D'un hochement de tête, il invite Quentin à quitter l'appartement. Celui-ci obtempère, et tous deux se dirigent vers le hall d'entrée.

Très vite, Raphaël est de retour, fébrile et autoritaire. Il exhorte les enfants à terminer de se préparer, leur conseille de bien vérifier qu'ils ont tout, les avertit qu'ils ne reviendront pas de sitôt. S'ils reviennent un jour.

— Ne vous surchargez pas, mais si vous tenez à quelque chose et si ce n'est pas trop encombrant, prenez-le.

Dans le vestibule, trois sacs sont posés contre le mur. Raphaël indique le moins volumineux à Laura.

— Ma puce, tu prendras celui-ci, d'accord ? Il n'est pas trop lourd.

Docile, Laura acquiesce sans rechigner.

Durant les minutes qui suivent, tout le monde s'agite. Marius et Laura regagnent leur chambre et passent en revue les effets dont ils vont se séparer. Félix n'a pas ce problème : il ne possède rien, ici, rien de ce qui compte vraiment. Raphaël vérifie le sac de provisions, ainsi que les affaires de Pauline, il passe de la cuisine au hall d'entrée, répartit le minimum vital entre les trois sacs à dos.

Félix, lui, retourne à la fenêtre du salon et reprend son guet, le cou tendu vers dehors, à l'affût d'une camionnette.

Sur le divan, Pauline s'est endormie.

Hélène relâche peu à peu la pression. Cela fait une ou deux minutes que Bruno ne bouge plus. Par-delà l'épaisseur du coussin, elle perçoit l'abandon d'un corps qui a cessé de vivre. Elle commence à se redresser. L'épreuve est presque terminée. Elle doit à présent retirer le coussin et affronter le visage de Bruno. Elle doit aller jusqu'au bout de son choix, s'assurer qu'il est mort, qu'il ne souffrira plus.

Alors elle retire l'oreiller.

Bruno est bel et bien mort, ses traits en attestent. L'immobilité de son visage est totale, sa bouche est ouverte, raidie sur son ultime combat, celui de happer un peu d'air avant de rendre son dernier souffle. Ses yeux sont fixés sur le néant, sa peau se couvre d'une fine pellicule, une sueur inerte qui le fige à jamais. Hélène n'oubliera pas ce visage, elle le sait. Comme elle sait qu'elle est désormais différente, marquée pour toujours par ce qu'elle vient de faire.

La porte s'ouvre et met fin à ses réflexions. Raphaël la presse, tout le monde est prêt, on n'attend plus qu'elle. Très vite, pourtant, il s'interrompt et la rejoint. En découvrant le corps de Bruno, il comprend.

— Viens, murmure-t-il doucement en l'aidant à se relever.

Hélène s'accroche à lui sans quitter Bruno des yeux.

— Tu as fait ce qu'il fallait, ajoute Raphaël tandis qu'il la ramène à lui.

Hélène hoche la tête, comme pour s'en convaincre. Elle se serre contre lui, s'abandonne quelques secondes. Elle capitule. Raphaël est là pour la retenir, il la porte, il la maintient debout. Tant qu'il est là, il ne peut rien lui arriver.

— Allons-y, se contente-t-elle de dire.

Ils quittent la pièce dont ils referment la porte, laissant derrière eux le corps de Bruno, définitivement soulagé de sa douleur.

Cette maison devient un vrai cimetière.

— Les sacs sont prêts, annonce Raphaël, les enfants aussi. Ils sont dans leur chambre, il faut les prévenir qu'on s'en va. J'ai bidouillé un truc sur les vélos pour qu'on puisse prendre chacun un garçon sur le porte-bagages. Je prendrai Pauline en écharpe contre moi, dit-il en se hâtant vers le hall d'entrée.

— Parfait ! s'exclame Hélène un peu trop brutalement, trahissant les efforts qu'elle fait pour reconnecter avec l'urgence du moment.

Ils sont dans le corridor, sur le point de bifurquer, lui vers le salon, elle vers les chambres.

— Et Quentin ? demande Hélène.

— Parti.

Au même instant, les deux petits garçons apparaissent, sortant de la chambre de Marius. L'un tient un Kapla dans sa main, l'autre un Playmobil. Raphaël leur enjoint de regagner le vestibule pendant qu'il informe Laura qu'ils s'en vont.

— Va chercher Pauline, dit-il à Hélène.

Elle file vers le salon. Raphaël ouvre la porte de la chambre de Laura.

— On y va, ma puce.

L'adolescente est assise sur son lit, en larmes.

Raphaël réprime un soupir, s'avance vers elle et lui tend la main.

— Je sais que c'est dur, poussin. Mais là, il faut qu'on parte. Sans plus attendre. Tout le monde est prêt.

Laura acquiesce et ravale ses pleurs. Elle essuie ses joues avec la paume de sa main, étalant sur son visage sa peine et sa peur, avant de suivre son père, docile comme toujours.

— Où est Pauline ? crie la voix d'Hélène, en provenance du salon.

— Sur le divan ! répond Raphaël.

— Non ! rugit Hélène. Elle n'y est pas !

Raphaël ne comprend pas tout de suite. Quand il débouche dans l'entrée, Hélène le rejoint, très agitée.

— Où est Pauline ? répète-t-elle, fébrile.

— Sur le divan, je te dis ! s'énerve Raphaël. Je l'ai laissée là.

— Et moi je te dis qu'elle n'y est pas !

Raphaël fouille dans sa mémoire, tout en sachant très bien que le bébé ne peut être ailleurs. Il l'y a déposé, il l'a vu quelques secondes auparavant…

Il alpague les enfants :

— Vous avez pris Pauline ?

Trois têtes se secouent, impressionnées par l'affolement qui émane des adultes.

Hélène et Raphaël se dévisagent.

Cherchant une explication à ce cauchemar, ils comprennent que, cette fois, la situation leur échappe totalement.

Chapitre 33

Au début, ils cherchent partout, même s'il est évident que Pauline ne s'est pas déplacée toute seule, à un âge où elle parvient à peine à maintenir sa tête à la verticale.

Il faut très vite accepter la réalité : quelqu'un a enlevé Pauline.

Et ce quelqu'un, sans l'ombre d'un doute, c'est Quentin.

Qui d'autre ?

En interrogeant les enfants et en reconstituant les faits, il est possible que le bébé soit resté seul dans le salon pendant cinq minutes environ, durant lesquelles tout le monde était dans les chambres. Personne pour garder Pauline. Si Quentin, au lieu de partir comme il l'avait promis, était revenu pour une raison ou une autre, on peut tout à fait imaginer qu'il ait profité de l'absence de surveillance pour emmener le bébé.

Hélène se précipite dans la cage d'escalier : la chose vient de se produire, Quentin n'a pas pu aller bien loin. Raphaël la suit de près, intimant aux enfants de ne bouger sous aucun prétexte. Ils dévalent les marches à toute vitesse, Raphaël crie à Hélène qu'il ira du côté de la rue de la Victoire pendant qu'elle prendra vers la chaussée de Waterloo. Hélène acquiesce sans ralentir sa course, les voilà presque au rez-de-chaussée…

Des éclats de voix.

Des ordres.

Désordre.

Au moment où elle atteint le palier du hall d'entrée, Hélène voit débouler devant elle quatre hommes en habits militaires, gilets pare-balles, casques sur la tête, armes à la main. Des mitraillettes. Ils pénètrent dans la maison au pas de charge, tombent nez à nez avec le couple, dont la précipitation et l'expression affolée les mettent en alerte. Ils leur intiment de s'arrêter, le verbe fort, sommation absolue, les armes soudain braquées sur eux.

Hélène et Raphaël pilent, mouvement de panique, bras levés, non, ne tirez pas ! Les cris se superposent, affolement d'un côté, semonces de l'autre, chahut égaré, chacun cherchant à convaincre ceux d'en face de ne rien faire. Le calme tarde à revenir. Hélène détaille les militaires, prenant subitement conscience de la raison de leur présence.

Les secours !

Enfin !

Les secours !

Mais l'explosion de soulagement est aussitôt fauchée par la morsure du regret. Elle pense à Bruno qu'elle vient de tuer. Le choc est si violent qu'elle a la sensation d'être aspirée tout au fond d'elle-même, une chute sans fin, son cœur, son âme. Ses traits sont crispés par l'horreur, quelque chose se brise en elle. Mais l'urgence est la plus forte, chaque seconde perdue ici diminue les chances de retrouver Pauline. Alors elle fonce vers la sortie, elle veut passer coûte que coûte, reprendre sa course folle à la poursuite de Quentin. Raphaël la retient de justesse, elle se débat, il resserre son étreinte et tente de la raisonner, mais elle n'écoute rien. Elle se révolte, lui ordonne de la lâcher, Pauline est en danger, qu'est-ce qui lui prend ? Elle s'adresse ensuite aux militaires, parle d'enlèvement, son bébé, disparu ! L'un des hommes se détache et couvre sa voix d'un ordre.

— Calmez-vous, madame, ou je vais être obligé de vous neutraliser !

Raphaël prend peur, il intime à Hélène de se taire sur-le-champ. Celle-ci se raidit, elle fait un effort surhumain pour se dominer.

Sans cesser de les tenir en joue, le militaire s'approche encore.

— Nous sommes l'armée belge, nous sommes là pour vous évacuer. Vous êtes en sécurité mais il faut vous calmer, madame. Je suis le capitaine Luca De Santis. Y a-t-il d'autres personnes dans la maison ?

Sa voix est ferme, mais rassurante. Il est jeune, trente ans tout au plus. Il se dégage pourtant de lui une force naturelle, non feinte. Ses traits sont sévères, révélant une gravité qui contraste avec sa jeunesse.

Raphaël se hâte de répondre :

— Il y a nos enfants en haut, au deuxième étage.

— Il y a surtout un bébé qui a disparu, ajoute Hélène avec fébrilité.

Le capitaine se concentre sur l'information donnée par Raphaël.

— Combien ?

— Trois.
— Personne d'autre ?
— Non.

Il se tourne vers ses trois collègues et leur fait un signe de tête en indiquant les étages. Les soldats rejoignent aussitôt la cage d'escalier.

— Je vais les accompagner, propose Raphaël, inquiet. Mes enfants risquent d'avoir peur en voyant des militaires débarquer.

— Tout se passera bien, lui promet le capitaine. Il y a des blessés, parmi vous ?

— Il y a un bébé qui a disparu ! insiste Hélène, de plus en plus à cran.

— Pas de blessé, non ! répond vivement Raphaël.

Puis, dans la foulée :

— On sait ce qui se passe ? Qui nous attaque ?

— Je ne suis pas habilité à vous répondre, monsieur, lui répond Luca De Santis en le regardant avec franchise dans les yeux.

Il s'adresse ensuite à Hélène :

— Que s'est-il passé avec votre bébé, madame ?

Surprise qu'on lui donne enfin la parole, Hélène marque un temps avant de se reprendre.

— Un homme a enlevé un bébé de trois mois, une petite fille, elle s'appelle Pauline.

— Depuis combien de temps ?

Encouragée par l'attention qu'on lui accorde, Hélène résume la situation. Elle évoque Quentin, dont elle décrit le physique négligé, facilement identifiable.

— Ça vient de se produire, il y a seulement quelques minutes ! On peut encore le rattraper !

— On va s'en occuper, lui promet Luca De Santis.

Des étages leur parviennent des bruits de toutes sortes, coups frappés aux portes, fracas, battants que l'on force, voix des militaires qui s'annoncent, demandent s'il y a quelqu'un, ordre d'évacuation, veuillez vous signaler !

— En attendant, vous ne bougez pas d'ici, continue le capitaine à l'adresse d'Hélène et de Raphaël. Dès que mes hommes redescendent avec vos enfants, vous montez dans un des bus qui se trouvent dans la rue.

— On peut récupérer nos affaires ? demande Raphaël. Elles sont en haut…

Le militaire s'apprête à lui répondre quand, de là-haut, le cri d'un de ses hommes retentit.

— Capitaine, j'ai un pax non vivant au niveau un ! Sexe masculin, dans les quatre-vingts ans, pas de blessure apparente. Demande d'instructions !

Luca De Santis s'adresse au couple :

— Il y a vieil homme mort dans un appartement du premier étage. Vous êtes au courant ?

— Le vieux Corneille ! s'exclame Hélène, sincèrement touchée. On était sans nouvelles de lui depuis le début des bombardements, on a cru qu'il n'était pas là…

— OK, on verra ça plus tard, décide le capitaine.

Puis, levant la tête, il hurle en direction de l'étage :

— Cadavre signalé, pas prioritaire. Tu continues !

— Bien compris ! répond la voix.

L'annonce de la mort du vieil homme laisse un écho confus derrière lequel traîne un peu de honte, quelques secondes de silence pour seule oraison, que les angoisses du moment balaient bien vite.

— On fait quoi, pour le bébé ? s'enquiert Hélène.

— On s'en occupe, je vous l'ai dit, répond le militaire. On procède à une large opération d'évacuation, toute la population est emmenée vers des camps en zone sécurisée. Il est très probable que l'homme qui a enlevé votre bébé soit déjà dans un des bus.

— Mais s'il n'y est pas ? s'obstine Hélène, au bord de l'hystérie.

Sans perdre plus de temps, le militaire saisit sa radio qu'il allume en la portant à ses lèvres. Une voix lui répond, à laquelle le capitaine fait un résumé de la situation : on recherche un homme d'une trentaine d'années qui porte un bébé de trois mois dans les bras. Pendant qu'il échange avec son collègue, Luca De Santis demande des précisions à Hélène, taille et poids approximatifs de Quentin, la couleur de ses cheveux, son aspect général, la façon dont il est habillé. De l'autre côté de la ligne, on prend note et on promet de prévenir si quelqu'un correspond à cette description.

— Ils sont où, ces camps en zone sécurisée ? s'enquiert Raphaël sitôt la radio éteinte.

— Dans le Brabant wallon, je n'en sais pas plus.

Raphaël s'apprête à parler de la Flandre, ils doivent se rendre à Gand, mais des cris détournent son attention, accompagnés de bruits de pas. L'instant d'après, la voix de Marius les appelle, papa ! maman ! Les enfants dévalent l'escalier, escortés par un des hommes qui étaient montés aux étages. Marius et Laura se précipitent vers eux, le petit garçon se réfugie auprès de sa mère tandis que l'adolescente rejoint son père.

Félix suit de près, poussé dans le dos par le militaire.

Des trois enfants, il semble le plus affolé. Il se révolte, ordonne qu'on le laisse tranquille. À plusieurs reprises, il tente de s'échapper pour remonter, mais le militaire le retient fermement.

— Celui-ci ne veut pas partir, s'impatiente ce dernier en guidant l'enfant jusqu'aux parents.

Félix se débat sans cesser de rugir, jusqu'à ce que Raphaël lui intime sèchement de se taire.

Ensuite, tout va très vite. La radio du capitaine crépite, il la porte à son oreille, établit le contact. La voix d'un homme l'informe de la présence d'un cadavre encore frais, circonstances suspectes. Puis il répète : circonstances suspectes.

Les traits du capitaine se tendent, et soudain son attitude change. Il devient glacial, somme les enfants de s'éloigner de leurs parents. Stupeur. Le militaire s'adresse à Hélène et à Raphaël, le ton menaçant.

— Je vais vous demander de vous mettre à genoux, les mains sur la nuque.

L'arme est de nouveau braquée sur eux.

Hélène ouvre de grands yeux ahuris, Raphaël plisse les siens, dans l'incompréhension. Le militaire répète son ordre, plus agressif. Les enfants paniquent à leur tour. Ils se tournent vers les adultes, veulent savoir ce qu'il se passe. Déjà Laura éclate en sanglots, Marius tremble de tous ses membres, Félix abandonne toute révolte.

— Maintenant ! s'impatiente Luca De Santis.

Son collègue intervient, il entraîne les enfants à l'écart, mais ceux-ci sont pris d'angoisse et s'affolent. Félix, quant à lui, est tétanisé. Son visage est marqué par l'horreur, blême. En même temps qu'il s'exécute, genoux à terre, Raphaël tente de ramener le calme, il parle aux enfants, ce n'est rien, tout va s'arranger, faites ce qu'on vous dit ! Hélène reste debout, médusée. Le capitaine lui répète son ordre, plus violemment encore, la mitraillette pointée dans sa direction. Raphaël l'agrippe par le pull et la force à s'agenouiller. Enfin, elle obtempère.

— Il y a un corps dans votre appartement ! déclare le militaire sans cesser de les tenir en joue. Et visiblement, celui-là n'est pas mort de vieillesse !

— Je peux tout vous expliquer ! s'exclame Hélène d'une voix saturée par l'émotion. Il s'agit de notre voisin, Bruno Parmentier, et…

— L'homme qui a enlevé le bébé ! la coupe Raphaël. C'est lui qui a tué notre voisin. Il s'appelle Quentin Mertens !

Hélène tourne la tête vers Raphaël, dissimulant mal sa surprise. Elle hésite un bref instant, il le voit, accuser quelqu'un d'autre d'un crime qu'elle a commis est contraire à toutes ses valeurs. Il craint qu'elle ne le contredise, alors il la dévisage, et dans ses yeux passent toutes les suppliques du monde.

— Nous n'avons rien pu faire, ajoute-t-il à l'intention du militaire. Nous devions protéger nos enfants.

Il insiste sur les derniers mots, et cette partie de la phrase s'adresse à Hélène, elle le comprend. Alors elle se tait, même si elle pressent que cette fausse accusation va leur porter préjudice. Elle a la sensation d'être un insecte pris dans une toile d'araignée : plus elle se débat, plus la situation s'aggrave.

— Que s'est-il passé ? demande le militaire, méfiant.

Raphaël entreprend de lui résumer l'affaire, il parle de rivalité amoureuse, de rancœur et de vengeance. Il s'embrouille dans son récit, tant il est nerveux, cherche à convaincre plus qu'à raconter. Il fait mention de l'état de Quentin, décrit sa fragilité psychologique, la mauvaise impression que cet homme leur a faite.

— OK, on va voir ça, admet le capitaine. Donnez-moi vos pièces d'identité.

— Pour quoi faire ? s'affole Raphaël.

— Je vais devoir faire un rapport. Vos pièces d'identité ! insiste le militaire.

— Elles sont en haut, dans nos sacs, répond Hélène. Dans le vestibule de notre appartement.

Le capitaine se tourne une nouvelle fois vers son collègue et lui fait signe d'aller chercher les sacs.

— Et les gosses ? objecte celui-ci.

— Laisse-les, répond le capitaine en leur donnant d'un hochement de tête l'autorisation de rejoindre leurs parents.

Le militaire acquiesce et s'engage dans l'escalier. Aussitôt, Marius et Laura reviennent auprès d'eux, suivis par Félix. Laura sanglote dans les bras de son père, Marius se presse contre sa mère, cherchant ses bras, son attention, son regard. Mais Hélène ne quitte pas le militaire des yeux.

— Qu'est-ce qui va se passer, maintenant ? s'inquiète-t-elle.

Luca De Santis la considère sans répondre. Il semble partagé entre le respect d'une procédure que les circonstances rendent absurde et le bon sens de procéder à l'évacuation sans délai.

Urgence.

L'important, aujourd'hui, est de survivre.

Il les regarde tous, les parents, les enfants, Laura en pleurs, Hélène marquée par l'effroi. Ce sont des gens ordinaires, ça se voit, des vies en sursis qu'il faut mettre à l'abri. Ce sont des victimes plus que des prédateurs. D'ailleurs Hélène ressemble un peu à sa propre mère, en plus jeune. Le même genre de femme. Quelque chose dans son regard le touche, entre force et incertitude.

— Je vais noter vos identités et ensuite on va procéder à l'évacuation, répond-il à voix basse, comme s'il prenait soin de rester discret. On verra ça plus tard.

— Merci ! souffle Hélène, reconnaissante.

Raphaël exprime à son tour sa gratitude, soulagé par la tournure que prennent les événements. Il serre Laura contre lui, lui enjoint de se calmer, les choses s'arrangent.

Ils vont pouvoir partir, enfin !

À l'évocation du départ, Félix s'agite. Il s'approche d'Hélène, tremblant, lui demande son attention.

Déjà l'autre militaire redescend avec leurs sacs, qu'il tend à Raphaël.

Pendant que celui-ci les fouille à la recherche de leurs pièces d'identité, le petit garçon insiste :

— Hélène, je dois te dire un truc...

— Ce n'est pas le moment, Félix, le coupe-t-elle.

Raphaël vient de trouver les passeports. Hélène suit son geste des yeux, le bras tendu vers le capitaine, sa main lui présentant les papiers d'identité. Juste avant de s'emparer des documents, le militaire le dévisage :

— Vous vous êtes battu ? lui demande-t-il en lui indiquant son nez tuméfié.

Une rafale de balles l'empêche de répondre. Hélène sursaute, Raphaël tressaille.

On tire à l'étage.

Le capitaine saisit sa radio et établit le contact. Il s'informe de la raison des tirs, on lui répond que tout va bien, on vient de forcer une porte au troisième étage.

Le temps s'arrête.

Hélène et Raphaël se regardent. Dans leurs yeux, l'effarement. Tous deux pensent au corps du garçon étendu dans le vestibule de l'appartement des Parmentier.

L'esprit de Raphaël s'affole. Il tient les passeports à la main, il peut encore les garder. Prendre la fuite. L'idée le traverse comme une flèche. Il observe Hélène, puis Marius, puis Félix. Il évalue la distance qui les sépare de la porte. Il songe ensuite à la façon de procéder. S'il leur crie de courir, il y a des chances pour qu'ils réagissent vite. Lui, il peut saisir Laura par la main et l'entraîner. Jouer sur l'effet de surprise pour gagner de précieuses secondes.

Mais après ?

Il envisage la suite, mais la radio du capitaine crépite de nouveau.

Trop tard.

Raphaël regrette de ne pas avoir tenu tête à Louis, quand celui-ci trouvait ridicule de mettre le corps du garçon à l'arrière de l'appartement. Il n'aurait gagné que quelques minutes, sans doute, mais c'est précisément ce dont il a le plus besoin, à cet instant : du temps, même infime.

La voix résonne dans la radio : il y a un autre cadavre dans la maison.

Circonstances suspectes.

Il répète : circonstances suspectes.

Cette fois, les traits de Luca De Santis se glacent.

— Trois cadavres, ça commence à faire beaucoup.

Chapitre 34

Elle est sortie de la caverne, ça y est.

Elle contemple le monde réel dans toute sa vérité.

Le choc est violent.

Laura regarde autour d'elle, et ce qu'elle voit lui fait peur. Des gens s'entassent dans les bus. Il y en a trois dans la rue, ce sont des bus de la STIB, de ceux qu'elle prend le matin pour se rendre au lycée. Les gens sont affolés et épuisés, ce sont des familles, des bouts de famille, des vieilles personnes, des enfants en bas âge. Marius et Félix se serrent contre elle, tout aussi effrayés. Réfugiés au fond du véhicule, Laura ne quitte pas des yeux l'entrée, tant elle espère voir son père et Hélène apparaître. Ils lui ont promis de les rejoindre très vite, dès qu'ils auront répondu aux questions du capitaine. Mais à mesure que le bus se remplit, l'angoisse grandit. Laura le savait, ils n'auraient jamais dû se séparer. Chaque fois que le groupe se divise, il perd de sa force. Elle a pourtant supplié son père de pouvoir rester avec lui, il n'a rien voulu entendre. Laura garde en mémoire ses mots, il lui dit de ne pas s'inquiéter, lui demande de veiller sur les garçons, lui assure de très vite les retrouver. Hélène s'y oppose, elle refuse de se séparer des enfants. Le moment est tendu, les militaires les somment de les suivre. Hélène rugit, hors de question de quitter les enfants, ils restent avec eux. Raphaël se penche à son oreille et lui souffle quelque chose. L'argument semble faire mouche car les traits d'Hélène se décomposent.

Elle finit par capituler.

C'est au tour de Laura d'implorer, mais rien à faire, son père la prend à part et lui parle comme à une adulte, la voix grave, pressée, le visage tendu. Promesses. Il lui donne sa parole, tout ira bien, ils n'en ont pas pour longtemps. Sauf que les minutes passent et qu'ils ne sont toujours pas là.

À présent, serrés les uns contre les autres, transis de peur, Laura et les garçons attendent tandis que des gens prennent place et remplissent peu à peu l'habitacle. L'adolescente scrute les visages qui apparaissent dans son champ de vision, elle cherche la silhouette de son père. Tous ses repères viennent de voler en éclats, éparpillés aux quatre vents. On vient de braquer sur elle une vive lumière alors que, jusque-là, elle a vécu dans l'obscurité.

La caverne.

Elle en est sortie.

Insupportable et douloureuse vérité. Comme le soleil éblouit ceux qui tentent de le regarder en face, la prise de conscience est aveuglante. Des éclairs s'allument dans sa tête. Ses yeux la brûlent. Elle a mal.

— Laura, gémit Félix à côté d'elle.

L'adolescente veut chasser cette voix pénible, ne rien gérer d'autre que sa peur, son attente et ses espoirs.

— Laura, répète le petit garçon.

Elle s'apprête à répondre, fiche-moi la paix, mais, soudain, à l'entrée du bus, une silhouette se découpe qu'elle reconnaît tout de suite. Quentin. Son aspect négligé lui saute aux yeux, sa posture farouche, ses cheveux fous. L'homme grimpe dans le véhicule déjà bien rempli et trouve une place non loin des portes de milieu.

Il est seul, ne tient aucun bébé dans ses bras.

Laura s'agite, regarde autour d'elle, que doit-elle faire ? Où est Pauline ? Elle cherche son téléphone, réflexe, prévenir son père et Hélène. Pas de téléphone. De toute façon, pas de réseau, plus de batterie.

L'adolescente s'apprête à l'alpaguer, donner l'alerte.

— Laura ! insiste Félix.

— Quoi ? s'impatiente-t-elle sans lâcher Quentin des yeux.

— Je sais où est Pauline, avoue le petit garçon en tremblant de tous ses membres.

Laura n'est pas certaine de comprendre.

— Comment ça, tu sais où est Pauline ?

— C'est moi qui l'ai cachée. Je ne voulais pas qu'on s'en aille, tu comprends ? Je voulais attendre mon père. J'ai cru que…

Laura tourne la tête vers lui, horrifiée par ce qu'elle vient d'entendre.

— C'est maintenant que tu le dis ?

Félix baisse la tête tandis que ses yeux se gorgent de larmes.

— J'ai essayé de le dire, mais personne…

— Elle est où ? le coupe la jeune fille.

— Je l'ai mise sous l'évier de la cuisine, répond le garçon d'une voix ponctuée de sanglots. Elle dormait dans sa couverture, elle ne s'est pas réveillée.

Laura le considère, effarée.

— Tu es dingue !

Elle se lève, bien décidée à rejoindre son père et Hélène. Un bruit de moteur accompagné d'une secousse la coupe dans son élan : le bus se met en branle, prêt à démarrer !

Nouveau choc, Laura sent son cœur se cabrer dans sa poitrine. Ils ne peuvent pas se mettre en route, pas maintenant ! Ils doivent rejoindre leurs parents, leur dire où se trouve Pauline ! Il faut la récupérer avant de partir !

Laura rugit :

— Non !

Déjà elle file vers les portes. Derrière elle, Marius et Félix se ruent à sa suite, paniqués à l'idée de rester seuls dans le bus.

— Ne partez pas ! beugle l'adolescente.

— Attends-nous, Laura ! crient les garçons.

La distance qui les sépare de l'avant du bus semble interminable, jonchée d'obstacles en tout genre, des pieds, des jambes, des sacs, que Laura franchit avec maladresse, manquant de tomber à plusieurs reprises. Les garçons la suivent comme ils peuvent, sans cesser de la héler, Laura où tu vas, attends ! S'ajoutent à cela le chahut ambiant, les plaintes des gens sur lesquels ils trébuchent, leur révolte. Pour ne rien arranger, les portes du bus se ferment dans un claquement brutal. Elle se raidit, hurle de rouvrir la porte, ils doivent sortir ! Mais déjà le bus avance, indifférent à la détresse des trois enfants. Le mouvement les déséquilibre, Laura tombe sur des gens, dont certains protestent et lui enjoignent de s'asseoir. La jeune fille refuse, elle doit arrêter ce car ! Une femme lui ordonne sèchement de n'en rien faire, l'urgence est de quitter la ville au plus vite !

— Restez tranquille !

Laura n'entend rien. Tout ce qu'elle veut, c'est sortir. Retourner chez elle, retrouver son père. Libérer Pauline de son placard.

Le bus quitte la rue Saint-Bernard.

— Laissez-nous sortir ! s'exclame-t-elle, de plus en plus affolée.

Derrière elle, Félix lui fait écho, tout aussi paniqué, les joues baignées de larmes. Marius ne cesse d'appeler, Laura, Laura ! Tumulte. Ça bouge dans tous les sens, elle se cramponne à ce qu'elle peut. Marius tombe. Les gens commencent à les prendre à partie, ça suffit, asseyez-vous !

Soudain, Laura se sent entraînée vers le bas : une femme dont l'embonpoint est manifeste la saisit par le bras et force son attention :

— Écoute-moi bien, ma jolie : je n'ai pas l'intention de mettre ma vie et celle de mes gosses en danger pour une gamine hystérique et ses deux gniards de frangin. Alors maintenant, vous allez vous asseoir et rester bien tranquilles ! Personne n'arrête ce bus, c'est compris ?

Laura déglutit, tétanisée par les paroles de la femme. Elle hoche la tête, oui, oui, c'est compris, elle obéit.

La peur.

Une fois de plus, tout s'arrête à cause de la peur.

L'adolescente n'ose plus bouger, plus parler, elle se replie comme un petit animal effrayé, elle se terre au fond d'elle-même. Félix et Marius l'imitent. Tous trois assis à même le sol du bus.

À terre.

Laura ne veut plus être à terre.

Tandis qu'elle se recroqueville, terrassée par la frayeur, une turbulence inconnue s'agite en elle. Stop ! Dégoût. Son visage se déforme, lèvres pincées, nez plissé, ses yeux se ferment dans un refus viscéral. L'adolescente tressaille, le grondement de la révolte éclôt, il retourne ses pensées, celles qui l'enchaînent à ses angoisses, il les éventre, il les crève comme des ballons pleins d'air. Laura ne veut plus qu'aucune poigne, fût-elle celle du destin, l'entraîne vers le bas. De quoi a-t-elle peur ? De désobéir à cette femme qu'elle ne connaît pas, au prix de la vie de Pauline et de l'absence de ses parents ?

Absurde !

Les ombres dansent sur le mur de la caverne et lui chuchotent des mensonges. Maintenant que Laura a vu le monde tel qu'il est, elle ne veut plus les écouter.

Le bus roule au pas, contournant les obstacles qui jonchent la chaussée.

Ils peuvent encore s'enfuir.

Laura se redresse. Elle croise le regard de Marius, lui chuchote qu'ils vont partir, sauter hors du véhicule. Le petit garçon ouvre de grands yeux apeurés, mais il hoche la tête. D'accord. Il préfère ça, il ne veut pas rester là, aux pieds de cette méchante femme.

— Préviens Félix, lui lance-t-elle dans un murmure.

Marius s'exécute. Sitôt le copain averti, Laura se lève. Les garçons l'imitent, et tous trois se dirigent vers les portières centrales. La femme rugit derrière eux, elle les somme de se rasseoir, mais aucun ne l'écoute. Sur leur passage, la plupart des gens les laissent passer, par indifférence plus que par compassion. Ils atteignent le milieu du véhicule, là où se trouve Quentin. Celui-ci tourne la tête vers eux, il les voit approcher, d'abord surpris…

— Que faites-vous là ? Où sont vos parents ?

— Ils sont restés à l'appartement.

— Avec le bébé ?

Bouche ouverte, tétanisée, Laura le considère sans formuler la moindre réponse. Les mots de son père se rappellent à sa mémoire, interdiction d'échanger avec Quentin, encore moins au sujet du bébé. Elle n'a pas très bien compris les raisons de cette injonction, toujours est-il que la voilà muette comme une carpe, se refusant de lui révéler que Pauline est livrée à elle-même, rue Saint-Bernard, et qu'ils doivent la récupérer avant que les parents ne quittent la maison à leur tour, abandonnant le bébé à son sort.

— On doit sortir du bus, balbutie-t-elle.

— Pourquoi ? insiste Quentin.

Dans l'habitacle, plusieurs voix s'élèvent, celle de la grosse femme plus fort que les autres, avec ses mots répugnants. Hors de question d'arrêter le bus ! D'autres se joignent à elle, Laura tremble, sa révolte l'encombre, elle voudrait l'étouffer et se rasseoir, ce serait plus simple. Mais l'émeute rugit dans son corps et prend ses pensées en otage. L'adolescente se sent submergée, tant d'émotions contraires, ça lui crève les poumons.

— On doit aller chez Félix, retrouver ses parents, ment-elle.

C'est la seule chose qui lui vient à l'esprit, parce que Félix lui a parlé de son père et qu'elle n'a rien trouvé de plus crédible.

— Qui est Félix ? demande le médecin.

— C'est lui, répond Laura en indiquant l'enfant, juste derrière elle. C'est le copain de mon frère.

Quentin dévisage le petit garçon. Celui-ci hoche fébrilement la tête en signe de confirmation.

— Mais je ne veux pas aller chez le père de Félix, moi ! se révolte Marius, sans comprendre la ruse.

Laura tressaille, cet idiot risque de vendre la mèche. Elle se tourne vers lui et lui lance un regard lourd de sous-entendus.

— Tu feras ce qu'on te dit !

Marius s'apprête à regimber de nouveau, elle lui écrase discrètement le pied. L'enfant pousse un cri, lève les yeux sur sa sœur, la considère avec incompréhension.

— Il faut arrêter ce bus ! ajoute Laura en reprenant sa route vers l'avant du véhicule.

À l'arrière, la femme en remet une couche, paroles acerbes dont le fiel se répand autour d'elle. Les autres passagers assistent à l'échange. Quelques-uns lui donnent raison, la plupart se taisent, abattus par leur propre sort.

— Fermez-la ! tonitrue soudain Quentin. Ces enfants vont descendre du bus, point barre. Le premier qui les en empêche, je lui fous mon poing dans la gueule !

Sans attendre de réaction, il brise le cache en verre situé à côté de la porte, qui libère le vérin pneumatique. Celui-ci permet l'ouverture manuelle de la porte en la tirant à soi. En quelques secondes, le passage est dégagé.

Le bus ne roule pas vite, c'est une chance.

Dans l'habitacle, plus personne ne bronche. Le véhicule est si bondé que le chauffeur semble ne rien remarquer de la manœuvre. Et si c'est le cas, il n'en tient pas compte.

Laura revient sur ses pas et adresse un regard plein de gratitude à Quentin. Celui-ci lui tend la main, lui indiquant qu'il va l'aider à sauter. L'adolescente s'en saisit. Déjà elle s'avance vers l'ouverture. Descend sur le marchepied, se cramponne à son bras pour ne pas tomber. Il accompagne son mouvement, grâce auquel Laura atterrit sur la route sans une égratignure. Il saisit ensuite Marius et le tend à la jeune fille qui suit le bus pour recevoir le petit garçon.

Pareil pour Félix.

Les trois enfants sont sortis.

Aussitôt, Quentin referme la porte.

Le bus s'éloigne.

Interrogatoire sommaire, le capitaine De Santis ne dévie pas de sa mission première : évacuer une population livrée à elle-même depuis plus de quarante-huit heures, en situation de conflit armé. Il n'empêche. Les instructions sont claires : au milieu de toutes ces victimes de guerre, deux hommes tués dans d'autres circonstances, peut-être même trois, doivent faire l'objet d'un rapport. Les hostilités n'autorisent pas le crime. Tant d'ironie.

Les questions sont simples, posées séparément à Raphaël, ainsi qu'à Hélène : qui sont ces trois personnes ? Quand sont-elles mortes ? Que s'est-il passé ? Étiez-vous présent au moment du décès ?

L'un et l'autre restent au plus près de la réalité. Leurs récits concordent : ils racontent l'absence du vieux Corneille à la cave, son appartement fermé à clé, l'impossibilité pour eux de lui porter secours. Puis ils évoquent la mort du garçon, la tentative de viol sur Laura, l'intervention salutaire du père de Félix. Ensuite ils embraient sur les circonstances du décès de Bruno, le mur qui s'écroule, l'arrivée de l'amant de Constance.

La résurrection.

Seule entorse à la vérité, Quentin, qu'ils accusent d'avoir tenu l'oreiller sur le visage de Bruno. Par charité, précise Hélène, pour l'empêcher de souffrir, et elle insiste là-dessus, une façon pour elle de négocier avec sa conscience. C'était une décision concertée, souligne-t-elle. Elle va même jusqu'à dire que, s'il ne l'avait pas fait, elle s'en serait chargée. Ils étaient sans nouvelles des secours depuis le début des attaques, Bruno allait agoniser pendant des heures, avec la mort pour seule issue. Inhumain.

Hochement de tête de la part du capitaine.

Hélène tente de maîtriser les assauts de culpabilité. Deux questions la taraudent : a-t-elle tué Bruno pour rien, quelques minutes trop tôt ? Comment va-t-elle faire pour vivre avec ça ? Elle a la sensation d'avoir éteint une lumière que rien ne pourra jamais rallumer. Depuis le début des bombardements, les dilemmes la malmènent, elle n'en peut plus de devoir choisir. Entre Soline et Marius, entre sa vie d'avant et celle d'aujourd'hui, emmener Pauline, dire la vérité à Quentin, abréger les souffrances de Bruno, laisser le destin suivre son cours. Tant de choix impossibles ! Sans cesse elle affronte deux camps opposés, entre la raison et les élans, les principes et les pulsions, les fidélités et les désirs. Un dilemme, c'est une guerre civile : deux vérités se disputent le territoire de l'âme. Les sacrifices sont énormes. C'est une bataille dont on sort amputé de ce qu'on n'a pas choisi. Ou coupable de ce qu'on a préféré.

Choisir, c'est renoncer.

Après l'interrogatoire, le silence s'installe, il s'éternise et l'entraîne dans le labyrinthe de ses réflexions. Les secours auraient-ils pu sauver Bruno ?

Personne ne le saura jamais.

Elle qui pensait avoir fait acte de bravoure en libérant le jeune homme de ses souffrances. Tant de mal.

Mal.

Le silence se prolonge. Elle donnerait cher pour que De Santis lui pose la question ultime, la seule à vraiment poser.

Elle dirait oui, c'est moi, c'est moi qui l'ai tué.

— OK, conclut le capitaine. Les témoignages concordent, on va vous évacuer.

— Et pour le bébé ? demande-t-elle.

— Pas de nouvelles pour l'instant. Je vous informe dès qu'on a quelque chose.

Enfin ils sortent de la maison, ils vont rejoindre les enfants, les rassurer. Les protéger. Dans la rue, ne reste qu'un bus. Les autres sont déjà partis.

Chargés des sacs, Hélène et Raphaël embarquent.

En pénétrant dans l'habitacle, ils réalisent vite que les enfants ne sont pas là. Sans perdre de temps, Raphaël se précipite à l'avant du véhicule à la recherche de De Santis, tandis qu'Hélène interroge les passagers, ont-ils vu des enfants, une adolescente et deux petits garçons ?

Les têtes se secouent, non, pas vu.

À l'avant, Raphaël retrouve le capitaine. Il lui fait part de son inquiétude, les enfants ne sont pas là.

— Ils ont dû grimper dans un autre bus. Vous les retrouverez au camp.

Mais Raphaël n'en démord pas, il ne partira pas sans savoir où sont ses gosses. Le capitaine soupire, maîtrisant son impatience. Malgré tout, il saisit sa radio et interroge ses collègues : y a-t-il trois enfants dans un des bus ? Description sommaire, une adolescente, deux garçons de huit ans.

Au milieu de réponses négatives, une voix crachote dans l'appareil : c'est bon, on les a vus monter dans le deuxième bus, parti il y a quelques minutes. Ils sont déjà en route pour le camp.

Luca De Santis remercie son collègue avant de couper la radio. Prend ensuite Raphaël à témoin.

— Vous avez entendu ?

Le père acquiesce.

— Plus vite on démarre, plus vite vous retrouverez vos gamins, ajoute le capitaine.

Quand il rejoint Hélène, Raphaël la rassure comme il peut. Elle se tourmente malgré tout, elle a tout perdu, sa fille d'abord, son fils ensuite, sa belle-fille, Félix, et jusqu'à la petite Pauline. Ça tourne en boucle dans sa tête, elle ressasse, elle rumine, elle se laboure de l'intérieur. Raphaël n'en mène pas large non plus, mâchoires serrées sur sa détresse, une inquiétude qui entrave sa respiration. Assis l'un à côté de l'autre, ils fixent leurs angoisses, pétrifiés par la culpabilité.

Le moteur gronde, le bus s'ébranle, quelques soubresauts avant de démarrer. Tandis qu'ils quittent la rue Saint-Bernard, Raphaël saisit la main d'Hélène.

— On va les retrouver, je te le promets.

Le bus s'éloigne, indifférent à la fuite des enfants.

Une fois les deux garçons posés à terre, Laura regarde autour d'elle, inspecte les lieux. Si les dégâts causés par les bombardements ont défiguré l'endroit, elle reconnaît sans hésiter les rails du tram de part et d'autre de la bande de pelouse au centre de la chaussée : ils sont sur l'avenue du Parc, pas loin de la Barrière de Saint-Gilles qu'ils viennent de dépasser. À quinze minutes à pied environ de la rue Saint-Bernard. En marchant vite. C'est bon, l'adolescente sait comment rentrer, elle connaît le chemin.

Elle se met en route, un garçon dans chaque main.

— Je ne veux pas aller chez le père de Félix, moi ! reprend Marius, inquiet de l'itinéraire qu'ils empruntent. Je veux retourner chez papa et maman !

— Idiot ! le tance sa sœur. C'est là qu'on va !

Marius n'y comprend rien. Sans ralentir le pas, elle lui explique la manœuvre, l'importance de ne rien dire à Quentin.

— Pourquoi ? demande le petit garçon.

L'adolescente ne sait pas, elle l'avoue, mais ça ne fait rien. Ce qui compte, c'est qu'il ignore l'endroit où se trouve Pauline.

Ils se hâtent, pressés de rejoindre leurs parents.

Reconstituer cette famille décomposée.

Au loin, la silhouette d'un bus, du même modèle que celui qu'ils viennent de quitter, apparaît dans leur champ de vision. Laura prend peur. Elle se méfie de tout, peut-être leur fuite a-t-elle déjà été signalée, mieux vaut ne prendre aucun risque.

— Il faut se cacher ! intime-t-elle aux garçons.

Ni une ni deux, elle les entraîne vers la pelouse et se hâte de rejoindre le monument face à la rue Gisbert-Combaz, un petit édifice de pierre derrière lequel se dresse le buste d'un soldat dont elle ignore l'identité. Marius et Félix la suivent tandis qu'elle se colle contre la paroi, guettant le passage du bus. Sitôt le véhicule en vue, ils contournent l'édifice afin de ne pas être repérés. Une fois de l'autre côté, ils attendent, priant le Ciel que le bus ne s'arrête pas.

Celui-ci poursuit sa route sans ralentir.

Tous trois soupirent de soulagement.

À l'intérieur du bus, Hélène et Raphaël s'accrochent à l'espoir de retrouver leurs enfants. Perdus dans la contemplation de la route, le cœur harponné par l'angoisse, ils ne voient plus rien que l'horreur qui les frappe, pire qu'une guerre, une défection, un manquement. Hélène s'en veut, terriblement, jamais elle n'aurait dû accepter qu'ils se séparent. Elle ploie sous le poids des remords, ne sait plus où donner de la peur. Pire encore, elle en veut à Raphaël, et cette rancœur nouvelle achève de l'anéantir. Les mots qu'il lui a soufflés à l'oreille l'ont déstabilisée : « S'ils restent, tu vas devoir mentir devant eux. Tu es prête pour ça ? » Soudain, elle n'a plus été sûre de rien. Elle s'est vue devant le militaire, en train d'accuser un autre d'un crime qu'elle avait commis, sous les yeux de ses enfants. En aurait-elle été capable ? Elle n'en sait rien, elle a douté d'elle. La peur a réduit sa fierté à néant, elle a piétiné son éthique. Raphaël la connaît par cœur, il a brandi le spectre d'une épreuve trop lourde à surmonter. En faisant cela, il l'a délestée d'une décision qu'elle seule devait prendre. C'est pour cela qu'elle lui en veut, autant qu'à elle. En cherchant à la protéger malgré elle, il les a perdus. Ils ont failli à leur mission, celle de protéger leur famille. Ils ne sont plus que des parents dépeuplés, vides, déserts.

Un port sans navire.

Laura s'assure que le bus soit suffisamment éloigné avant de repartir vers la Barrière. Elle encourage les deux petits, surtout Marius, car Félix trouve en lui l'énergie nécessaire pour retourner rue Saint-Bernard, là où il a le plus de chances de retrouver son père. Peut-être même sa mère. D'ailleurs il presse le pas, ce serait rageant de les rater.

— J'ai faim, se plaint Marius.

— On mangera à la maison, lui promet Laura.

Ils marchent à contre-courant d'une foule à présent disparate, piétons, vélos et voitures, qui serpentent parmi les décombres des maisons, certaines décapitées, d'autres répandues sur l'avenue. Bruxelles se vide comme une baignoire, la population s'écoule lentement vers les abords de la ville en direction de la E19, l'autoroute qui mène vers Mons.

Laura, Félix et Marius, eux, retournent chez eux.

Barrière de Saint-Gilles.

Chaussée de Waterloo.

Rue Saint-Bernard.

La maison est en vue, les enfants se mettent à courir, ragaillardis par la perspective de revoir leurs parents. Ils pénètrent dans le hall d'entrée, se précipitent vers l'escalier dont ils gravissent les marches quatre à quatre. Dès le premier étage, ils perçoivent les pleurs du bébé. Pauline est là, bien vivante ! Ils grimpent la seconde volée d'escalier à toute vitesse et déboulent dans l'appartement à bout de souffle.

Appellent aussitôt.

Papa !

Maman !

Ils passent d'une pièce à l'autre sans cesser de crier, signalent leur présence, interrogent le silence, où êtes-vous ? Félix, lui, se précipite vers la cuisine d'abord, le placard sous l'évier ensuite, d'où s'élèvent les cris furieux du bébé. Une fois les portes ouvertes, il la découvre en nage, rouge de colère, de faim et de douleur. Il la prend dans ses bras, tente de la calmer, sans succès.

— Il n'y a personne, s'affole Laura en faisant irruption dans la cuisine.

Félix se tourne vers elle, Pauline qui s'époumone contre lui.

— Il y a elle.

Marius arrive à son tour, les yeux déjà pleins de larmes.

— Ils sont où, maman et papa ?

Les cris de Pauline dévorent leurs paroles, mais leurs traits trahissent l'hébétude dans laquelle ils se noient, engloutis par les pleurs du nourrisson tandis que les leurs les submergent, quatre enfants bientôt éperdus de sanglots, de frayeur et de solitude.

Chapitre 35

Routes éventrées, bitume arraché, carcasses de voiture disséminées, arbres déracinés, câbles électriques et poteaux effondrés.

Sortir de Bruxelles n'a jamais été aussi compliqué.

Au milieu d'une foule en mouvement, le convoi slalome parmi les obstacles. Des centaines de civils continuent de fuir la ville, chargés comme des mulets.

À l'intérieur du bus, Hélène et Raphaël n'en peuvent plus d'attendre. Le trajet ressemble à un chemin de croix, une route qui mastique les mètres sans jamais les avaler. Pris en otage par leurs angoisses, ils n'osent imaginer ce qu'endurent les enfants en ce moment, seuls, livrés à eux-mêmes. Le temps joue contre eux, chaque seconde sans nouvelles les brûle de l'intérieur. Ces minutes perdues à ne servir à rien, ça les rend fous. Le temps transforme les certitudes en regrets, les espoirs en silence.

Il change les vivants en survivants.

Le temps est une guerre dont on n'entend pas les bombes tomber.

Une guerre qu'on remarque seulement quand il est trop tard pour se défendre.

Une guerre qu'on finit tous par perdre un jour.

Ne pas savoir est pire que tout, Hélène déploie des trésors de maîtrise pour ne pas hurler. Elle se concentre sur son objectif, envisage la suite si, par malheur, ils ne retrouvaient pas les enfants. Surtout, elle domine sa rancœur envers Raphaël, ce n'est pas le moment de s'accuser, encore moins celui de se disputer. La lenteur du bus n'arrange rien, elle fixe le paysage comme on s'agrippe à une bouée, désespérée par son inertie, à l'image de ce temps figé.

Jusqu'à l'arrêt total.

— Que se passe-t-il ? s'exaspère-t-elle après quelques minutes d'immobilité.

Elle se dévisse le cou, cherche à comprendre ce qui bloque. Par les vitres, sur la gauche, elle remarque que les voitures continuent d'avancer, de même que les vélos et les piétons. Les bus, en revanche, sont à l'arrêt, une demi-douzaine agglutinés les uns derrière les autres.

À cran, Hélène et Raphaël remontent l'allée centrale jusqu'à la plateforme avant, à présent déserte. Pas de chauffeur ni de militaire. Les portes sont ouvertes. Ils comprennent alors l'ampleur du problème : un pont s'est affaissé de moitié à cet endroit de la route, et ne permet que le passage des véhicules de taille basse par le côté gauche. Les bus sont trop hauts pour le traverser. Bloqués.

Parmi les passagers, on s'interroge : que faire ? Comment poursuivre le voyage ? Devant, des gens commencent à sortir des cars qui les précèdent. Soudain, le cœur d'Hélène se remet à battre. Les enfants ! Peut-être sont-ils là, coincés comme eux dans un des bus réquisitionnés pour l'évacuation des civils ?

Elle se tourne vers Raphaël, leurs regards se croisent, pas besoin d'explications : ils pensent à la même chose. Ni une ni deux, ils sortent à leur tour du véhicule et se précipitent vers les autres bus.

— Passe par la droite, je prends par la gauche ! crie Raphaël.

Le couple se sépare de part et d'autre du premier car. Hélène regarde à travers les vitres en même temps qu'elle hurle le prénom des enfants, Marius, Laura, Félix, litanie scandée par la force de son espoir.

Raphaël et elle se rejoignent à l'avant du véhicule.

Un simple coup d'œil les informe de leur déception respective.

Sans ralentir le pas, ils foncent vers le bus suivant.

Alors qu'elle reprend sa danse bondissante, enchaînant les sauts à hauteur de vitres, une silhouette attire son attention. Hélène se fige en plein élan.

Quentin.

C'est lui.

Il est là, dans le bus.

Ça veut dire que Pauline est là aussi !

Elle pousse un cri de rage et se précipite vers l'entrée du véhicule, dans lequel elle grimpe. Puis elle entreprend de remonter l'allée centrale jusqu'au milieu du bus, trajet encombré d'obstacles, des gens, des valises, pardon, elle s'excuse mais elle passe tout de même, écrase des pieds, marche sur des sacs. On proteste, on s'insurge, faut pas vous gêner ! Hélène s'en fiche, elle fonce droit vers Quentin.

Pagaille.

Lui, il la voit arriver, surpris par sa présence autant que par son attitude.

Sitôt Quentin à portée de voix, elle l'alpague, les questions s'enchaînent, où est le bébé, elle sait qu'il l'a kidnappé, Pauline, le bébé, qu'en a-t-il fait ? Incompréhension de la part du médecin, de quoi parle-t-elle ? Hélène perd patience, elle prend les gens à témoin : l'homme qu'elle pointe du doigt a volé son bébé !

Quentin se défend avec véhémence, il n'a rien fait ! La dernière fois qu'il a vu le nourrisson, celui-ci dormait sur le divan en compagnie des enfants.

Mensonge ! s'énerve Hélène. Elle sait qu'il est revenu quelques instants plus tard, alors que le bébé était seul dans le salon.

Quentin réfute l'accusation, elle dit n'importe quoi !

Entre-temps, Raphaël les a rejoints. Autour d'eux, les commentaires fusent, une femme dispense son opinion à qui veut l'entendre : elle savait bien que ce gars-là n'était pas net, dans tous les sens du terme, vu la dégaine du bonhomme. Ce qu'il a fait avec les trois gosses tout à l'heure, c'était quand même pas normal.

Des propos qui alertent Raphaël.

— Trois gosses ? s'exclame-t-il. Quels gosses ? Comment étaient-ils ?

— Deux gamins et une jeune fille, répond-elle en haussant les épaules. Il les a aidés à s'enfuir du bus.

L'esprit du couple vrille à cette annonce, un uppercut en plein cœur.

— Vous avez vu les enfants ? demande Hélène à Quentin, abasourdie par la nouvelle.

Changement de ton, plus fébrile, moins violent. Quentin acquiesce, oui, ils étaient là.

— Et ils sont où, maintenant ? rugit Hélène, au bord de l'apoplexie.

— Je les ai aidés à sortir du bus, ils comptaient se rendre chez le copain de votre fils, celui qui était avec eux. Pour retrouver son père, ont-ils dit.

Hélène fronce les sourcils, pas certaine de comprendre.

— Le père de Félix ?

— Oui, Félix, c'est ça.

Échange de regards entre Hélène et Raphaël, questions au bord des yeux, plus rien n'a de sens.

— Ça fait combien de temps ? s'enquiert encore Hélène.

— Une demi-heure, tout au plus.

Une demi-heure ! Ils ont pu en faire, du chemin, en une demi-heure !

— C'était où ? À quel niveau ? demande cette fois Raphaël.

— L'avenue du Parc.

Plus de temps à perdre ! Hélène et Raphaël font demi-tour, se fraient un passage parmi les gens, enjambent des sacs, marchent sur des pieds. On proteste et on regimbe de nouveau, vous pouvez pas faire attention ?

Par acquit de conscience, Raphaël s'arrête devant la femme et l'interroge : l'homme pas net, là-bas, l'a-t-elle vu avec un bébé dans les bras ?

Réponse immédiate : non, pas de bébé. Il ne peut pas avoir tous les défauts !

Raphaël la remercie et continue son chemin à la suite d'Hélène.

Passé les premiers moments de panique, les enfants se ressaisissent. Laura prend les choses en main : larmes séchées, elle tient des propos rassurants auxquels Félix et Marius se raccrochent. Le mieux, c'est de rester là et d'attendre, dit-elle, on va bien finir par venir les chercher. Et si ce ne sont pas leurs parents, ils enverront quelqu'un, pour sûr ! Jamais ils ne les abandonneront, elle les connaît, son père autant qu'Hélène. Pour l'instant, ils sont chez eux, un endroit familier, un toit sur la tête, ils ne risquent rien.

— Et si les bombes recommencent à tomber ? s'inquiète Marius.

— On ira à la cave.

Félix s'étonne : quelque chose a changé dans l'attitude de Laura. Elle est plus combative, une force inédite, une énergie nouvelle qui transforme son visage, elle, la jeune fille terne, celle qu'on ne remarque pas, celle dont on oublie la présence. Une fièvre inconnue éclaire à présent son regard, ça la rend intense. Le petit garçon reprend espoir, tout n'est pas perdu : il est là où il doit être, là où son père viendra le chercher.

Seule ombre au tableau, les pleurs de Pauline ne faiblissent pas. Ça fait des heures que ça dure. Enfin, des heures, c'est une façon de parler, car Félix n'a aucune notion du temps. Si on lui demandait de quand date le début des bombardements, il dirait un mois, peut-être même deux. Longtemps en tout cas. Or, en y réfléchissant, il le sait que ça ne fait que deux jours, pas tellement plus. La guerre déforme tout, à commencer par le temps, les priorités, l'importance des choses, les émotions : la peur, l'espoir, l'amour, tout est différent.

Pauline pleure à s'en décrocher les poumons.

— Elle a faim, répète Félix pour la dixième fois.

— Faut la mettre dans la chambre des parents, préconise Marius en se bouchant les oreilles.

— Faut lui donner à boire, surtout ! s'exclame son camarade.

— Il n'y a plus de lait dans le frigo, soupire Laura. Il n'y a plus grand-chose, de toute façon, papa a tout pris.

— Moi aussi, j'ai faim, gémit Marius.

— Tu ne vas pas t'y mettre, le tance sa sœur. Tout le monde a faim ! Alors mords sur ta chique.

— Moi je veux bien, tu m'en donnes une ? réplique l'enfant.

— Une quoi ?

— Une chique !

Jeu de mots inopiné. Marius lui lance un regard malicieux, preuve que la blague était voulue. Laura éclate de rire, un rire un peu forcé mais qui a l'avantage de dévier l'angoisse ambiante.

Soudain, Pauline se tait, un hoquet d'étonnement. Le calme inattendu cueille les enfants, ils se tournent vers le bébé, interdits par l'arrêt des pleurs.

Pas longtemps, malheureusement.

L'instant d'après, le nourrisson reprend ses cris, rivé sur sa faim.

Aussitôt, Laura lance un nouvel éclat de rire.

Pauline se tait une fois encore, stupéfaite, les yeux écarquillés sur ce son inconnu, quelques secondes en alerte, à l'affût de ce bruit étrange, avant de revenir à ses malheurs.

De nouveau les pleurs.

Alors Laura relance un rire, une succession de trilles joyeux.

Les cris s'interrompent.

L'adolescente poursuit ses vocalises enjouées, très vite accompagnée par les garçons. Tous trois se tordent, une hilarité d'abord feinte, des trémolos mécaniques mais qui, à mesure que la situation déploie son caractère décalé, les prend par le cœur, et bientôt ils rient vraiment, ils se gondolent sous les yeux ébahis du bébé, projetant une gaieté sincère, tant de joie au milieu de tout ce malheur.

Le rire se fait fou, à l'image de ce monde en délire, ils rient de se voir rire, et plus ils rient, plus ils trouvent ça drôle.

— Je ne vois pas ce qu'il y a de si amusant !

La voix d'un homme retentit dans leur dos, une voix que Félix reconnaîtrait entre mille.

Il se retourne, le cœur en apnée.

— Papa !

Un ressort le propulse vers Louis, il vole presque, les bras tendus vers son père. Celui-ci le reçoit dans les siens, forcé à une étreinte mêlée de surprise et d'embarras : les effusions, ce n'est pas trop son truc.

— Les sacs !

— Les papiers d'identité !

Alors qu'ils se faufilent entre les véhicules, rebroussant chemin vers Bruxelles, Raphaël et Hélène s'arrêtent net.

— Pour les papiers, c'est mort, regrette Raphaël. De Santis les a rangés dans la poche de son uniforme, impossible à récupérer. En revanche, il faut retourner chercher les sacs.

Hélène s'impatiente : ils n'ont pas le temps, pas la force, pas l'audace. Retourner au bus est risqué, ils ont eu de la chance de pouvoir s'enfuir sans attirer l'attention. Si De Santis les intercepte et les somme de rester là, ils seront coincés. Sans compter que ces sacs, il va falloir les porter. Ils sont déjà si lents !

Sans attendre de réaction, elle file droit devant elle.

Raphaël n'insiste pas et lui emboîte le pas.

C'est désormais une course contre la montre qui s'engage, ils n'ont plus qu'une idée en tête, réduire la distance qui les sépare des enfants, les retrouver et ne plus les quitter. Ils le savent, à présent, la guerre n'est rien en comparaison de cette insupportable séparation, l'angoisse chevillée aux tripes, une déchirure qui leur lacère l'âme et le cœur. Ils peuvent tout affronter, pourvu que cette famille morcelée soit de nouveau réunie.

La route est épuisante, d'autant qu'ils manquent de sommeil et de nourriture. Ils en ont pour une heure de marche à un rythme soutenu, sans pause, et sans pouvoir se ravitailler ni se désaltérer. Pourtant ils ne lâchent rien, ils puisent au plus profond d'eux-mêmes pour avancer, poussés par une énergie sauvage, une détermination à toute épreuve.

Au moment de bifurquer vers Ixelles, Raphaël s'inquiète :

— Tu es sûre qu'ils sont là-bas ? Quentin a dit qu'ils allaient chez le père de Félix, pas chez sa mère…

— Félix ne connaît pas la nouvelle adresse de son père, lui assure Hélène. Il n'y a que là qu'ils peuvent se rendre.

— C'est bizarre, qu'ils aillent là-bas… Pourquoi ne sont-ils pas retournés à la maison ?

— Je n'en sais rien. Mais c'est la seule info que nous ayons.

Sans perdre plus de temps, ils s'engagent dans la rue de Mérode en direction de la porte de Hal, laissant derrière eux le trajet vers la rue Saint-Bernard.

— Ils sont où, vos parents ? demande Louis en constatant l'absence d'Hélène et de Raphaël.

— On n'en sait rien, répond Laura. On pensait qu'ils seraient là…

L'ardeur des retrouvailles a été de courte durée, d'autant que, privée des éclats de rire des enfants, Pauline reprend sa mélopée sonore. Ce qui agace très vite Louis.

— Comment on éteint ce truc-là ?

— Elle a faim, explique Félix.

Puis il enchaîne tout de suite sur ce qui le taraude, louchant vers le vestibule, en attente de quelqu'un :

— Maman est là ?

Hochement de tête, Louis acquiesce aussitôt.

— On doit la rejoindre chez mamie, répond-il sur le ton de l'évidence.

Félix est tiraillé entre la déception de ne pas voir sa mère et le soulagement de la savoir en vie.

— Elle va bien ? s'enquiert-il d'une voix serrée.

Louis confirme : il l'a confiée à des voisins qui prenaient la route. Elle n'était pas en grande forme, très déshydratée, et les voisins en question avaient des réserves d'eau. Ils ont accepté de l'emmener. C'était ce qu'il y avait de mieux à faire. Comme ils se rendaient du côté de Mons, Louis leur a demandé de déposer Amandine chez ses parents, à Jemappes. Il lui a ensuite promis de la rejoindre avec Félix.

Alors le voilà, il est venu le chercher.

— On y va ? conclut-il en haussant la voix, pour couvrir les pleurs de Pauline.

— Maintenant ? s'étonne Félix.

— Tu veux partir la semaine prochaine ?

— Et eux ? demande encore le petit garçon en se tournant vers ses camarades.

Louis fronce les sourcils, pas certain de bien comprendre. Il considère les enfants avec perplexité. Laura et Marius sont debout l'un à côté de l'autre, défaits et fragiles. L'adolescente tient le bébé dans ses bras, petit ver de terre rouge de cris, un paquet de fureur.

Moment de flottement. Les trois enfants le dévisagent, suspendus à sa réaction.

Pauline hurle sans faiblir.

— Écoutez, commence-t-il, le regard soudain fuyant. Je ne peux pas vous emmener, si vos parents reviennent et qu'ils ne vous trouvent pas…

— On ne va pas les laisser tout seuls ! s'exclame Félix, abasourdi par la réponse de son père.

— Ils ne sont pas tout seuls, objecte Louis, faussement rassurant. Ils sont ensemble.

Argument fallacieux, lâche perfidie, Félix ne s'en laisse pas conter.

— Je ne veux pas partir sans eux !

Louis laisse échapper un rictus agacé. Ses traits se tendent, ses yeux virent au sombre, son souffle s'impatiente. Les cris de Pauline donnent à l'échange une dimension tragique, telle une alarme encombrante, insupportable bruit qui met les nerfs de chacun à rude épreuve.

— Non, mais c'est bon, intervient Laura. De toute façon, on ne peut pas partir d'ici, on doit attendre nos parents.

— Tu vois ? réagit aussitôt Louis en prenant l'adolescente à témoin.

Les paroles de Laura déstabilisent Félix, qui se sent maintenant encombré de revendications absurdes. Il s'apprête à capituler, mais Marius fond soudain en larmes, joignant ses pleurs aux cris de Pauline.

— Je ne veux pas rester tout seul ici, articule-t-il entre deux sanglots.

— On ne peut pas attendre avec eux ? demande Félix en posant sur son père un regard suppliant.

Louis maîtrise mal un soupir crispé. Les hurlements du bébé le poussent à bout, il doit faire preuve d'une persévérance admirable pour se dominer, ce qui n'est pas dans sa nature. Plus que quitter Bruxelles, il veut s'éloigner de cet insupportable bébé.

— Tu n'as pas envie de revoir ta mère ? demande-t-il à son fils, feignant l'étonnement.

La question est fourbe, Louis sait qu'il touche à une corde sensible chez l'enfant.

— D'autant que je ne sais pas du tout si mamie et papy sont chez eux, ajoute-t-il, faussement préoccupé. Avec tout ce qui se passe en ce moment… Je préfère ne pas laisser maman trop longtemps sans nouvelles. Tu la connais, ce n'est pas bon, pour elle, d'être seule.

Félix se fait plus hésitant. Un insoutenable dilemme l'agrippe par la gorge. Il plonge dans les méandres d'un choix odieux, entre le désir fou de rejoindre sa mère et l'impossibilité pour lui de partir sans ses amis. Sa conscience lui rappelle que les parents de Marius n'ont jamais envisagé de l'abandonner à son sort, même lorsqu'ils se sont disputés avec Louis. À présent que la situation est inversée et que c'est son propre père qui fait figure d'adulte, il lui est difficile de ne pas se préoccuper du sort de ses amis.

D'un autre côté, Louis a raison : si, pour une raison ou une autre, ses grands-parents ne sont pas chez eux, mieux vaut ne pas traîner pour rejoindre sa mère. Il sait à quel point elle est vulnérable. L'angoisse de se retrouver seule peut lui faire faire n'importe quoi.

Surtout le pire.

Félix tente d'avaler une salive inexistante. Il s'empêtre dans ses arguments, se débat avec sa loyauté. Quelle que soit sa décision, il sera rongé par la culpabilité.

— Alors ? le presse son père, que les cris du bébé exaspèrent de plus en plus.

Félix sent son cœur se décrocher sous le poids d'une trop lourde responsabilité. La mort dans l'âme, il adresse à Marius un regard noyé de détresse, comme on quémande un pardon dont on sait qu'il ne sera pas accordé.

Quelques instants plus tard, il sort de l'appartement en compagnie de son père, rejoint la camionnette et quitte la rue Saint-Bernard.

Même hors de portée des cris du nourrisson, ceux-ci continuent de résonner dans sa conscience.

Chaussée de Wavre.

L'immeuble de la mère de Félix est en vue, toujours debout.

Malgré l'épuisement, Hélène et Raphaël pressent encore le pas. Ils n'en peuvent plus de faim, de soif, rompus de fatigue, mais ils ne sont plus qu'à quelques mètres des enfants, et seul cela compte.

Porte de nouveau fermée, impossible d'entrer. Hélène lève les yeux vers les fenêtres de l'immeuble.

Désertes. Elle recule de quelques pas, appelle les enfants, demande s'il y a quelqu'un...

Ni réponse ni mouvement.

À bout de nerfs, et sans plus tergiverser, Raphaël se hisse sur un des appuis de fenêtre du rez-de-chaussée, dont les vitres brisées permettent un accès vers l'intérieur. Il doit s'y prendre à trois fois, mais finit par trouver une prise suffisamment stable pour pénétrer dans l'appartement. Quelques secondes plus tard, il ouvre la porte de l'immeuble à Hélène, et tous deux se précipitent dans la cage d'escalier.

Quatrième étage.

Dans l'appartement d'Amandine, rien n'a changé. Sitôt dedans, il est évident qu'il n'y a personne. Hélène et Raphaël se manifestent pourtant, Laura, Marius, Félix, vous êtes là ?

Silence.

Une bouffée amère submerge Hélène, jamais ils n'auraient dû se séparer.

Jamais.

Après avoir fait le tour des pièces, ils s'interrogent. Que faire ? Où chercher ? Leurs mots tremblent, leur souffle se coupe. Leur cœur tambourine dans la gorge, comme s'il cherchait à s'en échapper.

— Suis-moi ! glapit Hélène en fonçant vers la porte d'entrée.

Elle dévale l'escalier à toute vitesse, Raphaël sur ses talons. Au deuxième étage, elle pénètre dans l'appartement de la vieille dame. Nouvelle tentative, elle appelle les enfants, prénoms hurlés dans l'urgence de sa détresse.

Pas de réponse.

En faisant irruption dans le salon, sa poitrine se soulève. Malgré les carreaux brisés, une odeur rance et sucrée les prend à la gorge. À première vue, la pièce semble vide, plus de trace de la vieille dame devant sa fenêtre.

En revanche, le divan est toujours occupé.

Le corps d'Amandine y est allongé, raide et diaphane, visage tourné vers le plafond, bouche ouverte. Son regard fixe le néant.

Sa main droite est posée sur sa poitrine, on dirait qu'elle s'accuse.

Chapitre 36

Un corps figé dans un geste ultime.

Désormais silencieux.

Hélène détourne les yeux, mais la forme allongée a déjà marqué sa mémoire, une empreinte latente qui attend son heure et n'a pas dit son dernier mot.

Le corps d'une mère.

Forcément, Hélène pense à Félix, pauvre petit garçon à présent orphelin de celle qui l'a mis au monde. Pensées fugaces, peurs primales, Hélène réprime un frisson de peine. Le miroir de sa propre mort se révèle sans qu'elle puisse y échapper. Que deviendraient ses enfants, si elle venait à disparaître ?

Bien sûr, il y a Raphaël.

Raphaël.

Elle se tourne vers lui, mais la pièce est vide.

— Raph ?

Du bruit dans la cuisine, elle s'y rend, découvre son homme en train de vider les placards. Des boîtes de conserve sont alignées sur la table, du chili con carne, des lentilles, du thon ; des bocaux aussi, des cornichons, des carottes râpées, de la choucroute.

— C'est étonnant qu'ils n'aient rien emporté, dit Raphaël en constatant sa présence. On est chez qui, ici ?

Hélène ravalc ses peurs, retour à l'immédiat.

— Une vieille dame qui a bien voulu veiller sur la mère de Félix, répond-elle en se ressaisissant.

— Tu parles d'un résultat…

Mots perdus dans l'urgence, l'affaire est déjà classée. Sans traîner, Raphaël empile les conserves dans un sac, puis il sort de la pièce et se dirige vers la sortie. Hélène chasse les fantômes de ses doutes, le temps n'est plus aux regrets. Tous deux quittent l'appartement sans un regard en arrière, ni pour Amandine ni pour l'absence de la vieille dame. Hélène espère que les enfants de celle-ci sont bel et bien venus la chercher.

Sitôt dehors, elle prend la direction de la porte de Namur.

— On fait quoi, maintenant ? s'interroge Raphaël en lui emboîtant le pas.

— On rentre à la maison. Et si les enfants n'y sont pas, on…

Elle laisse sa phrase en suspens, muselée par une bouffée de ressentiment. Elle doit se faire violence pour ne pas rugir sa rancœur, noyer Raphaël sous de vives critiques. Ils se hâtent dans les rues déchiquetées, au milieu de ce monde en ruine.

Les pleurs. Ça ne s'arrête pas. Des aiguilles invisibles, des vagues tranchantes, ça vous cisèle le cerveau. Pauline hurle sans faiblir. Insupportable. Rien n'y fait, ni les mots ni les mouvements. Même les rires forcés sont inefficaces. Échoués au milieu d'un océan de cris, Laura et Marius dérivent, la sensation que personne ne les entend, un naufrage. La solitude les étreint, la peur les oppresse. Marius se bouche les oreilles, il entame une litanie, des *la la la* forcés qui tentent de couvrir les pleurs du bébé. À cran, Laura lui intime de se taire.

— Comme ça, je ne l'entends plus, explique le petit garçon.

— Oui, mais moi, je vous entends tous les deux, s'agace sa sœur.

Marius abandonne la riposte, Laura est la seule bouée qui lui reste, il ne veut pas la perdre.

— On peut la mettre dans la chambre de maman et papa, propose-t-il. Même papa l'a fait, l'autre jour. Pour elle, ça ne change rien, de toute façon elle pleure.

Laura considère la proposition de son frère. L'adolescente regarde autour d'elle comme si elle cherchait quelqu'un ou quelque chose, une idée, un réconfort.

Personne.

Rien.

Le néant.

Vaincue, elle acquiesce. Elle n'en peut plus, de ce bébé, de ses cris, de ses gestes, de son corps tendu de colère.

Les deux enfants se dirigent vers la chambre du fond. Marius précède sa sœur dont les bras sont occupés. Il ouvre la porte…

Un choc brutal lui fauche le souffle, happé par la laideur du tableau.

Au milieu du lit parental, le corps de Bruno prend toute la place, membres raidis en plein combat, traits figés par la mort.

— Referme ! implore Laura.

Tétanisé, le petit garçon est incapable du moindre mouvement. Laura répète son ordre, referme, vite ! Mais les pleurs de Pauline couvrent ses paroles…

— Marius ! hurle Laura.

Enfin, son frère referme la porte.

Ils s'apprêtent à rebrousser chemin vers le salon quand des bruits de pas retentissent dans l'appartement.

— Par ici ! s'exclame une voix dans leur dos.

Les enfants se retournent.

Au même moment, deux militaires apparaissent au fond du corridor et remontent jusqu'à eux, les mains encombrées de leurs armes. L'un d'eux est une femme, la quarantaine, un visage entre deux âges, des traces de jeunesse qui s'attardent un peu malgré des traits tirés. L'autre est un homme, un peu plus vieux.

Sitôt à leur niveau, elle range son arme à l'épaule et leur demande s'ils sont seuls. Devant l'affirmation de Laura, elle s'enquiert de leur état.

— Vous êtes blessés ?

Sa voix est ferme mais elle laisse transpirer une sollicitude immédiate. Elle est là pour protéger, pas pour menacer.

Cette fois, Laura répond par la négative.

— On est en mission d'évacuation, on passait dans la rue, on a entendu le bébé, explique la femme. Pourquoi êtes-vous encore ici ?

— On a perdu nos parents, on attend qu'ils viennent nous chercher, explique Laura.

— Vous ne pouvez pas rester, prévient le militaire. Vos parents sont sans doute déjà dans un camp aux abords de la ville. Ils doivent vous y attendre.

— Pourquoi ce bébé pleure comme ça ? questionne encore la femme.

— C'est le bébé des voisins. Ses parents sont morts. Elle a faim.

Devant un résumé si poignant, la militaire tourne un regard navré vers son collègue.

— OK, on va s'en occuper, déclare-t-elle.

Elle invite Laura à lui remettre la petite. L'adolescente hésite une brève seconde, se résout à la lui confier sans dissimuler son soulagement.

Pauline change de bras mais cela ne modifie en rien la puissance de ses cris.

— Il faut partir maintenant, ordonne la militaire. Vous venez avec nous.

D'un mouvement de tête, l'homme les invite à les suivre. Laura ne bouge pas, instants immobiles, indécise. Elle suit le bébé des yeux, qui déjà s'éloigne avec la militaire.

— Je ne veux pas rester tout seul ici, gémit Marius en portant sur sa sœur un regard suppliant.

Laura le dévisage, d'abord surprise. Puis, dans un soupir résigné, elle emboîte le pas à la femme, emmenant son petit frère dont elle saisit la main.

Le souffle court, les poumons en feu. Hélène et Raphaël ne ralentissent pas la cadence, ils tentent de garder le rythme malgré l'épuisement. Déjà ils parviennent à la place Stéphanie, à présent moins bondée. Le flux migratoire se poursuit en direction de la petite ceinture, plus clairsemé que la veille, des grappes de gens à pied, quelques-uns à vélo, peu de voitures désormais.

Hélène et Raphaël traversent le rond-point sans obstacle et poursuivent leur route vers la chaussée de Charleroi.

Dans un quart d'heure, ils seront chez eux. S'il leur reste une maigre chance de retrouver leurs enfants, ce ne peut être que là.

Le vrombissement s'élève dans l'air au moment où les deux militaires et les enfants entament la descente de l'escalier des parties communes. Ça gronde tout autour, sinistre écho dont l'ampleur ne cesse d'augmenter. Malgré les pleurs de Pauline, ils identifient tout de suite la nature du bruit qui, très vite, sature les lieux.

— Bombardement en approche ! hurle la femme en actionnant sa radio. Ordre de repli immédiat !

Puis elle se tourne vers les enfants.

— Il y a un endroit dans la maison où on peut se réfugier ? La cave ? Elle est accessible ?

Laura acquiesce vigoureusement.

Les murs tremblent, pareil pour le sol, on dirait qu'il s'ébroue sous leurs pieds.

Sans perdre de temps, tous les quatre dévalent l'escalier jusqu'au rez-de-chaussée, une course rythmée par les pleurs de Pauline, avant de s'engouffrer dans le sous-sol.

Dans la rue, les avions s'annoncent au loin : de gros bourdons métalliques infectent le ciel, ils approchent et grossissent. Avec eux, l'air se charge de grondements de plus en plus sonores. Pression sourde dans les oreilles. Tout autour, c'est la panique. Les gens s'affolent, ils ne sont plus que cris, s'éparpillent dans le désordre de leur terreur.

Hélène et Raphaël poursuivent leur course folle en direction de la rue Saint-Bernard. Le sang pulse dans leurs veines, leur cœur tambourine jusqu'à leurs tempes, ils avalent les mètres, au bord de la nausée. Ils parviennent à l'embranchement de leur rue et prennent à droite, allongent leurs foulées sans ralentir l'allure. Le souffle à l'agonie, ils accélèrent pourtant, portés par l'angoisse et par l'espoir. La maison n'est pas en vue, la rue Saint-Bernard est longue, ils ont encore une certaine distance à parcourir. Raphaël devance Hélène de quelques pas, il tourne la tête à intervalles réguliers, chope sa silhouette dans sa vision périphérique.

Le ciel vibre, sa voûte s'allume dans un éclair.

Un sifflement.

Hélène lève les

Les militaires, les deux enfants et le bébé viennent d'arriver à la cave quand l'explosion retentit, toute proche. L'espace tremble autour d'eux, l'écho de la bombe résonne pendant plusieurs secondes. Tout le monde se fige, tête levée vers le haut, le cœur aux aguets. Fracas. Les bruits de la rue leur parviennent, étouffés mais effrayants, des maisons s'effondrent pas loin, des alarmes retentissent, du feu crépite. Leur immeuble semble tenir le coup.

L'attaque envahit les parages, elle étire les minutes, puis les heures. Elle a raison des pleurs de Pauline qui finit par s'endormir, épuisée, dans les bras de la militaire.

L'attente se prolonge.

On espère le silence des ruines.

Plus tard dans la journée, enfin, le ciel se vide de ses monstres de métal.

Les militaires et les enfants quittent la maison au milieu des vestiges et des fumées. La rue Saint-Bernard n'est plus qu'une artère en lambeaux qui agonise sous un manteau de cendres.

Sans s'émouvoir, la militaire actionne sa radio, donne sa position à la voix qui en sort, demande qu'on vienne les chercher. Elle fait mention des enfants qu'elle doit mettre en sécurité, parmi lesquels un bébé. Besoin urgent de lait.

À l'autre bout de la ligne, on confirme la demande : un véhicule sera là dans le quart d'heure.

Avec un biberon.

Épilogue

À l'autre bout de la terre.

Un fleuve de métal serpente entre les immeubles de la ville dans le clapotis grinçant d'une eau lourde, pare-chocs contre pare-chocs, des écailles multicolores.

Embouteillages.

Dans sa voiture, Amanda ronge son frein, au propre comme au figuré. L'œil rivé au tableau de bord, elle surveille les minutes qui passent, hésite à prévenir qu'ils auront du retard. S'ils ratent ce rendez-vous, ils devront attendre trois semaines avant d'en obtenir un autre. À cette époque de l'année, les conseillers d'orientation sont pris d'assaut par la horde d'étudiants qui réalisent qu'ils se sont trompés de voie.

À ses côtés, Diego, dix-sept ans, pianote sur son téléphone, les pouces frénétiques. Écouteurs enfoncés dans les oreilles, il rythme un tempo régulier de brefs coups de tête. À l'arrière, les jumelles, neuf ans, Lucia et Inès, négocient pour savoir laquelle des deux sera la première à aller aux toilettes quand elles arriveront. Inès rappelle à sa sœur qu'elle lui a gentiment laissé la fin du paquet de céréales ce matin. Lucia en convient et même l'en remercie, mais là, elle est vraiment pressée et ignore si elle parviendra à se retenir plus longtemps.

En bruit de fond, la radio.

— Tu peux appeler pour dire qu'on sera en retard ? demande Amanda à son fils.

Il n'entend rien, forcément, les oreilles bouchées par les décibels.

Amanda répète, il soupire : se servir de son téléphone pour téléphoner, n'importe quoi, une dinguerie !

Dans le poste, on énumère les infos du jour, trois autoroutes fermées à la circulation, un nouveau scandale politique, des millions détournés au profit des plus riches, un séisme de magnitude 5 dans une région pas si éloignée, un énième conflit armé à l'autre bout du monde.

Sur la banquette arrière, les pourparlers s'intensifient, Inès ne lâche rien, question de principe. Lucia lui promet deux privilèges consécutifs la prochaine fois, mais là, vraiment, elle n'en peut plus. Inès ne veut rien entendre. Au téléphone, Diego répète ce que sa mère lui dit de dire, un quart d'heure de retard, embouteillages, désolé, ils font au plus vite.

Des nouvelles désastreuses s'échappent du poste de radio, on parle de guerre et de morts, des gens fuient leur ville, leur pays, leur vie.

Sur l'avenue, les voitures roulent à pas d'homme dans une mélopée de klaxons. Amanda consulte son GPS pour emprunter un autre itinéraire. Constate que tout est bouché partout. Rien à faire.

— Oh, mais taisez-vous donc ! s'énerve-t-elle à l'adresse de ses filles, dont les voix fluettes lui tapent sur le système.

Les deux fillettes s'interrompent quelques courtes secondes avant de reprendre leurs tractations en chuchotant.

Diego scrolle sur son téléphone en battant la mesure.

La radio recense le nombre de morts dans un bombardement de l'autre côté de la planète.

Agacée, Amanda éteint la radio, mettant ainsi fin à ces nouvelles que, de toute façon, personne n'écoute.

Remerciements

Bravo à mes enfants, Lou et Gabrielle, qui ont eu leur diplôme pendant que j'achevais ce roman.

Merci à mon amoureux, Arnaud. Écrire ce roman à tes côtés m'a portée et inspirée. Tout ce bonheur.

Merci à Pauline pour ce joli titre et cette magnifique couverture. Quel talent, quelle efficacité!

Merci à Céline, fidèle amie et éditrice de choc. Ce roman est le dixième que nous publions ensemble. Tant d'évidences et de complicités.

Je pense à ma team, les Sakmus, éternels.

Je pense à mes amies, Juliette, Sabine, Sophia et Amélie, quelle richesse de vous avoir dans ma vie.

Je pense à toute l'équipe éditoriale des éditions Récamier, sans oublier Vanessa.

Je pense à Lorie, elle sait pourquoi.

J'embrasse ma sœur Élise et mon frère Pierre.

Et ma maman, bien sûr, même si ce roman t'est dédié. Je ne cesserai jamais de mesurer la chance d'être ta fille.

Pour en savoir plus
sur les Éditions Récamier
(catalogue, auteurs, vidéos, actualités...),
vous pouvez consulter
www.editions-recamier.fr
www.lisez.com

lisez!

et nous suivre sur les réseaux sociaux

Éditions Récamier

@editionsrecamier

@Ed_Recamier

#lisez! engagé
www.lisez.com
Pour plus d'information :
Imprimé sur du papier issu de forêts gérées durablement.

CET OUVRAGE A ÉTÉ ACHEVÉ D'IMPRIMER SUR ROTO-PAGE
PAR L'IMPRIMERIE FLOCH À MAYENNE EN OCTOBRE 2025

N° d'impression : 107876
Imprimé en France